SI TODO
DESAPARECIERA

ANNA CASANOVAS

Editado por Harlequin Ibérica.
Una división de HarperCollins Ibérica, S.A.
Núñez de Balboa, 56
28001 Madrid

© 2016 Anna Turró Casanovas
© 2016 Harlequin Ibérica, una división de HarperCollins Ibérica, S.A.
Si todo desapareciera, n.º 218

Todos los derechos están reservados incluidos los de reproducción, total o parcial. Esta edición ha sido publicada con autorización de Harlequin Books S.A.
Esta es una obra de ficción. Nombres, caracteres, lugares, y situaciones son producto de la imaginación del autor o son utilizados ficticiamente, y cualquier parecido con personas, vivas o muertas, establecimientos de negocios (comerciales), hechos o situaciones son pura coincidencia.
® Harlequin, TOP NOVEL y logotipo Harlequin son marcas registradas por Harlequin Enterprises Limited.
® y ™ son marcas registradas por Harlequin Enterprises Limited y sus filiales, utilizadas con licencia. Las marcas que lleven ® están registradas en la Oficina Española de Patentes y Marcas y en otros países.
Imágenes de cubierta utilizadas con permiso de Dreamstime.com.

I.S.B.N.: 978-84-687-8476-2
Depósito legal: M-23146-2016

Para Marc, Agata y Olivia

PRIMERA PARTE

«De lo que sea que nuestras almas estén hechas, la suya y la mía son lo mismo».

Cumbres borrascosas
Emily Brontë

CAPÍTULO 1

Los Ángeles 1942

Los aplausos se propagaron por el interior del teatro chino de Hollywood, igual que un ejército de hormigas se abrieron paso por el suelo, subieron por los cojines de terciopelo rojo de las sillas y escalaron las paredes. Las luces se encendían paulatinamente para mantener viva unos segundos más la magia del cine, los espectadores podían alargar un poco más la farsa y formar parte de esa historia. Las noches de estreno la luz tardaba aún más en restablecerse para que los egos de los actores y del director de la película, y también de los directivos del estudio, se saciasen. Al día siguiente todos leerían las críticas en los periódicos, los periodistas que iban a escribirlas estaban allí sentados, ansiosos por salir y plasmar lo que habían sentido al presenciar esa historia antes que nadie, antes que el resto de mortales. Iban a recibir críticas buenas y críticas malas, siempre había de ambas y así era como debía ser.

—Te están aplaudiendo a ti, Alessandra.

—Nos están aplaudiendo a todos —susurró ella. Mantenía la mirada fija en la pantalla por la que aún desfilaban los créditos y aplaudía con una serenidad que contradecía el miedo que le anudaba el estómago. Miedo a que alguien se pusiera en pie y la acusara de no pertenecer a ese mundo, de ser una intrusa. No importaba que esa fuese su cuarta película, la quinta si incluía esa en la que solo salía un segundo para ofrecerle una caja de cigarrillos al protagonista, o que su nombre estuviese escrito con bombillas en la marquesina del teatro más famoso de la ciudad, ese miedo jamás desaparecía.

—Sin ti esta película no sería la misma, Alessandra —insistió George.

Alessandra se limitó a girar el rostro hacia él y sonreírle. No era verdad, George Stevens era sencillamente un gran director con un talento inconmensurable y una amabilidad casi igual de inacabable que además sabía sacar lo mejor de los actores que trabajaban con él. Los elegía meticulosamente, estudiaba el guion con ellos y los guiaba en cada escena. Alessandra esperaba que él pasase a la historia, aunque tenía miedo de que antes lo hicieran los directores con mal carácter y peores hábitos, ¿por qué los humanos siempre sentían fascinación por el mal antes que el bien? Ella lo había visto de cerca, lo había sentido en su piel y tenía las heridas para recordarlo. Había huido del mal y sin embargo lo sentía dentro a diario, diría que siempre, pero eso no era verdad, había instantes en los que lo olvidaba, cuando actuaba y fingía ser otra persona.

Por eso era tan buena actriz y por eso la había elegido George Stevens. Y por eso Cary Grant había proclamado a los cuatro vientos que estaría encantado de trabajar con Alessandra Bonasera durante el resto de su carrera, la de él, porque estaba seguro que la de ella sería larguísima. Alessandra ocupaba el que según los hombres de prensa del estudio era uno de los mejores asientos. Las primeras filas estaban reservadas para los directivos del estudio, la película era propiedad de Columbia Pictures, igual que, de momento, lo eran todas las personas que habían intervenido de un modo u otro en su creación; incluidos el director, los actores protagonistas, y el guionista.

A lo largo de la proyección se habían oído múltiples suspiros, las primeras escenas de Cary Grant habían sido especialmente sonoras, pero la palma se la había llevado el final. Era un final precioso, contenía la esencia de la película, era romántico, cómico, original e inteligente.

El final sí se merecía pasar a la historia, pensó Alessandra. El final, el guion, la dirección, incluso el título, *El asunto del día*, cualquier detalle excepto ella. Le sudaron las palmas de las manos y dio gracias por llevar guantes. No solía hacerlo, pero la encargada de vestuario de la película, Rita, y ella se habían hecho amigas durante el rodaje, todo lo amigas que podían hacerse dos personas en el mundo repleto de mentiras que era Hollywood, y la había convencido para que se pusiera un vestido blanco sin tirantes y esos guantes largos que acababan a la misma altura que el escote palabra de honor, mucho más allá de los codos. Había entrado en el teatro chino con una torera de visón, que ahora descansaba en su regazo, y flanqueada por Cary Grant y Ronald Colman, el otro protagonista de la película y que ahora estaba sentado al lado de George. Primero iban a estar sentados los tres en el centro, Cary, Ronald y ella, pero George y ella habían empezado a hablar y Ronald parecía muy interesado en charlar con Irwin Shaw, el guionista, así que el cambio los había beneficiado a los tres. Probablemente Ronald estaba interesado en volver a actuar en uno de los proyectos de Shaw, todos los actores de Hollywood lo estaban y con razón, ese hombre era un genio con las palabras.

Si no lo hubiera sido, Alessandra no habría sentido la irresistible tentación de protagonizar esa película. En cuanto leyó la historia quedó atrapada entre sus páginas y se permitió hacer algo que hacía años que no se permitía; recordar el pasado.

Las luces se encendieron y los aplausos, que habían empezado a disminuir, se reavivaron. El público se puso en pie y la ovación se intensificó aún más. Cary, Roland y George se dieron la mano por turnos y después la besaron en las mejillas y en la mano del mismo modo. El propietario de los estudios, Harry Cohn, le sonrió y tras chasquear los dedos apareció un botones del teatro chino con un enorme ramo de rosas rojas para ella.

Los flashes de las cámaras la cegaron durante unos segundos y se imaginó el aspecto que tendría con el vestido blanco y el ramo de flores en los brazos. La película era en blanco y negro, igual que las fotografías de los periódicos. Ella había visto dos películas en color, una de animación y el *Robin de los bosques* de su amigo Errol Flynn, y si bien la de dibujos la había dejado sin habla dudaba respecto a la de Errol. Le gustaban más las imágenes en blanco y negro, así todo era más fácil.

Así era mucho más difícil que alguien la reconociera.

Ella aún no había participado en ninguna película rodada con Technicolor y, aunque una parte de ella se negaba a creerlo, sabía que no podría evitarlo eternamente. Esta vez había tenido suerte, ni los estudios, que reservaban esta técnica tan cara para las películas que rodaba Rita Hayworth, ni George querían rodar *El asunto del día* en color, pero no la tendría eternamente. Iba a tener que mudarse otra vez, reinventarse de nuevo.

«No quiero».

—¿Vienes a la fiesta?

Sacudió la cabeza y parpadeó, la luz blanca de un último flash justificó su distracción.

—¿Disculpa?

Cary le sonrió.

—Si vienes a la fiesta. Los coches del estudio nos están esperando. George ya se ha ido con Roland e Irwin.

Alessandra miró a su alrededor y vio que la sala del teatro chino estaba casi vacía, en las cuatro esquinas quedaban los fornidos botones uniformados y tres o cuatro periodistas habían decidido encenderse un cigarro a la espera de que ellos dos abandonasen el lugar.

—No, la verdad es que no. Lamento que me hayas esperado.

—Yo no, princesa. —Cary le sonrió y también se encendió un cigarro—. Siempre es un placer estar a solas contigo.

—Lo mismo digo.

Se conocieron semanas antes de empezar el rodaje, cuando los dos aceptaron los papeles, y les bastó con leer juntos unas líneas para saber que jamás sucedería nada entre ellos. Serían amigos, si Alessandra tenía suerte, buenos amigos. Aunque hacía tiempo que había dejado de confiar en la suerte.

—¿Te encuentras bien, princesa?

—Sí, son los nervios del estreno —sonrió y se permitió bajar un poco la guardia, tenía la sensación de que con ese hombre, que era un caballero tanto dentro como fuera de la pantalla, estaba a salvo—. Les ha gustado, ¿no?

—Les ha encantado, princesa. Prepárate para leer las mejores críticas de tu carrera. —Se puso el sombrero al ver que uno de los empleados del estudio le hacía señas—. Y no me extrañaría nada que dentro de unos meses tuvieras una estatuilla del señor Óscar en el salón.

Alessandra se sonrojó.

—Eso no pasará, pero gracias por decirlo.

—Tienes que confiar más en ti, pequeña. Lo has conseguido. Relájate. ¿De verdad estás bien? Puedo decirle a ese pesado —señaló al chófer guardaespaldas, espía, de los estudios que estaba cada vez más cerca de ellos— que se largue y escaparme contigo.

Los dos sabían que no era verdad. Cary era una estrella y tenía que cumplir con su contrato con Columbia. Ella también, pero no era tan importante y, por tanto, no iban a echarla tanto de menos. Además, Alessandra se había labrado esa clase de reputación, la que la tachaba de excesivamente tímida y reservada, la que hacía que los grandes directores fuesen a llamar a la puerta de Rita Hayworth y no a la suya a pesar de que las dos eran pelirrojas y excelentes actrices. A Alessandra le parecía bien. Rita era una chica estupenda, demasiado guapa para su propio bien, y lo único que Alessandra quería obtener del cine era un poco de paz; unos segundos en los que pudiese creer que era otra persona.

—Estoy bien, gracias. Vete, seguro que te están esperando.

Cary se agachó y le dio un beso en la mejilla.

—Nos vemos pronto, princesa.

Alessandra le apretó la mano que él había depositado en su antebrazo y se quedó sentada en la sala del cine hasta que se fue. Después, no esperó demasiado a levantarse, no quería que los periodistas que habían seguido a Cary a la calle volviesen y la encontrasen allí sola y melancólica. Solo Dios sabía qué clase de tonterías escribirían al día siguiente o más adelante sobre ello, y su carrera, su vida, se basaba en la discreción. Sí, Alessandra sabía que era irónico, quizá incluso estúpido, que una persona que debía desaparecer para seguir con vida se dedicase al mundo del espectáculo. Pero sus agallas le decían que era imposible, completa y absolutamente imposible que alguien de su pasado la reconociese porque ¿quién se creería que ella era *ella*?

Nadie.

Nadie de su pasado se creería jamás que esa niña asustadiza a la que habían atemorizado hasta casi hacerla desaparecer ocupaba ahora las marquesinas de los cines de Hollywood y podía incluso ganar un Óscar, si los sueños de grandeza de Cary eran de fiar.

Nadie lo creería porque ella misma era incapaz de creérselo.

Cada estreno, no, cada día tenía miedo, aunque fuera durante un segundo, de que alguien apareciera y se lo arrebatase todo otra vez. No podía contar la cantidad de veces que había tenido que empezar desde cero, así que tal vez una más no importaría.

Si la encontraban...

«No».

Si la encontraban, podría trabajar de camarera en Canadá o tal vez huir definitivamente a América del Sur y ser otra persona, quizá encontraría a alguien y sería... normal.

Odiaba esa palabra, la odiaba con todas sus fuerzas.

—Señorita... —el botones de antes se acercó a ella—, señorita, se va a hacer daño.

Alessandra tardó unos segundos en comprender qué le estaba diciendo. A decir verdad no lo hizo, sino que siguió la mirada algo dilatada del joven hasta sus manos, y vio que había apretado el ramo con tanta fuerza que unas cuantas espinas de las rosas habían traspasado el precioso papel blanco satinado que las envolvía y la tela de los guantes hasta pincharle los dedos. Tres gotas de sangre le manchaban las yemas y el color carmín se estaba extendiendo.

«Sangre».

Soltó el ramo y el botones se precipitó a buscarlo.

—Lo siento —farfulló Alessandra—. Lo siento.

—No se preocupe, señorita Bonasera. —El chico sujetó el ramo—. Su coche la está esperando.

Alessandra asintió y rezó para que el botones no se fijase en que estaba temblando o si lo hacía lo achacase a los nervios del estreno. Respiró profundamente y soltó el aire muy despacio mientras se ponía la chaqueta de visón y se colocaba los guantes de tal manera que ningún fotógrafo viese las manchas de sangre. Actuó, se metió en la piel de Nora Shelley, la protagonista de la película, y caminó igual que hacía ella en la escena final, cuando corría detrás de Cary Grant para que no se le escapara.

Esa actuación, la salida del teatro chino sonriente ante los periodistas y los curiosos que aún seguían en la calle, sí que se merecía un Óscar. Nadie habría sido capaz de adivinar que la pelirroja despampanante segura de sí misma, convencida de que el hombre más guapo del planeta lo dejaría todo por ella, estaba en realidad completamente sola y muerta de miedo.

Aguantó durante el trayecto del teatro chino a su casa. Alessandra no conocía al chófer y había aprendido que en Hollywood, como en cualquier parte del mundo, no se podía confiar en nadie. No vivía lejos, a ella la casa de Mulholland Drive le había parecido una excentricidad y aún se le hacía un nudo en el estómago si pensaba en ello, pero había sido una buena inversión y se había asegurado de que su nombre no apareciese en ningún lado. En los estudios todos creían que era la casa de un viejo amigo de su familia y que por eso estaba instalada allí. De este modo no solo se había evitado preguntas, sino que también había contribuido a aumentar su reputación de tímida y reservada. La casa formaba parte de su sueño, ese que se permitía tener cuando no estaba tan asustada, y aunque no era grande y estaba muy lejos de parecerse a las mansiones que ocupaban algunos de sus compañeros de profesión, para Alessandra era perfecta.

Tal vez demasiado perfecta.

El vehículo negro se detuvo y el chófer le abrió la puerta y se mantuvo firme a su lado.

—¿Necesita algo más, señorita?

Ella lo miró y se percató entonces de que parecía nervioso. Jamás se acostumbraría a provocar esa reacción en los demás. Él era joven, quizá un poco más que ella, y tenía aspecto de haber crecido en la calle. Igual que ella, pensó, o quizá todo era culpa de esas gotas de sangre y de la reacción que le habían causado.

—Nada. Muchas gracias.

Caminó hasta la puerta y buscó las llaves en el pequeño bolso de fiesta dorado que llevaba. Oyó que él se alejaba y volvía a la puerta en la que se encontraba el volante. La grava del suelo volvió a sonar con unas pisadas.

—Disculpe, señorita, se olvida usted el ramo.

Alessandra se dio media vuelta y efectivamente vio al chófer con el ramo de rosas en las manos.

—¿Tienes novia, estás casado?

El chico se sonrojó hasta las cejas y movió incómodo las puntas de los pies. Alessandra comprendió al instante cómo había sonado su pregunta.

—Oh. —Ella también se sonrojó—, no, no. NO. Lo siento, no me malinterpretes. —Sabía que no sería ni la primera ni la última actriz, o actor, en solicitar esa clase de servicios de su chófer—. No me refería a eso. Te pido disculpas. —El chico probablemente estaba pidiendo a gritos que un rayo lo fulminase allí mismo o que la tierra se abriese y se lo tragase. Ella estaba igual—. No quiero las flores, esta mañana he recibido muchas —improvisó—, pero sería una lástima tirarlas. Tal vez podrías dárselas a tu novia —terminó.

Él chico sonrió de oreja a oreja.

—¿De verdad, señorita?

—De verdad.

—Ya verá cuando le diga que le traigo un ramo de Alessandra Bonasera.

Alessandra sonrió, sonrió de verdad, algo que le habría parecido imposible unos minutos atrás y solo por eso tuvo ganas de abrazarlo. Se contuvo, en realidad ella sabía que no habría sido capaz ni de tocarlo.

—No le digas eso —le sugirió—, a ninguna mujer nos gusta recibir las flores de otra. Dile que se las has comprado solo para ella.

—Tiene usted razón. Mierda, soy un estúpido. —Sonrió y se llevó la mano con la no sujetaba el ramo a los labios—. Lo siento, señorita, lo siento mucho. No le diga a mi jefe que le he hablado así.

—No he oído nada, tranquilo. No te preocupes. ¿Cómo te llamas?

—Pete, señorita.

—Es un placer conocerte, Pete. Gracias por acompañarme a casa. Buenas noches.

—Buenas noches, señorita. Gracias por las flores.

—De nada.

Ella se dio media vuelta y volvió a concentrarse en abrir la puerta, esa conversación había conseguido hacerle olvidar el miedo de antes.

Lástima que supiera que no iba a durar.

CAPÍTULO 2

Alessandra vivía sola; sus dos hermanos pequeños, Luke y Derek, no la habían seguido a Hollywood. No porque ellos dos no hubieran querido, sino porque ella no se lo había permitido. Ellos tenían su vida, sus sueños y ella no iba a pedirles que los sacrificaran.

—Tú lo has hecho por nosotros. —Aún podía oír la voz furiosa de Luke.

—Es culpa tuya que queramos estar contigo, es lo que nos has enseñado. No es justo que ahora nos digas que pensemos solo en nosotros. Tú nunca has pensado en ti. —Propio de Derek buscar un razonamiento más largo.

Eran gemelos pero tan distintos como la noche lo es del día e igual de maravillosos. Ella los quería con locura y con sensatez, era lo que siempre les decía, con locura porque haría cualquier cosa por ellos y con sensatez porque sabía que ellos lo eran todo para ella. Todo. No podía imaginarse a nadie capaz de usurparles ese lugar en su corazón; no quedaba espacio. Y a ella no le quedaba capacidad de amar ni la valentía necesaria.

Sus hermanos tenían dieciocho años, diez menos que

ella, y Alessandra invertía la poca fe que le quedaba en rezar a diario para no recordasen nada de su pasado.

Nada.

No había dejado de echarlos de menos ni un segundo, pero en noches como aquella tenía que contener las ganas de llorar o de gritar, o de llamarles por teléfono y exigirles que no le hicieran caso y que lo dejasen todo para estar a su lado. No lo hizo, fue a la cocina y tras beber un vaso de agua se dirigió al dormitorio, donde empezó a desnudarse. El vestido también había acabado manchado de sangre, eran unas motas pequeñas, quizá imperceptibles, pero ella sabía que estaban allí. Dejó los guantes encima del tocador y el vestido recostado en el respaldo de una de las butacas que tenía frente a la ventana. Nunca había sido descuidada con la ropa, ni cuando no tenía ni ahora que tenía más vestidos de los que jamás podría ponerse. Se quitó los zapatos de tacón, las medias y el único anillo que llevaba en la mano derecha, después se vistió con un pijama. Nunca utilizaba camisón. Al llegar a Hollywood, la primera vez que tuvo asistente en un rodaje, la chica la miró entre asombrada y escandalizada, y la mañana siguiente, mientras la maquillaban, oyó que dos chicas de vestuario decían que «la señorita Bonasera dormía con el pijama de su amante porque lo echaba mucho de menos». Estuvo a punto de reírse, pero logró contenerse y dejó que el rumor circulase. No le hacía ningún mal, todo lo contrario, a juzgar por las miradas de algunos ejecutivos del estudio y compañeros de rodaje.

Contuvo furiosa las ganas de mandarlos a paseo y de decirles que una mujer sola, sin un hombre a su lado, era infinitamente capaz de hacer lo que le diese en gana, dormir en pijama, desnuda o dirigir el condenado planeta.

Sabía que sus ideas no eran populares, se recordó, ni ella misma se las había creído al principio. Caminó hasta el baño y procedió a desmaquillarse. Esa noche tardaría más de lo habitual, una cosa era hacer de Alessandra Bonasera los días *normales* —odiaba esa palabra— y otra la noche de estreno. El agua fría la dejó sin respiración durante un segundo y después empezó a frotar con fuerza. La espuma le escoció un poco en los ojos y la piel, pálida de por sí, le quedó roja. Ser pelirroja de verdad en ocasiones era un suplicio. Al principio le había pasado por la cabeza la posibilidad de teñirse, pero siempre la había desechado porque algo dentro de ella se revelaba profundamente ante tal idea.

Ella no podía desaparecer, no del todo.

Sin rastro de maquillaje en el rostro caminó hasta el dormitorio. En la mesilla de noche, Marjorie, la señora que había contratado al día siguiente de mudarse para que ejerciera de ama de llaves, cocinera y la ayudase a no parecer del todo una farsante allí instalada, le había dejado la correspondencia. Siempre lo hacía, Alessandra le había dado una copia de la llave del buzón que había alquilado años atrás en una oficina de correos y Marjorie lo recogía antes de dirigirse al trabajo. Antes de tener a Marjorie, le pagaba una propina a un chico de los estudios para que lo hiciera. Ella solo había acudido a la oficina en un par de ocasiones, prefería no ser vista por allí. Aunque habían pasado años desde que empezó todo seguía siendo tan o más precavida que el primer día.

Tanto Marjorie como los chicos de los estudios daban por hecho que recibía cartas de admiradores y que por eso utilizaba un código postal. No era lo más habitual, la mayoría de actores recibían esa clase de correo en los estudios o en la oficina de sus agentes, pero tampoco era extraño. Nadie sospechaba la verdad. Las cartas de sus admiradores, que para sorpresa e incredulidad de Alessandra eran muchos, llegaban efectivamente al departamento que Columbia tenía destinado a este fin, los sobres que descansaban en la bandeja de plata que había en su mesilla de noche contenían otra clase de misivas.

Esa noche tenía tres cartas, había tenido mucha suerte, pasaban semanas en las que no recibía ninguna; sus dos hermanos le habían escrito desde sus universidades, uno desde Washington y el otro desde Pennsylvania. La tercera carta provenía de Nueva York y pesaba un poco más que las otras dos porque en su interior había una moneda. Alessandra recorrió la forma circular que adivinó en el interior antes de romper el lacre. Recibía esa carta cada tres meses, viviera donde viviese, pasara lo que pasase. Había sido así durante los últimos diez años; Nick nunca fallaba.

Y Jack tampoco, aunque en su caso al principio le había sorprendido mucho que su amigo mantuviera su parte del trato.

Jack, Nick y Alessandra se conocieron en Little Italy cuando eran pequeños. Los tres vivían en la calle más humilde de ese barrio estrangulado por la Mafia; ella tenía seis años, ellos, ocho, aunque parecía la mayor de los tres. No les hizo falta contarse sus historias, les bastó con pocas palabras para adivinar que compartían miserias y se prometieron estar allí siempre, el uno al lado de los otros dos, compensar con su amistad lo que la ciudad de Nueva York les arrebataba a diario.

Diez años atrás, Jack había sido el primero en irse, en romper parte del corazón de Alessandra, al abandonarlos, a ella y a Nick, para convertirse en policía. Para ella, Jack era su hermano mayor, él y Nick, y ninguno iba a fallarle nunca. Jack le falló, se fue y les dejó cojos como un taburete viejo e inservible. Y entonces sucedió todo.

El mundo entero de Alessandra había sido oscuro, lleno de monstruos, pero los conocía y sabía enfrentarse a ellos. Esa semana, la semana que Jack se fue, descubrió que estaba equivocada y que aún no conocía el infierno. Jack se fue, hubo el tiroteo del bar de los irlandeses, Nick desapareció y su vida... se esfumó.

Abrió el sobre y dejó caer la moneda en la palma de la mano. Siempre que volvía a verla le parecía más resplandeciente y grande que la vez anterior. A lo largo del mes que estaba bajo su custodia volvía a acostumbrarse a su tamaño real, a su presencia, y volvía a sentirse arropada por sus dos mejores amigos. Las únicas personas que junto con sus hermanos conseguían hacerle latir el corazón; su familia.

Le sucedió lo mismo que le sucedía cuando volvía a tocarla tras las semanas de ausencia. Recordó el día en que la encontraron en el suelo del callejón. Jack dijo que sería su amuleto de la suerte y Nick decretó que les protegería de cualquier mal; una vieja lira que había conseguido llegar de Italia a Nueva York y seguir resplandeciente en medio del barro bien tenía que tener algún poder. Ella asintió y les siguió el juego, nunca había creído en la suerte y sabía que a ella nadie podía protegerla, de todos modos se sentía más segura cuando tenía la moneda. La dejó encima de la mesilla y tras sentarse con las piernas cruzadas en la cama desdobló la carta.

Era de Nick, durante meses y meses, cuando ella se fue de Nueva York tras la matanza del bar de los irlandeses, solo se mandaban el sobre con la moneda. Jack estaba en la academia de policía, Nick estaba al borde de la locura tras la muerte de Juliet, la chica a la que quería más que a su vida, y ella tenía miedo de acercar un lápiz a una hoja en blanco porque si la punta de carbón la rozaba les contaría a sus dos mejores amigos lo que le había sucedido y ellos ya habían sufrido demasiado.

Fue ella la que empezó a escribir, primero eran solo dos o cuatro líneas en el trozo de papel que a penas envolvía la moneda; les decía cuál había sido la última travesura de los gemelos o que la abuela se había echado novio. Poco a poco, Nick también se atrevió a contarle cosas, nunca mencionó a Juliet, hasta unos meses atrás cuando le contó, para sorpresa de Alessandra, que ella no había muerto como creían y que la había encontrado. Si no fuera porque sabía que Nick jamás lo consentiría, le pediría a su amigo que le contase los detalles de su historia para convertirla en una película. La primera vez que Nick escribió fue para decirle que vivía con el señor Belcastro, el librero que de pequeños les había proporcionado su único refugio, la librería Verona. Había sido Nick el que se había encargado de recoger las cartas que Jack mandaba a la dirección del viejo piso de la abuela de Alessandra para después mandárselas a ella, y hacer lo mismo en sentido inverso. Sin Nick el círculo se habría roto.

De pequeños los tres sabían qué papel jugaban en su particular universo; Jack era el más fuerte, tanto física como también mentalmente, era terco como una mula y poseía un inquebrantable sentido del honor y del deber, un milagro teniendo en cuenta quién era su padre y cómo le había tratado siempre. Jack era silencioso, muy decidido y daba un poco de miedo. Alessandra sabía que con él siempre estaba a salvo y que, si alguien se acercaba a ella con intención de hacerle daño, Jack se interpondría y no descansaría hasta romper el último hueso del cuerpo de su adversario. Nick era el más listo, leía todo lo que caía en sus manos y soñaba con diseñar y construir máquinas imposibles para hacer puentes capaces de unir islas o para llegar al espacio. Nick también era imponente físicamente, pero en su caso prefería esquivar los enfrentamientos o derrotar a su contrincante a base de ingenio o de encanto. En el colegio, cuando los tres se metían en un lío (algo que sucedía con demasiada frecuencia), Nick era el encargado de camelarse a la directora o a la monja que les retenía en la sala de castigos y siempre salían de rositas. Alessandra sonrió al recordarlo. A Nick le bastaba con sonreír y entrecerrar los ojos para que cualquier mujer se plantease hacer cualquier cosa que él le pidiera. Ella siempre había sido inmune a los profusos encantos de sus dos mejores amigos, les quería y adoraba como si fuesen sus hermanos mayores. Les veía así en su mente y lo sentía así en su corazón. Ahora, con veintiocho años, podía reconocer que le parecían increíblemente atractivos y que una pequeña parte de ella desearía ser capaz de sentir alguna clase de atracción hacia alguno de los dos, pero no podía. No podía. En ese sentido, Alessandra estaba rota por dentro.

Cerró los ojos y sin darse cuenta arrugó la hoja de papel entre los dedos. Recordó la última vez que vio a Nick, cómo él la abrazó y lo tranquila que se sintió durante esos segundos. Nick estaba destrozado, acababa de salir de la cárcel y era obvio que había estado llorando, tenía el rostro desencajado, la mirada perdida y su cuerpo era apenas un cascarón. Pensó en un barco abandonado a la deriva sin tripulantes cuando la rodeó con sus brazos y sin embargo él le dio todo el calor y la fuerza que le quedaba.

Ese día Nick le dijo que la acompañaba, ni siquiera sabía a dónde se iba Alessandra y estaba dispuesto a irse con ella y sus hermanos. Ella intuyó que parte de él sencillamente quería huir de Nueva York y de lo que había sucedido la noche que desapareció, pero no le dijo nada. Igual que tampoco le dijo qué le había sucedido a ella para irse. Dejó que Nick la abrazase y absorbió toda la fuerza y el amor que pudo, pues sabía que no volvería a verlo nunca más. La moneda sería el único vínculo que les quedaría, si tenían suerte. Alessandra sabía que de haber estado allí Jack habría hecho lo mismo, la habría abrazado y se habría ofrecido a acompañarla, incluso a matar dragones por ella con las manos desnudas de ser necesario. Pero Jack no estaba y Nick había perdido el alma, y ella consiguió irse de Little Italy con sus hermanos pequeños y empezar de cero.

Era una frase absurda.

Nadie empezaba de cero. Si abandonabas tu vida era porque huías y en el lugar donde te escondías no empezabas de la nada, empezabas muerto de miedo o con heridas aún por cicatrizar en tu interior. Nadie empezaba de cero.

Ni Nick cuando se quedó en Little Italy.

Ni Jack cuando se alistó en la academia de policía.

Ni Alessandra cuando se mudó a California.

Se acercó la moneda a los labios y la besó. Lo hacía siempre que la recibía y el día que se despedía de ella antes de meterla en el sobre. Después, la dejó encima de la mesilla de noche al lado de la fotografía que se sacaron ella y sus hermanos frente a la Ópera de San Francisco. Los tres estaban sonriendo, ella estaba en medio de los chicos, Luke y Derek no eran idénticos y aquel día la cámara logró capturar sus diferencias; el modo en que uno sonreía de lado mientras que el otro lo hacía de oreja a oreja o cómo uno guiñaba el ojo izquierdo y el otro solo el derecho. Alessandra no compartía padre con ellos, ninguno de los tres podía afirmar sin temor a equivocarse cuál de los novios de Maria Grazzia Posanto ostentaba tal título. A ninguno le importaba.

Desdobló el papel y le sorprendió descubrir que en realidad eran dos; una caligrafía era conocida, hacía años que la leía y la reconocería en cualquier parte, Nick. La otra hacía mucho tiempo que no la veía, Jack.

Le temblaron las manos y empezó por la de Nick porque aunque tenía muchas ganas de leer lo que fuera que Jack quisiera decirle tras tanto silencio, sabía que Nick la prepararía para ello. Y una pequeña parte de ella creía que Jack se merecía esperar un poco más (sabía que él no descubriría jamás ese detalle, pero le pareció importante).

—«Hola, Alessandra —leyó en voz alta y en su cabeza escuchó a Nick, lo veía también sentado a los pies de su cama en el apartamento de Little Italy, probablemente con Luke en el regazo y Derek fingiendo que no esperaba ansioso su turno por escalarle la espalda—. No te asustes por la carta de Jack, son buenas noticias. Espero que estés leyendo la mía primero, es lo mínimo que me merezco después de todos estos años —sonrió y notó que se le escapaba una lágrima, esa noche estaba muy sensible—. Lee lo que quiere decirte y hazle caso —arrugó las cejas confusa—. Hace meses yo tendría que haber muerto en ese tiroteo y sin embargo estoy aquí, estoy aquí y soy feliz. Joder, Alessandra, soy tan feliz que da un poco de miedo. Jamás pensé que existiera esta clase de felicidad. Pero faltas tú. —Tembló más y arrugó un poco las hojas—. Lee la carta de Jack y ven a Nueva York cuando puedas. Hoy. Mañana. Dentro de un año. Pero vuelve —carraspeó—. Juliet y yo queremos que nuestra hija o nuestro hijo conozca a su tía». Eso ha sido un golpe bajo, Nick, no tendrías que haberme dicho así que vas a ser padre —farfulló secándose otra lágrima y leyó la despedida—: «Te quiero, Nick».

¿Era capaz de volver a Nueva York?

No se lo había dicho a nadie, pero la idea le había pasado por la cabeza dos o tres veces en los últimos meses. Si era objetiva sabía que no tenía ningún motivo por el que no pudiera volver. Había pasado mucho tiempo y ya no tenía nada que temer, no había nadie que pudiera hacerle daño. Solo sus recuerdos. Le gustaba creer que había dejado atrás a esa niña asustada y el motivo por el que no se había atrevido aún a volver a casa era porque temía volver a convertirse en ella. *Ella* seguía allí, en su interior, solo desaparecía cuando actuaba.

Pero Alessandra no era ninguna estúpida y si había sobrevivido a todo aquello no iba a permitir que los recuerdos la atemorizasen. Sabía que tarde o temprano volvería a Nueva York y enterraría para siempre esos miedos, junto con las pesadillas. ¿Estaba preparada? ¿Había llegado el momento?

«No, aún no».

El mayor problema era su instinto. El instinto que le había salvado la vida, ese que siempre la había obligado a levantarse cuando era necesario, a luchar cuando podía ganar, a defenderse cuando la atacaban, a proteger a sus hermanos y a huir cuando estaba perdiendo. Ese instinto le decía que a pesar de todo aún no estaba a salvo.

No podía volver.

Sintió un escalofrío y lo tomó como una corroboración.

Dobló la carta de Nick y la dejó encima de la moneda. Ahora no podía ir a Nueva York, pero durante un segundo lo deseó con todas sus fuerzas. Cogió aire y se dispuso a leer la carta de Jack.

—«Hola, Pelirroja. —Se rio. Hacía años que nadie la llamaba así, solía hacerlo Jack, pero solo de pequeños—. Te he echado de menos» —siguió y añadió—: Yo a ti *también*. «Siento no haberte escrito antes, mierda, y siento haberme ido de ese modo hace años. Os dejé a ti y a Nick, pero quiero que sepas, necesito que sepas, que creía que era lo mejor para vosotros. Sí, sé lo que estás pensando, soy un engreído y un estúpido. Tienes razón. Ven a Nueva York unos días, quiero abrazarte y oír de tus labios todo lo que has hecho. Estoy tan orgulloso de ti. Nick aún se ríe de mí por no haberme dado cuenta antes de dónde estabas. Pero no quiero verte por eso —frunció el ceño—, o no solo por eso. —Alessandra recordó a Jack de pequeño, cuando le costaba pedir algo daba vueltas y vueltas alrededor del tema antes de lanzarse—. Voy a casarme, Siena ha aceptado, aún no puedo creérmelo, y necesito a mi familia a mi lado. Nick ya está aquí, así que solo faltas tú. Escríbeme, escríbenos, llama. Dime qué día llegas a Nueva York. Siena está decidida a no casarse hasta entonces. Sé que no tengo derecho a pedírtelo, pero ya me conoces, voy a hacerlo de todos modos. Ven. Quiero casarme con Siena con mis hermanos a mi lado».

Le temblaban las manos al dejar la carta junto a la otra y la moneda. Sus dos amigos habían encontrado la felicidad y ella no podía alegrarse más por ellos. Nick y Jack se merecían lo mejor y Juliet y Siena parecían mujeres maravillosas; las dos habían conseguido derrotar los monstruos del pasado y les ofrecían un futuro lleno de luz y de felicidad. Una felicidad que Nick y Jack querían compartir con ella. Alessandra se secó las lágrimas y acarició la moneda con el índice una última vez antes de apagar la luz y meterse bajo las sábanas.

Sus dos mejores amigos no la habían olvidado, eso la reconfortaba. Durante unos minutos se permitió hacer planes, pensar en cómo organizaría el inminente viaje a Nueva York. Le diría a Beny, su agente, que se iba; hablarían con el estudio y llegarían a un acuerdo. Ella no era Rita Hayworth ni Ava, podía desaparecer de Hollywood durante un tiempo. Llegaría a Little Italy al cabo de una semana, pero no se instalaría allí, se hospedaría en un hotel de Manhattan. Tal vez incluso podría convencer a Luke y a Derek para que dejasen sus universidades durante unos días y coincidir allí. Sería bonito estar los tres juntos.

Se durmió con esas imágenes tan agradables flotando tras los párpados y con la certeza de que jamás se harían realidad.

Despertó con la voz cantarina de Marjorie de fondo, esa mujer cantaba sin cesar. Tenía una voz agradable y un melodioso acento irlandés. Alessandra salió de la cama y al abrir la puerta del dormitorio fue recibida por un montón de ramos de flores.

—Llevan toda la mañana llegando —le explicó Marjorie desde detrás de unas rosas—. Ya no sé dónde ponerlas, señorita.

—Oh, vaya —parpadeó confusa y corrió a ayudarla—, ¿y si las llevamos al jardín?

—Lo que usted diga. Supongo que no es mala idea. Le he dejado los periódicos encima de la mesa del comedor, si conseguimos apartar unos cuantos ramos podrá leerlos.

—Gracias.

—Felicidades por la película, señorita. A juzgar por la cantidad de rosas, claveles, margaritas y tulipanes que veo, seguro que es todo un éxito.

—Gracias, Marjorie.

Estuvieron un rato transportando jarrones, cestos y ramos de distintas formas y colores. La mezcla de perfumes era un poco abrumadora y Alessandra se mareó un poco. Después, cuando recuperaron la mesa del comedor, Marjorie desapareció hacia el interior de la cocina y le preparó el desayuno. A Alessandra seguía incomodándole que otra persona, una mujer mayor que ella, le sirviera, pero con Marjorie había logrado encontrar una especie de estabilidad; si se tomaba un café, se lo tomaban las dos.

Marjorie entró de nuevo cargada con una bandeja en la que efectivamente había dos tazas de café humeando, un plato con tostadas, la jarra de leche, la bandejita de plata con la mantequilla y dos rosas.

—He pensado —le dijo Marjorie—, que ya que tiene tantas flores podía malgastar un par y adornarle la bandeja.

—Te ha quedado precioso, Marjorie, muchas gracias.

La mujer tenía el pelo blanco a pesar de que hacía poco que había cumplido los cuarenta y unos hermosos ojos azules. Era alta y fuerte, Alessandra la había elegido porque, además de congeniar al instante, en su mente la veía como una guerrera celta capaz de enfrentarse a cualquier tormenta. Ahora las dos estaban sentadas, Alessandra estaba esparciendo un trozo de mantequilla por la tostada todavía caliente y Marjorie daba un sorbo a su café cargado de azúcar.

Llamaron a la puerta.

—Ya voy yo —se precipitó Alessandra. Había oído suspirar a la otra mujer al sentarse y ella estaba tan inquieta por los ramos y las críticas que aún no se había atrevido a leer que la distracción le iría bien. Se aseguró de llevar el batín bien cerrado y apretó la lazada de la cintura, se pasó una mano por el pelo y antes de abrir acarició la moneda que llevaba en el bolsillo. Esa mañana le había sido imposible separarse de ella.

—Buenos días —balbuceó el repartidor atónito al encontrarse con ella—... es para usted, señorita Bonasera.

—Gracias —miró extrañada el ramo, era inquietante. Ella había oído a hablar de las rosas negras, rosas de Halfeti, habían aparecido en una de sus primeras películas, una de vampiros, pero nunca las había visto en un ramo. Lo cogió y al tocarlo descubrió que la tela blanca que lo envolvía era satinada. Era un ramo único, hermoso en su extrañeza y le produjo un escalofrío—. ¿Tengo que firmar algo?

—No. Sí. —El chico cogió aire—. No tiene que firmar nada, señorita, pero... ¿Puedo pedirle un autógrafo?

—Claro. Espera un segundo.

Dejó el ramo al lado del espejo que había en el pasillo y volvió a la puerta. El repartidor sujetaba su libreta de entregas y un bolígrafo.

—Muchísimas gracias, señorita.

—De nada.

El chico se despidió con una enorme sonrisa y Alessandra cerró la puerta también contenta. No lo entendía, pero le gustaba creer que su trabajo hacía feliz a la gente. Levantó el ramo del suelo y vio que entre las hojas verdes había una tarjeta.

Disfruta de tu éxito, Alessandra.

El escalofrío aumentó. No había nada más, la tarjeta no estaba firmada y no decía nada más, pero ella no pudo evitar sentirla como una advertencia.

—Estás demasiado susceptible —dijo en voz alta—. Son unas flores preciosas y carísimas. Seguro que las ha mandado el estudio o tal vez Cary o George.

—¿Rosas negras? —silbó Marjorie—. No las había visto nunca.

—Sí, yo tampoco. Salían en una película que hice hace tiempo, pero al final tiñeron unas rosas blancas. Estas son de verdad.

—Vaya, tienen que ser muy difíciles de conseguir.

Volvió a sonar el timbre, en esa ocasión era una cesta de fruta y Marjorie se la llevó a la cocina. Alessandra llevó el ramo de rosas negras al jardín, después cogió un viejo jarrón que llevaba con ella desde el principio, desde la primera mudanza, y eligió flores de distintos ramos para confeccionar un ramillete y colocarlo en su dormitorio.

Aunque lo intentó, no consiguió quitarse de encima la sensación de angustia que le habían producido esas rosas negras y no cogió ninguna. Esa misma noche, después de leer las críticas y llamar a sus hermanos, con los que habló tanto como quiso y se prometió que buscaría la manera de verlos pronto, se abrigó, cogió ese ramo y fue a lanzarlo a la basura que había en la carretera.

CAPÍTULO 3

Detroit

Sean estaba acostumbrado a recibir miradas de desprecio, insultos y a que le ignorasen. Estaba acostumbrado a entrar en una comisaría y que ningún policía apartase la mirada de lo que estuviera haciendo para saludarlo o si lo hacían fuera para escupirle algún improperio. Estaba acostumbrado a beber solo, a no hablar nunca con nadie y a ser el hombre más odiado del local. A lo que no estaba acostumbrado era a que un alto cargo del cuerpo fuese a verlo y lo mirase con respeto.

No, el superintendente Anderson no era un alto cargo. Mierda. Era lo más parecido que tenía la policía a una leyenda. Sean había oído historias sobre él y más de la mitad las había desechado por imposibles y quizá también por el odio que su padre había sentido hacia ese hombre. Él, Sean, jamás había descubierto el motivo, aunque a decir verdad apenas había entendido a su padre.

El superintendente William Anderson de la policía de Nueva York había llegado a la comisaría del distrito central de Detroit esa mañana sin avisar. Ningún agente se había acercado a Sean para comentar la situación, nunca lo hacían. Él solo era una figura provisional y estaba allí para espiar a sus compañeros. Era un traidor, una rata en la que no se podía confiar y nadie se acercaba a él para hablar de nada ni para invitarle a una copa ni para preguntarle si se había recuperado bien del puñetazo que había recibido el día anterior cuando sin que nadie se lo pidiese y sin que fuese su trabajo decidió ayudar a una patrulla con un caso.

No importaban las cosas buenas que hiciera, él trabajaba para Asuntos Internos y a ojos de los demás jamás sería un verdadero policía.

Sean estaba en su mesa maldiciéndose una vez más por haber cometido la estupidez de ayudar a esos novatos. Claro que si no lo hubiese hecho los dos estarían muertos, pero ahora mismo le retumbaba el oído izquierdo por haber aterrizado en la acera tras ese puñetazo y esos dos memos se comportaban como héroes sin haber aprendido nada. Si él no hubiese estado allí, ahora habría dos viudas llorando desconsoladas en el despacho del capitán y él tal vez estaría más cerca de averiguar quién diablos proporcionaba información a las organizaciones criminales de blancos y negros que empezaban a causar disturbios por las fábricas de automóviles de la ciudad. Esa ciudad se estaba convirtiendo en un polvorín, el racismo estaba escalando de un modo alarmante y las intervenciones policiales eran siempre insuficientes y tardías. No hacía falta ser muy listo para saber que tanto los blancos como los negros tenían policías en nómina, la pregunta era cuántos y quiénes. Por eso estaba Sean allí, y el día anterior no tendría que haber hecho de buen samaritano. Pero, cuando escuchó a esos dos novatos diciendo que tenían un soplo y que irían a ese garaje a investigar, no pudo contenerse.

La historia del chivato apestaba a farsa y tras los últimos arrestos seguro que esa banda quería vengarse.

Sí, suerte que él los acompañó y que no dudó en disparar, pero, joder, ahora tenía dolor de cabeza e iba a tener que rellenar mil formularios para explicar por qué diablos había estado allí y había desenfundado cuando su maldito trabajo consistía en espiar a sus compañeros.

Mierda.

El superintendente entró en la comisaría y varios agentes se apresuraron a saludarlo. Sean lo observó todo durante apenas unos segundos. No quería recordar que ese hombre en cierto modo formaba parte de la decisión que a él lo había llevado hasta allí. Aunque podía afirmarse que él odiaba pensar en el pasado era innegable que este le había convertido en el hombre que era, en el policía que era.

—Detective Bradford.

Levantó la cabeza, pudo sentir las miradas de la comisaría entera encima de él. Mierda. ¿Qué diablos pretendía Anderson? ¿Saludarlo?

—¿Sí, señor?

Anderson enarcó una ceja y sonrió. Sean se apostaría la mitad de lo que tenía a que sus *compañeros* esperaban que el superintendente lo arrestase o lo sermonease delante de todos.

—¿Le importaría acompañarme?

—Por supuesto que no, señor.

Anderson volvió a sonreír y Sean repasó mentalmente qué había hecho esos últimos días. Era imposible que su jefe se hubiese enterado de lo que había sucedido el día anterior. Él estaba en Washington, y aun en el caso de que lo hubiese hecho tampoco podía acusarle de nada excepto de perder el tiempo. Apartó la silla y se puso en pie, esa mesa no era suya, la ocupaba provisionalmente, cogió el sombrero y caminó detrás de Anderson. No había hecho nada malo. Esta vez. No siempre jugaba limpio para conseguir lo que quería y sus métodos eran cuestionables, pero era el mejor agente de su unidad, él lo sabía y su jefe, muy a su pesar, también.

—¿Qué le parece si vamos a un lugar con un ambiente más… relajado? —le sugirió Anderson.

—Como usted quiera, señor.

Anderson abrió la puerta.

—¿Por qué tengo la sensación de que ese «señor» no es una señal de respeto?

—No lo sé, *señor*.

Llegaron a la calle y Sean vio un coche negro aparcado en la puerta de la comisaría. Tras el volante, había un hombre sin uniforme, aunque no tuvo ninguna duda de que se trataba del vehículo de Anderson. El superintendente tampoco iba uniformado, pero era imposible que nadie dudase de que se trataba de un hombre con mucho poder y autoridad.

—Vamos, sígame.

Entraron en la parte trasera del coche y Sean no perdió el tiempo.

—¿Qué quiere de mí, Anderson?

—Veo que no ha cambiado, detective Bradford.

—No haga referencia a nuestro pasado, señor, es prácticamente inexistente. Yo no voy a fingir que le conozco y si quiere que le escuche le sugiero que haga lo mismo conmigo.

—De acuerdo. He seguido su carrera, Bradford, y necesito un hombre como usted.

—¿Como yo?

—Un hombre que no tenga miedo de ensuciarse las manos.

—Si sospecha que hay policías corruptos en Nueva York, le sugiero que se dirija formalmente a mi jefe y solicite la ayuda de nuestro departamento, *señor*.

Era evidente que Anderson era un hombre que estaba acostumbrado a salirse con la suya, pero Sean también y él odiaba que le mintiesen.

—No quiero la ayuda del jodido departamento de Asuntos Internos. Quiero la tuya.

—¿Por qué? —El coche circulaba por Detroit, esa ciudad había crecido muy rápido, la Legión Negra y los grupos racistas blancos provocaban disturbios a diario y la policía no era todo lo eficiente que necesitaban—. Y esta vez dígame la verdad.

—¿Por qué debería decírsela, Bradford? —Anderson se cruzó de brazos—. Usted es detective de Asuntos Internos y yo soy su superior en rango. Su jefe, todo el departamento en el que usted trabaja, está en cierto modo bajo mis órdenes. Si yo le digo que salte, usted va y salta.

—Con todos mis respetos, *señor*, si está buscando un mono de feria, puede irse al infierno. Detenga el coche. —El conductor miró a Anderson por el retrovisor y tras comprobar que este asentía lo detuvo—. Usted será mi superior, pero yo jamás he obedecido una orden estúpida y no voy a empezar a hacerlo ahora. Ábrame un expediente, si quiere. Lo añadiré a mi colección —Abrió la puerta—. Que tenga un buen día, *señor*.

Anderson sonrió aún más que antes.

—Arranca el coche, Rourke, este chico es mejor de lo que creía. Cierra la puerta, Bradford.

—¿Que cierre la puerta?

—Cierra la puerta. Quería asegurarme de que no eras uno de esos idiotas que empiezan a lamerme el culo en cuanto me ven.

Sean cerró la puerta. Habría podido irse, estuvo a punto de hacerlo, pero la mirada de Anderson lo retuvo; hacía tanto tiempo que nadie lo miraba como si importase que muy a su pesar se le formó un nudo en la garganta. El modo en que Rourke, el conductor, miró a Anderson también influyó. Era obvio que ese hombre enorme de pelo anaranjado sentía respeto y admiración por el superintendente.

—Está bien. Hable.

—Llevo años trabajando en un caso, mejor dicho, he dedicado mi carrera, mi vida entera a eliminar el mal de mi ciudad. Pero nada importa, seguro que me entiende, cada vez que he creído que estaba a punto de conseguirlo, el mal reaparecía, se multiplicaba igual que la cabeza de Medusa. Y en el caso de que consiguiera erradicarlo de Nueva York se reproduciría en otra ciudad. Fíjese en Detroit, aquí la Mafia italiana no ha conseguido llegar y es el racismo y los sindicatos de las fábricas y la corrupción policial lo que está destrozando a la gente.

Sean miró hacia fuera, entendía muy bien la rabia que teñía la voz de Anderson, era la misma impotencia que le consumía a él a diario.

—¿Y qué solución propone?

—No podemos salvar el mundo —se frotó la frente cansado—, Dios sabe que lo he intentado y que me ha costado asumir que es imposible. Pero podemos salvar una ciudad, quizá no entera, pero sí un barrio.

Sean miró a Anderson y buscó en su memoria lo que sabía de ese hombre, no solo los rumores y leyendas que circulaban en la policía.

—Little Italy —adivinó—, ese es el mundo que usted quiere salvar.

—Sí —contestó— y quiero que usted me ayude.

—¿Por qué?

Anderson miró a Sean a los ojos, buscó en su interior lo que creía haber descubierto en ese chico tras observar su carrera y su trabajo durante años. No se lo dijo, no era la primera vez que lidiaba con alguien tan desconfiado y cínico como Bradford y sabía que, si le contaba la verdad, o toda la verdad, se reiría en su cara y se bajaría del coche tal como había amenazado con hacer unos segundos antes. El superintendente no había elegido a Bradford al azar y tampoco se había fijado en él por su trabajo, aunque este realmente era excelente si bien poco ortodoxo. El chico le estaba aguantando la mirada, eso tenía que reconocérselo, y ese desafío le recordó la primera vez que lo vio; cuando él era capitán de la policía y Bradford un cadete a punto de graduarse en la academia.

Anderson había acudido a la academia para hablar con otro alumno, uno del primer año y que él había llevado allí personalmente. Una especie de proyecto personal que gracias a Dios había salido bien, pues ese cadete problemático había acabado convirtiéndose en un hombre excelente y uno de los mejores policías que Anderson había tenido nunca. Si Bradford aceptaba, trabajarían juntos. Aquel día, años atrás, Anderson cruzaba el pasillo del piso superior de la academia, el que conducía a las habitaciones de los cadetes con el objetivo de soltarle otro de sus sermones a su recalcitrante pupilo cuando oyó el distintivo alboroto de una pelea y se dirigió hacia allí.

—Tu padre se ha volado la tapa de los sesos y tú tendrías que hacer lo mismo.

Eran cuatro contra uno; tres estaban sujetando a un chico con el ojo morado y el labio partido y el cuarto lo insultaba. Lo habían reducido, pero el chico les había dado una buena paliza. Era una proporción injusta y Anderson iba a intervenir. Averiguaría sus nombres y se encargaría de que recibiesen un castigo ejemplar, pero la reacción del chico al que sujetaban lo detuvo.

—Cállate, Callahan, no sabes de lo que hablas —habló con absoluta frialdad, como si estuviese comentando los resultados de un partido de béisbol.

—Tu padre era un policía corrupto —añadió el otro— y un idiota.

—Sí, un idiota —secundó uno de los que lo sujetaba—, le pillaron. —Se rio—. Hay que ser muy estúpido para aceptar sobornos y que te pillen.

—No habléis de mi padre.

—A mí me han dicho que no es eso —apuntó otro—, he oído decir que iban a juzgarlo por no sé qué, que violó a una chica.

—He dicho que os calléis.

—Vas a tenerlo muy jodido, Sean, tu padre no solo violaba niñas y aceptaba sobornos, sino que además es un jodido cobarde que se ha suicidado. ¿Por qué no te haces un favor y te largas? Nadie va a quererte como compañero.

—¿Acaso crees que me alisté para hacer amigos, Callahan? Eso se lo dejo a los pichaflojas como tú y tus amiguitos.

Sean recibió un puñetazo en el estómago por ese insulto pero no se calló.

—Pichafloja tú, seguro que te suicidarás como tu padre. Oh, me han pegado mis compañeros de clase —los cuatro simularon unos llantos—, voy a colgarme de las duchas.

Sean, que hasta entonces había mantenido una postura floja, como si hubiera perdido la fuerza de los brazos, se tensó y tiró de los dos tipos que lo sujetaban por los brazos hasta que estos chocaron el uno con el otro y no tuvieron más remedio que soltarlo. Al tercero le propinó una patada en el pecho que lo lanzó hacia la cama que había en el rincón y fue a por el cuarto, que no había logrado reaccionar y lo sujetó por el cuello.

—Esta ha sido tu única oportunidad, Callahan, tu jodida única oportunidad. A partir de ahora, voy a por ti.

Lo soltó y se dio media vuelta. Descubrió a Anderson allí de pie completamente uniformado y se dirigió a él sin inmutarse.

—Buenos días, capitán —identificó el rango—, ¿quiere informar al director de la academia de este incidente?

—Debería hacerlo, ¿no cree, cadete?
—Sí, debería.
—¿Va a pedirme que no lo haga? —Anderson lo miró intrigado. Las heridas del joven sangraban y era evidente que él también había golpeado a sus cuatro atacantes. Aunque probablemente él saldría mejor parado, el director los reprendería a los cinco y el incidente quedaría anotado en su expediente.
—No, señor. Iba a preguntarle si puedo acompañarle al despacho.
—Por supuesto, cadete. Vamos. Y ustedes —se dirigió a los otros chicos que no podían creerse lo que estaba pasando— vengan con nosotros.
Anderson y Sean caminaron unos pasos por delante y el superintendente, entonces capitán, aprovechó para preguntarle algo al joven que tenía al lado.
—Podría haberme pedido que le dejase marchar. Lo habría considerado. No he podido evitar oír lo que han dicho los otros cadetes.
—No me tenga lástima, señor. Yo no huyo. Nunca. Yo no soy como mi padre.
—Entiendo.
—¿Por qué quiere que le ayude, superintendente? —la pregunta de Sean, cuyo rostro seguía desprendiendo furia años más tarde, devolvió a Anderson al presente, a ese coche negro y a Detroit. Había ido hasta allí para buscar la última pieza que faltaba a su engranaje. No podía perder el tiempo recordando el pasado.
—Porque usted *no huye* nunca de la verdad, Bradford y... —soltó el aliento y lo miró a los ojos— y porque si viene a Nueva York conmigo podrá averiguar la verdad sobre su padre. Tengo el presentimiento de que está listo para conocerla.
—Detenga el coche ahora mismo.

—Hazlo, Rourke.

El coche se detuvo y esta vez, cuando Sean abrió la puerta, Anderson no intentó detenerlo.

—Es un usted un hijo de puta, superintendente.

Sean tuvo la sensación de que el conductor, Rourke, lo había llamado Anderson, se reía.

—Estaré en la ciudad hasta mañana por la mañana —contestó Anderson sin inmutarse y lanzó un sobre en dirección a la puerta que Sean, que ya estaba en la acera, seguía sujetando—. Lea esto. Nos iremos a las nueve.

A Sean le habría gustado cerrarle la puerta en las narices, pero el cabrón de Anderson tenía razón, él nunca huía de la verdad y sus agallas le decían que en ese sobre encontraría algo importante. Lo cogió y entonces sí se dio el gusto de dar un portazo y alejarse de allí hecho una furia.

Tardó unos cuantos minutos en darse cuenta de que no tenía ni idea de dónde estaba y otros tantos en situarse. Aunque llevaba meses en Detroit había partes de la ciudad que aún desconocía.

—Mierda —farfulló en voz alta y empezó a andar, tardaría una hora en llegar a su apartamento. Allí era a donde se dirigía, al pequeño y aséptico apartamento que había alquilado durante los meses que fuese a estar allí, porque ni loco volvería a comisaría. No después de haber visto a Anderson y de haberse visto obligado a viajar al pasado.

El estúpido sobre le quemaba en el bolsillo, pero no lo abrió. En su lugar encendió un cigarro y le dio una calada. No sabía cuándo había empezado a fumar ni si realmente le gustaba, probablemente debería dejarlo. Ni en Washington ni en Detroit sabían nada de su padre, en realidad podía contar con los dedos de una mano las ocasiones en las que a lo largo de los años alguien le habían mencionado a su progenitor y la conversación que acababa de mantener con

Anderson era una de ellas. Él se había asegurado de que fuese así.

—Mierda —repitió y lanzó el cigarro al suelo. Lo pisó y sacó el sobre, lo rompió por un extremo y empezó a leer—. Mierda.

Al día siguiente, a las nueve de la mañana, Sean estaba en la dirección que Anderson le había dado. El superintendente no hizo ningún comentario, se limitó a presentarle oficialmente al detective Rourke, el gigante que había conducido el coche el día anterior, y a decirle que esa misma tarde los esperaban a los tres en Nueva York.

CAPÍTULO 4

Anderson sabía que la elección de Sean Bradford era arriesgada, muy arriesgada, pero si algo había aprendido esos últimos años era a no juzgar a nadie por su pasado o por los actos de sus padres. Él mismo era prueba de ello, como también lo era que su mayor aliado fuese ahora el que al principio había considerado su mayor enemigo; Luciano Cavalcanti, excapo de la Mafia.

—¿Estás bien, Anderson? —le preguntó Rourke balanceando un vaso de whisky.

—Odio volar.

Rourke soltó una carcajada.

—Pues a estas alturas deberías estar acostumbrado. —A lo largo de los últimos meses habían viajado bastante a menudo. Habían estado en Chicago, Boston y también en Cuba, todo por conseguir un objetivo que cada vez veían más cerca—. ¿Estás seguro de que el chico servirá?

Anderson desvió la mirada hacia Sean Bradford. Viajaban en avión, no era un vuelo comercial y tampoco constaba en los trayectos aprobados por el departamento de policía, sencillamente no existía oficialmente, igual que tampoco existía la trama que el superintendente estaba intentando desenredar.

—Sé que es una decisión muy arriesgada, pero mi instinto me dice que es la pieza que nos falta.

—Tú y tu instinto, Anderson, es un milagro que sigamos todos vivos.

—Pero lo estamos, ¿no? Y estamos muy cerca de conseguirlo, Rourke.

—La Mafia casi ha desaparecido de la ciudad, ahora quedan delincuentes de poca monta a los que acabaremos arrestando.

Anderson se pasó la mano por la frente arrugada. Le dolía un poco la cabeza. Dejando a un lado el viaje a Detroit, llevaba días sin apenas dormir.

—Gran parte de eso se debe a la jubilación de Cavalcanti. Me duele reconocerlo, pero el excapo está resultando ser todo un aliado. Si lo hubiera sabido, tal vez habría intentando aliarme con él antes.

Rourke sonrió.

—Sí, a mí me también me jode reconocer que ese italiano nos está ayudando. Pero no creas que lo hace por nosotros o por la ciudad, lo hace por él y su familia.

—Me dan igual sus motivos, Rourke. —Los suyos no los conocía nadie—. Bradford lleva años en Asuntos Internos, le da igual que le odien y cuando todo esto acabe no va a querernos demasiada gente.

—¿Y por eso le has elegido? ¿Porque no tiene amigos?

—No, joder, no. Sabes perfectamente por qué lo he hecho.

—¿Y él? —Rourke esperó a que su amigo y superior contestase y al ver que no lo hacía añadió—: ¿No crees que ya va siendo hora de que dejes de jugar a ser Dios, Anderson? Es un milagro que te haya salido bien hasta ahora.

—Saldrá bien.

Rourke desvió la mirada hacia Bradford, que seguía

durmiendo en un asiento del lado opuesto. Esa mañana el joven detective se había presentado en su hotel con una bolsa y cara de no haber pegado ojo en toda la noche y tras decir que aceptaba unirse a Anderson y a su «jodida misión» se había quedado en silencio.

—Eso espero, Anderson, porque si esta vez te equivocas puede salirnos muy caro. Recuerda quién era el padre del chico.

—Lo recuerdo, joder, Rourke, lo recuerdo. —Anderson se giró y buscó la comprensión del otro hombre—. Pero ni tú ni yo nos parecemos a nuestros padres. No podemos juzgar a Bradford por los pecados del desgraciado que lo engendró, no sería justo.

—Tienes razón, yo solo digo que espero que esta vez tu instinto sea igual de infalible que las anteriores porque, a diferencia de ti o de mí, incluso de Tabone o de Valenti Bradford no odia a su padre, lleva años queriendo limpiar su nombre. Tanto tú como yo sabemos que ese es el motivo por que entró en Asuntos Internos y lo que le ha llevado a ser tan implacable con los policías corruptos.

—Lo sé. —Miró a Bradford—. Lo sé.

Quizá se equivocaba y Rourke no iba desencaminado. En el punto en el que estaban ahora cualquier error podía ser letal, pero, a pesar de quién fuera el padre de Bradford y de las motivaciones que le hubiesen llevado a él a entrar en Asuntos Internos, Anderson no podía quitarse de la cabeza la imagen de ese chico defendiéndose de esos cuatro supuestos compañeros. Bradford era valiente y dentro de él tenía lo que había que tener para buscar la verdad a cualquier precio. O eso esperaba.

Sean sabía que su padre había aceptado sobornos y había trapicheado para la Mafia. Lo sabía desde el principio. Pero también había necesitado creer que era un buen hombre que había cometido un error y que no había tenido tiempo de enmendarlo. Él no tenía hermanos y toda la vida recordaría lo felices que se pusieron sus padres cuando les dijo que él también quería ser policía, continuaría una tradición familiar que había empezado tres generaciones atrás, una tradición que hasta las acusaciones y el suicidio de su padre había ido acompañada de una reputación intachable. Cuando empezaron a circular los rumores acerca de su padre, Sean se dijo que no podían ser ciertos y que era imposible que sus compañeros los creyeran sin más. Se equivocó. Los rumores circularon como la pólvora aun antes de que existiesen pruebas que los corroborasen. En aquel entonces, Sean estaba ya en la academia donde asistía a las clases de Política y Ética en las que les repetían hasta la saciedad que cualquiera es inocente hasta que se demuestre lo contrario.

Cualquiera excepto su padre.

Esos mismos policías, jueces, bomberos, todos los compañeros que se habían cruzado en su camino a lo largo de su carrera o de la de su abuelo, su tío abuelo o su bisabuelo, le declararon culpable al instante. La madre de Sean se hundió, ella también sufrió el cruel rechazo de las esposas de los policías que hasta entonces la habían tratado como a una hermana. A Sean le dieron una paliza en la academia y al día siguiente, cuando tuvo que acudir a la enfermería, nadie le preguntó qué le había pasado, como si fuese lo más normal despertarte con el cuerpo lleno de moratones, la nariz partida y la mandíbula descolocada.

Aprendió la lección, no podía confiar en nadie. Se dijo que aguantaría, que esperaría hasta que se aclarasen las cosas porque tarde o temprano iban a aclararse, alguien, algún policía de fiar, investigaría el caso de su padre y encontraría pruebas que lo explicasen todo. Él sabía que su padre se había reunido con un matón de la Mafia, le había pillado un día hablando con él, un tal Silvio que operaba en Little Italy, pero tenía que haber una explicación. Tenía que haberla. Nadie podía creerse que todo aquello era verdad sin más, tras años de servicio en el cuerpo y perteneciendo a una familia de policías, nadie podía dudar de la honestidad de su padre así como así.

Sean aguantó a pesar de que de noche, en su litera de la academia, unía las piezas del rompecabezas y llegaba a la conclusión de que su padre sí había aceptado sobornos de la Mafia; los regalos inesperados que había recibido su madre, el carácter irascible de él, las botellas que aparecían y desaparecían. Aun así, tenía que haber una explicación y tenía que haber una solución.

Entonces llegó el peor rumor, el de esa violación. Sean tuvo ganas de gritar, de pelearse a puñetazo limpio con todos sus compañeros de promoción, pues excepto dos estos no tardaron en acercarse a comentárselo. Era increíble cómo a pesar de estar allí encerrados se enteraban de todo lo que sucedía en el mundo exterior. Su padre no había violado a nadie, eso sí que era una locura. Una completa locura. Alguien le había tendido una trampa, eso tenía que ser.

Su padre se suicidó. No dejó ni una nota, se encerró en la cocina de casa, se sirvió un whisky y se disparó con su arma reglamentaria.

Los chismes destrozaron a su madre, las malas lenguas interpretaron el suicido como confirmación y ella y Sean se mudaron en cuanto él se graduó. Al llegar a Washington se presentó voluntario en Asuntos Internos. Sean sabía que su jefe y el cuerpo de policía entero daba por hecho que su objetivo era vengarse de la muerte de su padre, pero se equivocaban. Sean quería asegurarse de que nadie más tuviera que vivir el infierno que le había tocado a él, quería que los policías corruptos de verdad fuesen acusados con pruebas y que los inocentes salieran ilesos, quería que las pruebas apareciesen antes de la condena. Solo eso.

La venganza la llevaría a cabo de otro modo.

En el sobre que le había entregado Anderson había una lista de nombres, la de los policías que habían trabajado con su padre y que ahora el superintendente estaba investigando porque creía que eran corruptos. También estaba el informe del suicidio, Anderson había estado presente y lo había redactado él mismo. Y había otro documento, una sentencia de un juzgado de Nueva York en la que se declaraba la culpabilidad de su padre por violación. La sentencia estaba sellada y nunca había salido a la luz. Anderson la había retenido en su poder y de algún modo había logrado que ese juez tampoco hablase. El juicio se había realizado a puerta cerrada y... Sean no podía dejar de pensar en las implicaciones de ese papel. Era imposible que su padre hubiese cometido tal atrocidad, completamente imposible. Por eso lo había mantenido oculto Anderson, porque sabía que su padre era inocente y no quería mancillar la poca reputación que le quedaba. Tenía que ser eso. Por eso Anderson había ido a buscarlo, para darle por fin la oportunidad de investigar ese caso.

El caso que destrozó a su familia y le había marcado para siempre. Si para hacer eso tenía que ayudar a Anderson a encerrar a unos cuantos policías corruptos más, lo haría. Le importaba una mierda que esos policías fueran lo más cercano que le quedaba a unos tíos, pues esos hombres habían sido los pocos que los habían ayudado a él y a su madre a irse de la ciudad y a empezar de cero en otra parte.

El avión aterrizó y un coche estaba esperándolos en la pista. Sean bajó después de Anderson y de Rourke. Era la primera vez que volvía a Nueva York desde que se graduó en la academia y necesitaba unos segundos. A él no le había hecho falta estar allí para investigar el pasado de su padre, aunque siempre había sabido que tarde o temprano iba a tener que volver. Se imaginó que Anderson había hablado con su jefe en Washington para solicitar que trabajase con él, aunque estaba seguro de que no le había contado toda la verdad. Y a él tampoco. Anderson tenía un plan oculto, eso saltaba a la vista, y Sean no pararía hasta descubrirlo. No le importaba que le utilizasen mientras que él pudiera hacer lo mismo, pero eso no significaba que le gustase ir a ciegas; quería saber qué era lo que motivaba a Anderson. A lo largo de su carrera Sean había aprendido que cualquiera es capaz de cometer un error, de pasarse al bando equivocado si cree que así conseguirá lo que quiere. A todos los humanos nos impulsa algo y él necesitaba saber qué impulsaba a Anderson. No se tragaba que solo fuese una cuestión de justicia o de querer hacer el bien, nadie llegaba a donde había llegado Anderson solo con el objetivo de hacer el bien. Eso era una estupidez.

O él era ya un cínico redomado y sin remedio.

—Buenas noches, Tabone —Anderson saludó al hombre que estaba apoyado en el vehículo y Sean lo observó al instante, ese apellido, esa mirada. Le conocía, Tabone era un par de años más joven que él, pero habían coincidido en la academia. Allí de pie en lo alto de la escalera para descender del avión recordó el único día que había hablado con él.

Sean estaba entrenando solo en el gimnasio cuando el imbécil de Callahan y uno de sus compinches, Méndez, fueron a por él. No era la primera vez, aunque sí fue la última. Faltaban pocos días para la graduación y querían vengarse por el castigo que el director les había impuesto por la encerrona de días antes en los dormitorios. Sean también había recibido el castigo, pero a él le daba igual, merecía la pena.

—Hoy no va a interrumpirnos nadie, Sean. —Callahan cerró la puerta.

—¿No te cansa ser tan estúpido, Callahan?

—Escoria como tú no debería ser jamás policía —Callahan recitó uno de sus insultos favoritos. Sean estaba de acuerdo en parte, había hombres que jamás deberían llevar una placa, pero él no era uno de ellos. El matón que sin embargo insistía en golpearle, sí—. Renuncia y lárgate de aquí. Tu padre al menos hizo lo correcto.

Quizá otro día habría reaccionado de otra manera, aunque lo dudaba mucho, pero esa tarde se lanzó encima de Callahan. Méndez lo cogió y lo golpeó, le atizó un buen golpe en la cabeza y Sean parpadeó para no perder la consciencia, cuando consiguió centrarse Méndez le estaba atando las manos con una de las cuerdas de saltar.

Mierda.

No esperaba acabar así, recordó, él no contaba con tener nietos ni cursiladas de ese tipo, pero había dado por hecho que antes de morir haría algo decente con su vida, como descubrir quién le había tendido la trampa a su padre. Pero era imposible, nunca podría soltarse a tiempo y tenía el presentimiento de que Callahan y Méndez no iban a parar de golpearle hasta matarle.

Seguro que incluso habían planeado como hacer desaparecer el cuerpo o como colocarlo para que pareciese un accidente... o un suicidio. La cuerda. Las vigas del gimnasio.

Tuvo el impulso de sonreír, tenía que reconocer que era irónico.

Las puertas del gimnasio se abrieron, Callahan no las había cerrado tan bien como creía o el recién llegado las había empujado con más fuerza de la necesaria. El chico los miró sin pestañear, no lo conocía, pero había cruzado alguna que otra mirada con él y sabía que también estaba librando su particular batalla allí dentro; era italiano y desde su llegada le habían acusado de ser un delincuente, de haber pertenecido a la Mafia de Little Italy. Al parecer Sean no era el único al que sus compañeros de academia no le perdonaban su pasado o los actos que hubiesen podido cometer sus padres.

El chico cerró la puerta y se acercó a ellos. Sean se mantuvo en silencio y no apartó la mirada.

—¿Qué está pasando aquí? —les preguntó a Callahan y a Méndez.

—Lárgate, Tabone. Esta es tu oportunidad para demostrar que estás en el bando correcto —respondió Callahan.

Sean les observó, si ese chico estaba ansioso por ser aceptado se daría media vuelta y se largaría de allí como si no hubiera visto nada. Podía entenderlo. Había instantes en los que a él le gustaría poder condenar públicamente a su padre y recibir el apoyo de sus *compañeros*. Ser el que no encajaba, el que nadaba siempre en dirección contraria no era nada fácil y mucho menos cuando sabías qué se sentía al formar parte del grupo y no estar solo. Sean tenía esos recuerdos y ahora le dolía la soledad. Si ese chico jamás había sido aceptado, seguro que estaba hambriento por serlo.

—Tienes razón, Callahan —dijo el chico y Sean apretó los párpados. No era culpa suya, era comprensible. Oyó un golpe y abrió los ojos—. Sé a qué bando pertenezco.

Sean vio que Méndez caía desplomado al suelo tras recibir un único puñetazo de Tabone. Callahan fue a por él, no consiguió ni rozarlo. Ese chico era rápido y poseía una frialdad que helaba la sangre; no se precipitaba, golpeaba con certeza y brutalidad, como si pelear fuese para él tan necesario y normal como respirar.

Callahan acabó en el suelo junto a Méndez con la nariz rota de nuevo y escupiendo sangre. Tabone se acercó a Sean y aflojó la cuerda.

—Gracias.

—Tenía ganas de pelear —dijo Tabone sin más al apartarse, pero antes de salir por donde había llegado añadió—: Lamento lo de tu padre.

Sean se quedó sin habla al comprender que era la primera vez que alguien le daba el pésame. Y había sido un completo desconocido al que probablemente él, de no haber cambiado su vida, habría prejuzgado.

El capitán del vuelo salió de la cabina y le dio las buenas noches a Sean, este reaccionó y bajó la escalera. Anderson y Rourke lo estaban esperando junto al coche hablando con Tabone.

—Detective Bradford, permítame que le presente al capitán Tabone —Anderson habló mientras encendía un cigarro.

—Nos conocemos —reconoció Jack—. Hola, Sean.

—Hola, Jack.

Rourke se rio y dio una palmada a la espalda a Anderson.

CAPÍTULO 5

Alessandra no podía creerse lo que le estaba pasando. La película estaba teniendo mucho éxito, las buenas críticas no cesaban de llegar y su agente recibía guiones y propuestas a diario. Esa mañana habían quedado en el Polo Lounge, el selecto y discreto restaurante del Beverly Hills Hotel, para comentar la que según Beny era la mejor.

—Tienes que aceptar, Alessandra —insistió atacando la langosta de su plato—. A los de la academia les encantan las actrices de cine que se arriesgan a hacer teatro. Creen que así demuestran su talento de verdad. Haz esa obra y seguro que dentro de unos meses tendrás una estatuilla del tío Óscar en casa.

—Hace meses me dijiste que solo los perdedores hacían teatro.

—Musicales, querida, dije musicales —Bebió un poco de champán—. Tienes que aceptar. Me han dicho que también se lo han ofrecido a Vivien Leigh y a Lauren Bacall.

—Si eso es cierto, no tengo ninguna posibilidad de ser la elegida y tú lo sabes mejor que nadie. ¿Competir contra Vivien y Lauren? Es imposible.

—Tienes toda la razón.

—Vaya, gracias por confiar en mí, Beny —Alessandra sonrió, no le reprochaba la sinceridad a su agente, por eso le había elegido.

—De nada.

Benjamin Schneider era judío. Aunque él era el primero en definirse como «adaptable», decía que esa era la mayor virtud de su pueblo, y comía como si fuesen a llevarlo al paredón. Era menudo, decidido y funcionaba a impulsos. Objetivamente su carrera como agente tendría que haber sido un desastre, era desorganizado y no seguía ningún método, pero su instinto era legendario y siempre que Alessandra se reunía con él dos o tres aspirantes a actor se acercaban a él para pedirle que por favor los representase. A Alejandra la había elegido después de verla hacer de corista en uno de esos musicales que tanto le horrorizaban.

—Me alegra que lo hayamos dejado claro, no me apetecía...

—No tendrías ningún oportunidad de que te eligiesen por encima de Lauren o de Vivien si el director no estuviese decidido a que tú representases el papel principal. Dice que eres Catherine.

—¿Qué has dicho?

—Eric Kazan quiere que seas su protagonista y como es el ruso mimado del momento la productora está dispuesta a todo para conseguirle lo que quiere. ¿Qué nos pasa a los americanos? —Alessandra sonrió, la más americana era ella, puestos a ser puristas con el término, Ben había llegado allí con casi veinte años y ahora tenía sesenta—. ¿Un comunista traiciona a su país, rueda una película en blanco y negro que no entiende nadie y ya estamos dispuestos a hacer malabares por él?

—Nos gustan los héroes —dijo ella y su agente la miró

confuso, como si no se hubiese planteado la posibilidad de que le contestase.

—Tienes razón —golpeó la mesa con ambas manos—. ¡Nos gustan los héroes! Ya sabía que yo que no solo me había fijado en tu cara y en tus piernas, Alessandra, eres un genio.

—La frase no es mía —era imposible enfadarse con Beny—, lo decía un viejo amigo mío, un librero de Little Italy.

—Ahí hay una historia, querida —Beny arrancó una pinza de la langosta—. Sé que no vas a contármela, pero allí hay una historia.

Alessandra bebió un poco y al tragar les pidió a las burbujas que se llevasen consigo los recuerdos que había despertado esa anécdota.

—Me da igual lo que quiera Kazan, si es tan caprichoso como insinúas seguro que se le pasará y dentro de dos días pedirá a otra.

—No es caprichoso, es un jodido niño malcriado pero es un puto genio.

—Beny, ¿qué diría tu esposa si te oyese hablar así?

—Amenazaría con lavarme la boca con jabón y se alegraría de que me sintiera tan a gusto contigo como para dejar de portarme como un finolis. A Ilana le gustas, Alessandra.

—Es mutuo. Volvamos a lo de Kazan, dile que no puedo aceptar, tengo demasiados compromisos. Proponle a otra actriz de tu cartera, sé que no soy la única afortunada de tenerte de agente.

—Menos mal que delante de una cámara eres mejor actriz, Alessandra, ese «afortunada» no me lo he creído nada —Se limpió las manos con la servilleta—. Esa obra será la representación del año, Kazan es el director del año, le han ofrecido una cantidad indecente de dinero para filmar una película y él quiere hacer teatro. —Escupió la palabra—.

Primero le dejan hacer su obra en Nueva York y después rodará la película que quiere el estudio en Hollywood. La única condición que ha impuesto eres tú. Te quiere a ti.

—Pero yo...

—Tú tienes miedo de volver a Nueva York, lo sé.

Alessandra se quedó atónita.

—Tendría que ser idiota para no haberme dado cuenta, querida, y me pagas mucho dinero para que no lo sea. Hace diez años que te fuiste. No quiero que me cuentes por qué —levantó una mano para detenerla—, solo quiero que me escuches durante unos minutos y que pienses qué clase de vida quieres llevar en el futuro.

A ella le costó respirar pero consiguió asentir.

—Kazan quiere estrenar dentro de tres meses y la obra solo se representará durante un mes. Quieren que sea un evento efímero y muy exclusivo. Va a haber bofetadas para conseguir entradas y la reventa se disparará. Saldrá en todos los periódicos, Alessandra. Tu reputación subirá por las nubes, ganarás esos premios de teatro tan adorables y en Hollywood, como no querrán quedarse atrás, te nominarán para el Óscar a mejor actriz por *El asunto del día*. Podrás hacer lo que quieras durante el resto de tu vida.

—Esa obra es una locura. ¿Qué pasará si es un fiasco? Mi carrera quedará destrozada. Es muy arriesgado.

—No será un fiasco.

—Eso no puedes saberlo.

—Pues claro que puedo, es mi trabajo.

—Nadie ha llevado jamás *Cumbres borrascosas* al teatro. Es imposible.

Beny sonrió y Alessandra se dio cuenta de que había cometido un error; había mostrado interés por la obra.

—Chica lista, ya lo decía yo. Tienes razón, ese libro es un auténtico tocho, ideal para eliminar el insomnio.

—Es una historia preciosa.

El señor Belcastro le había regalado un ejemplar pocos días antes de que se fuera de Little Italy. En aquel momento no le había prestado demasiada atención, pero tiempo después lo había leído y había recordado las palabras del librero al dárselo. Por eso también había pensando en él antes, cuando Beny le dijo qué obra quería llevar Kazan al teatro.

—Me alegro de que te guste, así tienes trabajo hecho.
—No he dicho que vaya a aceptar, Beny.
—Ernest Boyle está al cargo de la adaptación teatral, es el maldito Dios de los guionistas. Si Charles Chaplin y Billy Wilder tuvieran un hijo, sería Boyle. La obra contará solo con cuatro actores, el chico, la chica, la criada y el visitante. Será una obra maestra. Pasará a la historia.

Alessandra admiraba el trabajo de Boyle, no había ninguna actriz ni ningún actor de Hollywood que no lo hiciera, y también a Kazan, aunque este la confundía un poco. No se lo había confesado a Beny, pero lo cierto es que sentía mucha curiosidad por saber cómo iban a adaptar el clásico al teatro y su instinto le decía que su agente tenía razón, iba a ser majestuoso. Tenía que formar parte de ello, no podía dejarlo escapar.

«Es en Nueva York».
—¿Por qué quiere Kazan estrenar en Nueva York?
—Porque dice que en Los Ángeles no respetamos el arte. Es un imbécil, qué quieres que te diga. En otras circunstancias seguro que sus productores le habrían exigido que lo hiciese aquí, pero —se encogió de hombros— es el jodido niño mimado del momento.
—¿Estás seguro de que no van a cambiar de idea?
—Segurísimo y lo cierto es que Kazan no es del todo idiota, al quedarse en Nueva York genera más expectativa, más misterio. Estoy convencido de que quiere llegar a Hollywood por todo lo alto. Esta obra de teatro es solo su

carta de presentación y quiere hechizarnos a todos, embelesarnos, demostrarnos que somos unos paletos.

—No me estás convenciendo.

—El tipo no tiene que caerme bien para saber que es un genio y que esta obra va a marcar un antes y un después en el teatro, en Hollywood y en tu carrera. Acepta, Alessandra.

—Tres meses es muy poco tiempo.

—Vas a tener que trabajar mucho.

—Acabo de mudarme.

—Tu casa no se irá a ninguna parte. Me encargaré de ir a regarte las plantas y dar de comer a tu gato.

—No tengo gato.

—Acepta, Alessandra.

—Yo...

—Alessandra —alargó la mano y cogió la de ella—, voy a decirte algo y espero que no lo repitas. Si me entero de que lo has dicho por allí doblaré mi comisión y me encargaré de que en tu próxima película tengas que besar al actor con el peor aliento de Hollywood.

—¿Quién es?

—Cállate y escucha. —Le apretó la mano—. Sé lo que es tener miedo. Lo sé. Cuando Ilana y yo nos fuimos de nuestro país dejamos atrás una etapa llena de dolor. Habíamos perdido a un hijo, los dos éramos muy jóvenes, y sabíamos que si nos quedábamos correríamos peligro. Tuve pesadillas durante años, soñaba que unos policías venían a buscarme y me obligaban a volver. Me despertaba sudando y gritando y después tenía miedo de salir a la calle, pensaba ¿y si alguien me reconoce? ¿y si alguien me delata? Ilana estaba cansada y un día me preguntó ¿por qué hemos venido aquí?. Yo la miré confuso y ella insistió, ¿por qué huimos si aquí también tienes miedo de vivir?

Alessandra apartó la vista y le tembló la mano, Beny no la soltó.

—No puedes vivir asustada. Sea lo que sea lo que te pasó en Nueva York, Alessandra, forma parte del pasado. Esto es el presente y esa obra es tu futuro. Piénsatelo.

—Beny, yo...

—No, no me respondas ahora. Llévate esto —le entregó una carpeta—, son las primeras páginas que Boyle ha adaptado y un escrito de Kazan. Dice que te vio hace unos meses en una película y que tienes la mirada de Catherine.

—¿De verdad crees que puedo hacerlo, Beny?

—Estoy seguro de que puedes hacerlo, Alessandra. Kazan tiene razón, he leído su escrito, obviamente.

—Obviamente.

Él sonrió.

—El papel de Catherine tiene que representarlo alguien que sepa lo que es el dolor de verdad, no puede ser una cabaretera ni una niña inocente. Tiene que ser una mujer que haya sentido angustia en el alma y no pueda esconderlo. —Alessandra no sabía qué decir, se sentía desprotegida—. Usa tu pasado, pequeña, úsalo para hacer la actuación de tu vida y después dale una patada en los huevos.

Alessandra soltó una carcajada y se secó la lágrima que le resbalaba por la mejilla.

—Ese lenguaje, Beny...

—Sí, lo sé, mi esposa me lavará la boca con jabón.

Beny la acompañó de regreso a casa. No volvieron a hablar del tema aunque los dos sabían que ella iba a aceptar y se iría pronto a Nueva York. Él se encargaría de ultimar los detalles del contrato y de gestionar el viaje así como de hablar con el estudio y suavizar cualquier problema que surgiese. Aunque dudaba que surgiese ninguno. Si Beny había insistido tanto en que aceptara, seguro que ya contaba con la aprobación o incluso la bendición de los estudios. Se despidió de Beny en la entrada y lo primero que hizo al llegar a casa, después de quitarse los zapatos de tacón y el maquillaje, fue sacar la moneda del bolso y acercársela a los labios. Se suponía que aquel era el último día que estaba en su poder e iba a guardarla en un sobre esa misma tarde para mandarla de regreso a Nueva York.

Tal vez el destino había propiciado que esa moneda, el amuleto de su infancia y el único símbolo de su pasado que recordaba con cariño, estuviese con ella en ese instante. Tal vez el destino le estaba diciendo que había llegado el momento de volver, de dejar de huir definitivamente, de vivir como le había dicho Beny.

El destino nunca se había preocupado por ella, la había pisoteado e ignorado, jamás la había cuidado. Las cosas buenas que le habían sucedido habían sido mérito suyo o de sus hermanos.

«¿Por qué huimos si aquí también tienes miedo de vivir?»

La frase de la esposa de Beny le había calado hondo. Ella había huido de Nueva York para sobrevivir. Al principio había hecho únicamente eso, sobrevivir, pero ¿había llegado a vivir alguna vez? No, no lo había hecho. A pesar de que sabía que los monstruos de su pasado no podían reaparecer porque estaban muertos nunca había dejado de huir, de mirar por encima del hombro, de tener una maleta preparada en el armario por si tenía que salir corriendo.

—Voy a dejar de huir.

Abrió el armario donde guardaba sus mejores vestidos y arrastró una silla hasta allí para subirse encima. En la parte superior, escondida entre dos sombrereras, había una vieja caja de cartón marrón. Nadie se fijaría en ella y sin embargo contenía los tesoros más preciados de Alessandra. La sujetó con una mano y bajó con cuidado. Eligió sentarse en el suelo, pero antes de hacerlo cogió el teléfono que tenía en la mesilla y alargó el cable hasta dejarlo también a su lado. Levantó la tapa, apartó un pañuelo de su abuela, fotos de sus hermanos pequeños y después sacó el fajo de cartas. Allí guardaba todas las cartas que había recibido de Nick y Jack, incluso los sobres que habían llegado vacíos excepto por la moneda.

Meses atrás Nick le había escrito para decirle que iba a casarse con Juliet y que juntos se instalarían en la casa de Rutgers Street, era donde se habían enamorado. Él le pidió que fuese a la boda, pero ella le contestó diciéndole que era imposible cuando le devolvió la moneda. Y entonces él hizo algo increíble, rompió la norma no escrita de no mantener ninguna clase de comunicación excepto el ir y venir de su amuleto y le escribió una carta en la que solo había una serie de números. Nada más. Alessandra no había puesto jamás a prueba su teoría, pero estaba convencida de que era un número de teléfono, el de Nick.

—Ahora o nunca.

Soltó el aliento y pidió a la operadora que le pasase con el número. Esperó. Quizá estuviera equivocada, quizá esos dígitos pertenecían a otra cosa, ¿una combinación, tal vez?

—¿Sí?

Se le aceleró el corazón y no fue capaz de decir nada.

—¿Sí? —insistió Nick. Era él. Le había reconocido a pesar de que su voz había perdido por completo el deje de la infancia y de la adolescencia—. No sé cómo ha conseguido este número, pero...

—Hola, Nick —balbuceó. Entonces fue él el que se quedó en silencio y ella pensó que se había cortado la comunicación—. ¿Nick?

—¿Sandy? —Sonaba contento y muy sorprendido—. ¿De verdad eres tú, Sandy?

—Sí... bueno, hace diez años que nadie me llama así, pero sí, soy yo.

—Dios mío, no puedo creerme que esté hablando contigo. ¿Dónde estás? —Ella notó el cambio al instante, la presencia de la preocupación—. ¿Estás bien? ¿Te ha sucedido algo?

—Estoy muy bien. —Sonrió por entre las lágrimas que la habían cogido por sorpresa—. Estoy muy bien. Me alegro mucho de hablar contigo, Nick.

—Y yo, *Alessandra*, y yo.

—Supongo que te preguntas por qué te llamo después de tanto tiempo—. Jugó nerviosa con el cordón telefónico.

—En realidad me da igual el motivo, me basta con que me hayas llamado.

—Oh, Nick, creo que este mes recibirás la moneda unos días más tarde.

Él, que había tenido que sentarse en el suelo al escuchar la voz de su amiga, frunció el ceño. ¿Por eso lo llamaba?

—¿Por eso me llamas?

—No, te llamo para decirte que voy a Nueva York.

—¿Vienes a Nueva York? ¿Cuándo? —Él se puso en pie de un salto y su esposa se le acercó. Le había oído mientras bajaba la escalera y lo miraba confusa. Nick alargó la mano y cogió la de Juliet para tirar de ella y abrazarla.

—Aún tengo que ultimar los detalles, me imagino que tardaré una semana. ¿Crees... crees que podré ir a veros, a ti y a Jack?

—Intenta evitarnos. Llámame cuando tengas los detalles del vuelo y deja que nosotros nos ocupemos del resto. Jack, Siena, Juliet y yo estamos impacientes por verte.

—¿De verdad?

—De verdad, Pelirroja, llevamos años esperándote.

—Oh, gracias, Nick.

—No te retrases, ¿de acuerdo?

—De acuerdo.

—Y ahora voy a colgar. Tú tienes mucho qué hacer, no sé cómo diablos funciona eso de Hollywood, pero seguro que tendrás que hablar con unas cuantas personas antes de irte. Y yo tengo que ir a ver a Jack, se alegrará mucho de saber que vienes.

—Y estás impaciente por restregarle por la cara que te he llamado a ti y no a él —añadió ella. Era como si los años que habían estado separados no hubieran existido nunca.

—Sí, así es.

—No tengo su número.

—Lo sé y él también lo sabe.

—Aun así vas a disfrutar mucho restregándoselo.

—Sí. Cuídate mucho, Alessandra, y no te olvides de llamarme con los detalles del vuelo.

—No lo haré. Adiós, Nick.

—Hasta luego, Pelirroja.

Alessandra colgó, no recordaba la última vez que había sentido aquel burbujeo en el estómago y lo que tenía en el rostro era una sonrisa, una de verdad, no una de las que esbozaba por exigencias del guion. Soltó una carcajada y volvió a descolgar el teléfono, Beny se alegraría de recibir noticias suyas tan pronto. No tenían tiempo que perder, los dos tenían mucho que hacer.

Nick le había dicho que quería colgar porque estaba impaciente por hablar con Jack y lo estaba, pero ese no era el verdadero motivo por el que la había apresurado. Estaba temblando y sentía la imperiosa necesidad de abrazar y besar a su esposa.

—¿Estás bien? —le preguntó Juliet acariciándole el rostro.

—Era Sandy —sonrió—, va a venir.

—Lo he deducido. —Sonrió también ella.

—Voy a besarte.

Ella se puso de puntillas y empezó el beso.

CAPÍTULO 6

Nueva York

Sean alquiló un apartamento en la Sexta Avenida, cerca de Times Square. No tenía intención de volver a instalarse definitivamente en la ciudad, así que cualquier calle le iba tan bien como cualquier otra. Lo único que quería era estar lejos del barrio de su niñez y de los policías irlandeses que habían pasado de considerarles familia a abandonarlos.

«Los irlandeses nunca dejan de ser irlandeses», decía su abuelo. Se suponía que la sangre irlandesa se mantenía firme y que se ayudaban los unos a los otros sin poner en duda el motivo. Había muchos policías irlandeses, era una especie de tradición. Una de sus abuelas, la madre de su madre, decía que se debía a su antepasados guerreros. Su madre se burlaba y decía que únicamente se debía a su afición por la bebida y a tomar malas decisiones cuando el alcohol les hacía creerse invencibles. Fuese por el motivo que fuera, en la policía de Nueva York corría sangre irlandesa y aunque tal vez ya había dos o incluso tres generaciones nacidas en Estados Unidos, jóvenes que jamás habían pisado (ni pisarían) Irlanda, actuaban como una piña.

Excepto con el padre de Sean.

Llevaba una semana en la ciudad y todavía no había estado en comisaría, el superintendente Anderson les había llevado el primer día a un local que era una librería abandonada de la calle Baxter. En la puerta de al lado había una floristería abierta y a nadie que pasase por allí se le ocurriría pensar que tras ese escaparate de cristal ahumado cubierto ahora por una capa de pintura blanca que lo volvía completamente opaco se reunían varios individuos con la finalidad de encerrar a todos los policías y jueces o políticos corruptos de la ciudad.

Incluso a Sean le costaba creérselo y él llevaba siete días viéndolo.

La librería se llamaba Verona, de la puerta aún colgaba el letrero de madera con el nombre, y en su interior seguían las estanterías repletas de libros. No había tanto polvo como cabría esperar, señal de que alguien, todavía no sabía quién, se ocupaba del lugar. En el piso superior había una vivienda deshabitada y por lo que Sean había podido deducir en ocasiones alguno de ellos se había quedado a pasar la noche. Todo esto le había resultado sorprendente, pero lo que le había parecido increíble, y seguía pareciéndoselo, era que Verona estaba en medio de Little Italy, en el jodido barrio que lo había empezado todo.

Era irónico.

Y una temeridad.

Aunque más temeridad era aún que cuatro policías, Rourke, Jack, Anderson y él trabajasen codo con codo con el excapo de la Mafia más importante que había existido desde Al Capone, Luciano Cavalcanti, su mano derecha, Nick Valenti, y que tuvieran a su disposición a todos sus hombres y sus recursos.

Esa mañana estaba solo, sentado en la mesa que ocupaba el espacio central de la vieja librería, cuando entró Jack Tabone y decidió preguntarle por qué estaban allí. Llevaba días dándole vueltas, sabía que tenía que haber alguna historia detrás de esa elección, pero había estado demasiado preocupado intentando averiguar algo sobre el supuesto juicio de su padre como para prestarle más atención. Ahora mismo estaba cansado y necesitaba un café o una distracción, y le daba pereza levantarse.

—El propietario de esta librería se llamaba Emmett Belcastro. Era el mejor amigo de Luciano Cavalcanti y cuando éramos pequeños nos ayudó mucho a Nick y a mí. —Sacó la pitillera y, tras ofrecerle un cigarro, que Sean aceptó, encendió el suyo—. Murió asesinado, lo mató mi padre.

—Joder, Tabone.

—Sí, otro día te contaré esa historia. Belcastro le dejó la librería a Nick y cuando Anderson decidió que no podíamos seguir en la comisaría —dio una calada—, demasiados ojos y oídos pendientes de nosotros, dijo que este era el lugar perfecto.

—¿Cómo has podido mantener tu amistad con Valenti todos estos años? Tú eres policía y él... —soltó una bocanada de humo—, no tengo ni idea de qué es él.

Jack se rio.

—Yo tampoco, pero no es un gánster. A estas alturas ya deberías saber que aquí, en esta ciudad, nadie es lo que parece.

—Tienes razón.

—Pero contestando a tu pregunta, Valenti y yo no hemos sido amigos durante todos estos años. En realidad, dejamos de serlo cuando yo me alisté. Nos hemos reencontrado hace poco.

—Vaya.

Jack apartó una silla, le dio la vuelta y se sentó con el respaldo apoyado en el torso.

—Tanto tú como yo hemos tenido un pasado muy jodido, Bradford, Nick también. Y sospecho que el de Anderson no se queda atrás. Quizá todo esto sea una locura. —Extendió los brazos e intentó abarcar en su interior la pizarra en la que estaban las anotaciones sobre su caso y las montañas de expedientes que ocupaban prácticamente cualquier espacio libre—. Probablemente nos matarán a todos, pero vale la pena intentarlo.

—¿Estás seguro?

—¿Tú no? —Jack arqueó una ceja.

—No, por supuesto que no. —Sean se rio amargamente—. ¿Cómo quieres que lo esté? ¿Vale la pena que me peguen un tiro por defender una institución que juzgó y condenó a mi padre sin pruebas, que destrozó a mi familia?

—Si eso que dices es verdad, no deberías estar aquí.

La acusación, aunque era lo que él pensaba, no le sentó bien a Sean y se defendió.

—Anderson vino a buscarme.

—Anderson cree que es Dios, pero no siempre tiene razón, créeme.

—¿Tú qué harías si la policía hubiese acusado a tu padre de corrupto y de violación, si le hubiesen encerrado sin pruebas, si se hubiese volado la tapa de los sesos cuando tú estabas en la academia?

—Joder, Bradford, ¿fue eso lo que pasó?

—Dime qué harías —insistió.

Jack sopesó su respuesta. En la academia se había cruzado con Bradford en pocas ocasiones, pero siempre le había parecido un chico decidido, inteligente, reservado y con principios; era de los pocos que nunca se había metido con él y que siempre le había mirado a los ojos. Luego estaba aquel incidente en el gimnasio, el día que Jack lo salvó de que esos matones le diesen una paliza o quizá algo peor, lo matasen. Ese día oyó unas frases sueltas, pero ahora, con lo poco que le había contado Bradford, adquirían más sentido. A él le habían atacado por ser un «asqueroso italiano», por ser un aprendiz de matón de la Mafia. A Bradford por ser el hijo de un policía corrupto, un violador y un cobarde que al final se había suicidado. A Jack el desprecio de sus compañeros de academia no le había dolido porque nunca se le había pasado por la cabeza que pudieran contar con él, ¿pero en el caso de Bradford? Él había crecido con más de la mitad de esos cretinos que ahora le despreciaban, él había pasado de ser el hijo de un amigo a ser el hijo de un traidor, ¿y ahora se suponía que él tenía que ayudar a limpiar el nombre de la institución, a creer lo suficiente en sus principios como para arriesgar la vida?

¿Por qué iba a hacerlo?

—Antes de conocer a Siena, te habría dicho que no tienes por qué quedarte aquí, que te largaras y te ocupases de ajustar las cuentas con todos ellos, del primero al último. Te habría dicho que te dejases de heroicidades estúpidas y que pensases solo en ti. Pero tengo a Siena en mi vida y ahora no veo las cosas del mismo modo. No puedo decirte que te quedes aquí y luches por algo en lo que no crees, pero... ¿por qué te hiciste policía, Sean? ¿Fue solo por seguir con la tradición familiar?

Sean se quedó pensándolo. Pertenecer a una familia de policías le había marcado, pero ese no había sido el motivo por el que él desde pequeño había querido también serlo. Él creía en la verdad y en la justicia, en proteger a los más débiles.

—No, no fue solo por eso.

—Entonces mi consejo —se rio—, jamás pensé que me convertiría en la clase de hombre capaz de darlos, así que puedo estar muy equivocado, mi consejo es que pienses en eso —lo señaló con un dedo— y te quedes por ello.

Sean asintió y desvió incómodo la mirada hacia los papeles que tenía delante. Había empezado esa conversación para distraerse y había acabado hablando de algo jodidamente íntimo con ese hombre que prácticamente era un desconocido.

—Según esto, la Mafia ha tenido en nómina a más de la mitad de la plantilla de la comisaría del distrito cuatro y del cinco desde hace años. Y también a más de la mitad de jueces de la ciudad. Es imposible.

—Tú eres el especialista en encontrar pruebas, en desmontar acusaciones sin fundamento, por eso te eligió Anderson. Busca fallos en los documentos que nos ha proporcionado Cavalcanti, analiza las fotos desde todos los ángulos. Cuando presentemos el caso ante los tribunales tiene que ser indestructible.

—¿Indestructible? Nada es indestructible.

—¿La verdad tampoco?

—Joder, Jack —Sean dejó los papeles—, ¿no sabes hacer preguntas fáciles?

Jack sonrió y pensó que tal vez, cuando acabase todo eso, acabaría añadiendo a Bradford a su cortísima lista de amigos.

Sean pensó algo similar, aunque se sentía muy diferente a Jack, cuya vida, a juzgar por sus comentarios, había pasado de ser un infierno a descubrir algo parecido a la felicidad. Para él había sido lo contrario. De pequeño, Sean había crecido admirando a su padre y a su abuelo, a todos los policías que pasaban horas y horas en casa junto con sus familias. Había jugado al fútbol con más de la mitad de tenientes, sargentos y capitanes de Nueva York. Apenas ninguno de ellos había estado a su lado cuando los había necesitado y ahora muchos aparecían en las fotografías y en los documentos incriminatorios de Cavalcanti. En la semana que llevaba allí había tenido que plantearse muchas cosas que se había negado a analizar durante años, en Washington, en Detroit...

En todas las ciudades en las que había estado destinado le había resultado fácil fingir que solo era Sean Bradford, el detective con el mayor índice de casos resueltos de Asuntos Internos, el hijo de puta más odiado de la policía, un hombre solitario al que la única familia que le quedaba era su madre, que ahora vivía en Florida y pretendía no haber estado casada nunca con un policía corrupto.

Si él hubiese llevado el caso de su padre, las cosas no habrían acabado así. A pesar de su reputación, nunca acorralaba a los policías que investigaba, él siempre defendía la presunción de inocencia y aun cuando las pruebas eran abrumadoras creía que había una explicación; eran muy pocos los policías que sencillamente aceptaban sobornos o traicionaban sus principios por dinero. Siempre había algo, una situación extrema que los empujaba a ello, al menos era lo que él creía, lo que necesitaba creer. Si esa situación tenía remedio, también lo tenía ese policía.

Su padre había aceptado sobornos, se había ganado un sueldo extra mirando hacia el otro lado. Él recordaba que en esa época uno de los hermanos de su madre había perdido el trabajo y que ella había insistido en ayudarlo. Después había insistido en irse de vacaciones y después en comprar un coche nuevo. A la madre de Sean le gustaba vivir por encima de sus posibilidades y él recordaba lo suficiente de su vida familiar para saber que cuando no obtenía lo que quería la convivencia en casa era tensa. Aquello no justificaba a su padre, pero era un principio.

Gracias a los informes que le había proporcionado el superintendente Anderson y a la extensa documentación de Cavalcanti, ahora sabía que el contacto de su padre con la Mafia había sido un tal Silvio. Por desgracia para él, Silvio estaba muerto y no podía interrogarlo. El italiano había muerto en algo llamado la matanza del bar de los irlandeses, un incidente que aparecía varias veces en esa investigación. Tenía que encontrar a alguien más que hubiese estado allí y que estuviese dispuesto a hablar.

La puerta se abrió y entró Nick Valenti. A Sean aún le costaba no buscar su arma reglamentaria con la mirada cada vez que este o Cavalcanti o alguno de sus hombres entraban en el Verona y tenía que reconocer que Valenti fingía no darse cuenta.

—Buenos días, Bradford.
—¿Qué tal, Valenti?

El recién llegado asintió y se dirigió hacia Jack.

—Voy a buscar a Alessandra, ¿vienes?
—Sabes que sí. — Jack se puso en pie, cerró la carpeta que tenía delante y se colocó bien el sombrero—. Nos vemos luego, Sean.
—Claro.

Les observó irse y subirse al coche, le faltaban muchas cosas por descubrir sobre Valenti y la naturaleza de la relación que mantenía con Jack, pero la envidiaba. Envidiaba esa clase de amistad que era capaz de superar las más que evidentes diferencias que existían entre los dos. Ese día iban a recoger al aeropuerto a una antigua amiga de ambos, les había oído hablar de ello esos días. Se trataba de una amiga de la infancia, una chica que había crecido con ellos y se había mudado a Hollywood cuando Jack se alistó y Nick cambió de vida.

Sean no era muy aficionado al cine, quizá porque no tenía nadie con quien ir y porque prefería las actividades que no requerían estar encerrado en una sala rodeado de gente. Aun así el día que sus temporales compañeros de investigación le contaron que Alessandra Bonasera era actriz e iba a pasar unos meses en la ciudad para representar una obra de teatro buscó su nombre en el periódico. Encontró la noticia que relataba lo que Jack y Nick ya le habían contado, aunque con más detalle: el director de cine y teatro Eric Kazan, un exiliado ruso (que probablemente había sido recibido en Estados Unidos con los brazos abiertos a cambio de algo) iba a estrenar en Nueva York una obra de teatro, la adaptación de un clásico cuyo título Sean había olvidado. Los actores principales de dicha obra iban a ser Alessandra Bonasera, belleza pelirroja a la que todos los críticos auguraban un Óscar en el futuro más inminente, y Montgomery Clift, que acababa de representar la obra ganadora del Pulitzer en Broadway y contaba ya con el apoyo del exigente público de Nueva York. La fotografía que acompañaba el artículo rezaba que había sido tomada el día del estreno de la última película de la señorita Bonasera y en ella se veía a una elegante y sofisticada mujer con un vestido blanco y guantes que casi llegaban a las axilas. Iba acompañada de tres hombres, el director, Sean era incapaz de recordar el nombre, y dos actores, él solo había reconocido a Cary Grant.

Ella no captó demasiado su atención, era una actriz más, una cara y un cuerpo bonito. Sin duda debía de tener una historia interesante si había crecido en Little Italy en compañía de Jack Tabone y Nick Valenti y había acabado en Hollywood, pero podía imaginársela. Al fin y al cabo para eso tenía una cara y un cuerpo bonito.

«¿Desde cuando soy tan cínico?».

Dejó de pensar en la actriz, él tampoco la conocería. Dudaba mucho que ella se pasase por allí. Probablemente se instalaría en un lujoso hotel de la ciudad y cenaría con sus amigos de la infancia un par de veces. Nada más.

Retomó los papeles cuya lectura había dejado a medias y se olvidó por completo del tema. Seguiría buscando fallos en la contabilidad que le había entregado Cavalcanti, ¿qué clase de gánster hace asientos contables con los policías que tiene en nómina? Pues al parecer uno de Chicago, un antiguo amigo de Cavalcanti que había cometido el error de intentar matar a Nick y al que ahora era su suegro.

Sí, los motivos por los que Luciano Cavalcanti se había convertido en socio del superintendente Anderson no eran en absoluto altruistas. Aunque en realidad a Sean le importaba una mierda por qué lo hiciera, si esas pruebas eran auténticas, él lo descubriría, y si eran falsas también. Después, actuaría en consecuencia. En toda su carrera profesional jamás se había planteado no llegar hasta el final. Si alguien era inocente, tenía que demostrar su inocencia y, si era culpable, tenía que pagar.

De momento, los papeles de Cavalcanti parecían auténticos y, siempre que Sean se pasaba la noche estudiando el contenido de una nueva caja y preparaba una lista de preguntas y dudas o incongruencias y se la pasaba a Nick al día siguiente, este aparecía esa misma tarde o al cabo de pocas horas con las respuestas. A Luciano Cavalcanti de momento le había visto en dos ocasiones y apenas lo había saludado, él se había encerrado con Anderson en el despacho de la librería y se habían pasado horas hablando. Era curioso, pensó anotando otro puñado de datos, Cavalcanti y Anderson eran una especie de reflejo envejecido de Nick Valenti y Jack Tabone, ¿eran ellos conscientes de eso?

Lo había visto otras veces en la policía, parejas de detectives jóvenes que se parecen sin darse cuenta a los detectives que les han instruido. A él le había instruido su padre.

Apretó el lápiz y lo rompió. Le dolía reconocer que no quería parecerse a él. De pequeño le había admirado, había observado fascinado cómo se ponía el uniforme y de noche le esperaba despierto para escuchar las aventuras que había vivido ese día; la gente que había salvado, los delincuentes que había capturado. Recordó la primera vez que pilló a su padre con una mentira, fue una tontería, dijo que había patrullado por la Calle 42 y él había pasado por allí esa mañana y la había descubierto inundada y con un camión en el suelo, tumbado al lado del camión de los bomberos. Su padre no dijo nada de eso. Sean intentó convencerse de que había sido un error, hasta que unos días más adelante llegó otra mentira. Y otra.

Sin embargo su padre siguió siendo un buen policía. Tal vez mentía para hacer que sus historias fueran más interesantes. Él sabía que Sean lo esperaba despierto para escucharlas y que después contaba esas aventuras a sus amigos. Era normal que exagerara.

No quería ser como su padre.

No quería.

Dejó a un lado los papeles de Chicago y se levantó. Paseó por entre las estanterías de la librería, acarició los lomos de los libros. A él nunca se le había dado bien leer, quizá porque en su casa nunca había libros y porque él siempre había preferido salir a correr, practicar con el revólver. Las pruebas físicas para entrar en la academia eran muy duras y él lo había sabido desde pequeño. Los libros eran unos desconocidos para él y al mismo tiempo le atraían, tal vez si encontrase una historia en la que poder perderse se alejaría de la suya y adquiriría la perspectiva que sentía que le faltaba.

Perspectiva o una jodida pista de fiar.

Se alejó de las estanterías y fue en busca de la caja que contenía información relativa al año de la muerte de su padre. En esa caja estaba todo lo que había sucedido en Little Italy en esa época, todo lo que había acontecido en la Mafia y todas las actuaciones que había llevado a cabo la policía. Tal vez a alguien se le había pasado algo por alto. Cogió el cuaderno negro que sabía había pertenecido a Silvio, el matón que se había relacionado con su padre, y lo abrió. Si ese hombre siguiera vivo, le habría dado algunas respuestas, él se habría encargado de obtenerlas, pero había muerto en la matanza del bar de los irlandeses. Sean estaba en la academia cuando sucedió, era su segundo año, aun así había oído a hablar de ello. Todo Nueva York había oído a hablar de esa masacre.

En ese bar habían muerto muchos policías, trabajadores de una fábrica que habían tenido la desgracia de estar en el lugar equivocado en el momento equivocado, el núcleo duro de la mafia irlandesa y bastantes miembros de la mafia italiana.

No había policía que no hubiera escuchado una o dos teorías sobre esa matanza aunque ninguno podía afirmar cuál era cierta y cuál no.

Las páginas del cuaderno negro estaban divididas en filas y en tres columnas. La columna de la izquierda eran fechas, la del extremo derecho parecían cantidades de dinero. Aunque en ningún lado aparecía el símbolo del dólar a juzgar por los importes Sean estaba seguro de ello. ¿Y la columna del medio?

Alguien golpeó la puerta con la señal que indicaba que todo iba bien (habían establecido otra por si uno de ellos estaba en problemas y le obligaban a llevar a alguien hasta allí) y acto seguido se abrió.

—Buenas noches, detective Bradford.

Sean levantó la vista y vio que Luciano Cavalcanti entraba solo en Verona. Normalmente iba acompañado de Toni o de Marco, sus dos hombres de más confianza después de Nick Valenti, aunque Sean ya había deducido que Valenti no tenía una relación de subordinado con Cavalcanti, sino más bien de padre e hijo.

Mierda, también envidiaba eso.

Tal vez debería levantarse e irse. Esa investigación le estaba convirtiendo en un ser devorado por la envidia y la rabia.

—Buenas noches. —No consiguió disimular la rabia.

Cavalcanti caminó decidido hacia las estanterías de la

librería, se quitó el sombrero, pero lo sujetó en la mano izquierda mientras con la derecha repasaba los títulos de los libros.

—Veo que está leyendo el cuaderno de Silvio. —Siguió inspeccionando la estantería.

Sean no le contestó, no tenía la sensación de que Cavalcanti quisiera mantener una conversación con él. Era la primera vez que estaban los dos completamente solos y él, aunque nunca había estado destinado a la unidad antiMafia, no dejaba de resultarle irónico que los dos estuvieran relativamente tranquilos y sin desenfundar sus armas. No tenía ninguna duda de que Cavalcanti llevaba la suya debajo de esa elegante americana negra y él la tenía encima de la mesa, a escasos centímetros de su mano izquierda.

—Aquí está. —Cavalcanti sacó un libro de la estantería y sonrió. Después se dirigió al mostrador donde seguía estando la caja registradora y guardó unos dólares en el cajón.

Sean no pudo pasar por alto el gesto.

—Usted sabe que Belcastro no está y que estamos utilizando la librería como tapadera, ¿no? —El tono burlón fue más que evidente y a Sean le sorprendió ver sonreír a Cavalcanti.

—Lo sé, pero soy italiano y creo que el fantasma de Emmett es capaz de perseguirme durante toda la eternidad si me llevo este libro sin pagar. —Levantó el objeto en cuestión y Sean leyó que se trataba del libreto de una ópera, de *La traviata* de Giuseppe Verdi—. Me insistió durante años para que me lo llevase, le gustará ver que por fin he decidido hacerle caso.

Cavalcanti se puso el sombrero y se dirigió hacia la puerta. Antes de abrirla se detuvo y sin darse media vuelta le habló a Sean.

—Los números de la tercera columna son números de

placa. —Sean, que casi se había olvidado de lo que estaba haciendo, devolvió la mirada al cuaderno negro. Contó los dígitos de una casilla al azar y supo que Cavalcanti le estaba diciendo la verdad—. Silvio no era tan bruto ni tan estúpido como todos creíamos, tenía perfectamente anotado a qué policías untaba en su nombre o en nombre de El Irlandés. Nunca trabajó para mí.

—Hay muchos números y no todos están repetidos. Joder. Mierda. Son muchos policías.

—Sí.

—Van a matarnos —farfulló al comprender la verdadera envergadura de la operación de Anderson. Si no les mataba la Mafia que nunca había llegado a aceptar que Cavalcanti se retirase, les mataría la propia policía. No sabía qué sentir al respeto, él nunca había sentido demasiado apego por la vida, lo único que quería era resolver la verdad sobre su padre antes de morir, cómo o cuándo sucediera eso no le importaba.

—Espero que no. —Cavalcanti se rio y después levantó el libro hacia el cielo y dijo en voz más baja—: Deséame suerte, Emmett.

CAPÍTULO 7

Luciano no había ido solo a Verona, Toni le había esperado en el coche. Había querido entrar solo en la librería porque su intención había sido charlar un rato a solas con su viejo amigo. Sí, el mismo que llevaba tiempo muerto. Cualquier italiano lo entendería, incluso cualquier irlandés. Por eso al final se había animado a charlar con Bradford.

No le había sorprendido demasiado encontrarlo allí. Ese chico no tenía a nadie y Cavalcanti sabía que aunque Nick o Jack le ofreciesen su amistad les rechazaría. Él reconocía a alguien que ha decidido cerrarse al mundo en cuanto lo veía, lo había hecho durante años.

Cavalcanti no presumiría de conocer al detective Jack Tabone, pero dado que era el hombre que había elegido su sobrina Siena para pasar el resto de su vida podía afirmar que lo había estudiado a fondo. Si hubiera creído que Tabone era incapaz de amar a Siena, la segunda persona que Cavalcanti más quería en este mundo, no le habría permitido quedarse con ella. Siena se habría opuesto, obviamente, pero él lo habría intentado de todos modos.

Jack Tabone no era un hombre fácil ni cercano, pero ansiaba amar, quizá más incluso que ser amado, y Siena iba a ser la única depositaria de toda esa necesidad. Al menos hasta que tuvieran hijos y decidieran hacerle abuelo, o tío abuelo. El título le daba igual a Cavalcanti, le bastaba con saber que lo más parecido a una hija que tenía estaba con un hombre dispuesto a todo para ser digno de ella y de su amor.

Y si Siena era lo más parecido a una hija que tenía, Nick Valenti era lo más parecido a un hijo. Para ser un hombre que carecía de descendencia biológica, pensó Luciano, había sido muy afortunado al contar con dos hijos adoptivos tan especiales. Siena había llegado tras la trágica muerte de sus padres en Italia. Ella ya era mayor cuando llegó a Nueva York y su tenacidad y sus ganas de ser feliz a pesar de las adversidades a las que había tenido que enfrentarse le demostraron a Luciano que, a pesar de los indicios en sentido contrario, él seguía teniendo corazón. Nick había llegado antes, con apenas veinte años ese chico listo, todo bondad y con la mente más curiosa y analítica que él había conocido nunca lo perdió todo, incluso las ganas de vivir. El destino le jugó una muy mal pasada a Nick, le obligó a disparar a la mujer que amaba y Nick quiso morir con ella. Valenti había empezado a trabajar con él solo porque Emmett Belcastro le había dicho que aun muriendo quizá no volvería a reunirse con su amada Juliet. Nick no murió y se convirtió en el mejor asesor que Luciano hubiese podido soñar jamás, y con el paso del tiempo en algo más. Quizá fuera porque su verdadero padre jamás lo entendió y jamás estuvo a su lado, fuera por el motivo que fuese, Emmett Belcastro y Luciano Cavalcanti decían a menudo, en esas noches que bebían una grapa juntos frente a la chimenea de la casa de Cavalcanti o tomando un café en Verona después de que la librería cerrase sus puertas, que ellos dos eran los padres de Nick; ellos habían evitado que muriese y ellos le habían convertido en el hombre valiente y feliz que era ahora. Claro que el que Juliet estuviese a su lado también era importante.

—Ojalá pudieras verlos, Emmett —susurró Cavalcanti antes de entrar en el coche. Tras la muerte de su mejor amigo, había descubierto que este también había jugado un papel muy importante en la vida de Jack Tabone y de Sandy, o mejor dicho, Alessandra Bonasera, así que supuso que le alegraría saber que los tres habían vuelto a reunirse—. No tendrías que haberte muerto, viejo cascarrabias. ¿Cuántas veces te dije que no abrieras la tienda cuando estabas solo?

No había nadie dispuesto a contestarle y Cavalcanti sabía que Belcastro había hecho siempre lo que le venía en gana. Además, su muerte ya estaba vengada y ahora que conocían la identidad del asesino entendían también por qué Emmett había dejado entrar a su asesino y le había dado la espalda.

—Bueno —farfulló Luciano—, al menos no me verás haciendo el ridículo.

—¿Me ha dicho usted algo, señor Cavalcanti? —le preguntó Toni desde detrás del volante.

—No, nada. Vamos a casa.

—Por supuesto, señor.

Toni no detectó nada fuera de lugar en su jefe, él no era de la clase de hombre que se fija en esas cosas. Cavalcanti lo tenía en mucha estima, se fiaba de él y se alegraba de que por fin se hubiese casado con esa chica a la que llevaba años cortejando, quizá así estuviera menos despistado a partir de ahora. Observó a Toni desde de la parte trasera del vehículo, Nick insistía en que debía sentarse allí, era más seguro. Toni era un buen hombre y su bondad residía en su simplicidad. No lo estaba llamando tonto, cualquier hombre que se arriesgase a ir detrás de la mujer que amaba se merecía la admiración de Cavalcanti, sino feliz, fácil. Toni siempre había sabido quién era, a dónde quería llegar y a quién quería a su lado.

Luciano Cavalcanti no podía decir lo mismo, ni tampoco Jack Tabone o Nick Valenti, y estaba dispuesto a jugarse la mitad de su fortuna a que el superintendente Anderson y ese chico nuevo, el detective Bradford, igual. Ellos eran hombres confusos, valientes para muchos, pero en realidad cobardes para lo que de verdad importaba. Al menos Tabone y Valenti habían empezado a cambiar; Tabone había encontrado a Siena, había dejado su lado oscuro y había ascendido a capitán; Valenti tenía a Juliet e iba a ser padre y, si lograban llegar al final de la operación, de Anderson, quizá algún día podría hacer realidad alguna de esas máquinas que no dejaba de dibujar.

En cuanto a él... él era un jodido desastre.

Oh sí, había logrado alejarse de la Mafia, pero en los últimos meses había estado a punto de perder a Siena y a Nick por culpa de alguien de su pasado. Su sobrina había estado a punto de morir a manos de un viejo enemigo justo cuando iba a tocar el violín en un concierto homenaje a sus padres y Nick había sido acribillado a balazos en Chicago. Era un milagro que él y el fiscal Murphy hubieran sobrevivido.

Luciano era italiano, por Dios, él sabía mejor que nadie que había agotado su cuota de milagros. Él se fue de Italia con apenas veinte años, había huido no de un país ni de una guerra, había huido del mundo que estaba creando allí su hermano. Los Cavalcanti eran tres; Adelpho, el mayor, les había salvado de la miseria, probablemente les había salvado de la muerte, nunca les había contado cómo, pero Luciano sabía que eso, lo que hubiera hecho, le había convertido en quien era; en un hombre sin alma capaz de sacar provecho de todo. Adelpho había amasado una fortuna, era uno de los capos más respetados de la Mafia, y su nombre inspiraba terror. El tercero, el pequeño, era el padre de Siena, siempre se había mantenido al margen de Adelpho, se había negado a creer en la maldad de su hermano mayor, se había enamorado de joven y se había mudado lejos de allí... para que él y su preciosa esposa acabasen asesinados en una *vendetta*.

El segundo Cavalcanti era Luciano y él nunca fue capaz de fingir que no sabía qué hacía Adelpho, por eso se subió a ese barco, para alejarse tanto como fuera humanamente posible de esa clase de maldad. Pero el destino tiene un sentido del humor muy peculiar y, si no hubiera sido por el nombre de Adelpho, él, Luciano, habría muerto en ese barco o al pisar América. El nombre de Adelpho le protegió, le dio cobijo y una posibilidad, y al mismo tiempo le arrebató muchas otras.

Al llegar a Nueva York entró en la Mafia, recordó irónico, algo que había conseguido evitar en su Italia natal. Sin embargo, Luciano se prometió que allí sería distinto, él buscaría la manera de prosperar sin matar a nadie, sin aprovecharse de las debilidades humanas, sino reconduciéndolas. Le había llevado mucho más tiempo del que había creído en un principio y a lo largo del camino había incumplido principios que había creído inquebrantables. Había roto promesas. Había hecho daño a mucha gente.

Los periódicos habían publicado varios artículos sobre su retirada. A menudo le sorprendía a Cavalcanti la fascinación que la prensa tenía con él y con su familia, pero ninguno había dado con la verdad. Tal vez la teoría que más se acercaba era una que había aparecido en el *New York Times* donde le atribuían el mérito a Siena y a su inminente boda con el detective Tabone, ahora capitán. Siena tenía algo que ver, su sobrina, con su cariño y su valentía, y su negativa a quedarse encerrada en casa le había recordado que la vida existe para vivirla y que el amor existe, si te atreves a salir a buscarlo.

Él había conocido el amor y lo había perdido, mejor dicho, se había encargado de echarlo de su lado.

—Toni, he cambiado de opinión. Llévame a casa de la señorita Moretti.

—Por supuesto, señor.

Luciano conoció a Catalina Moretti años atrás, cuando él tenía treinta y cinco años y ella veinticinco. La diferencia de edad no le importó, se quedó prendado de ella el día que la escuchó tocar el violín en la iglesia. No se acercó a conocerla, en aquel entonces él ya tenía una reputación y sabía que un gánster no podía dirigirse a una chica como Catalina así como así. Planeó ese encuentro con esmero, lo preparó, eligió el lugar, el día, el momento exacto en que se produciría y cuando llegó ella apareció cogida del brazo de otro hombre, uno con uniforme de soldado.

Un héroe.

Cuando él era un criminal.

Un buen hombre.

Cuando él era tildado de malvado.

Ese día se apartó del camino de Catalina Moretti sin hablar con ella y se dijo que todo eso había sido una estupidez. ¿Qué diablos se le había metido en la cabeza? Él no podía estar perdiendo el tiempo con esa clase de cosas, él podía acostarse con la mujer que quisiera; rubia, morena, pelirroja o incluso las tres a la vez. Una recatada violinista se asustaría y ni siquiera había hablado con ella. Se convenció de lo absurdo que había sido el incidente y lo borró de su mente. Se dedicó a los negocios con más ferocidad que nunca; los irlandeses se estaban volviendo peligrosos y el Sindicato exigía cada vez más a las familias desde Chicago. Cavalcanti se volcó en su trabajo y dejó de ir a la iglesia, lo hizo porque la gente empezaba a mirarle demasiado y potencialmente era muy peligroso proporcionar a tus enemigos y a la policía un lugar en el que seguro iban a encontrarte a una hora determinada un día determinado. No lo hizo porque tuviera miedo de volver a ver o escuchar a cierta violinista.

Un año más tarde, sin embargo, una tarde que había ido a visitar a Belcastro, la violinista apareció.

—Estad usted bloqueando mi estantería.

Cavalcanti se giró dispuesto a decirle a la propietaria de esa voz tan repipi que esa estantería no le pertenecía, era de Emmett o de él, si se ponía quisquilloso, pues había sido él el que le había prestado el dinero a su amigo para empezar el negocio.

—Creo que... —Se quedó sin habla. Dio gracias a Dios por que no hubiera nadie más en ese pasillo para presenciarlo.

—¿Le importaría apartarse?

Cavalcanti dio un paso hacia la derecha.

—Gracias —respondió ella sin sentirse ni remotamente agradecida.

—¿Qué está usted buscando? —Por fin consiguió reaccionar. De cerca era aún más preciosa de lo que se había imaginado y que tuviese mal carácter, o lo tuviese con él, le había gustado mucho más de lo que estaba dispuesto a reconocer.

—Una ópera.

—¿Aquí?

—El señor Belcastro me ha dicho que tiene libretos.

Cavalcanti miró hacia el mostrador y vio que su amigo se reía de él; jamás tendría que haberle dicho que esa chica le gustaba.

—¿Y por qué quiere el libreto de una ópera?

—¿Por qué no iba a quererlo? ¿Acaso cree que debería leer una novela sencilla, una de esos folletines para mujeres?

—Yo no he dicho nada de eso —se defendió. No sabía por qué ella lo estaba atacando.

—No ha hecho falta. Es lo que piensan los hombres como usted.

—¿Los hombres como yo?

—Seguro que cree que no debería leer algo tan escandaloso como el libreto de una ópera prohibida, que es exactamente lo que estoy buscando, y que debería quedarme en casa y...

—Yo no creo nada de eso, señorita... ¿cómo se llama? —Él lo sabía, lo sabía perfectamente, pero quería que ella se lo dijera para poder llamarla por su nombre.

—Oh, no se haga el inocente. Sé perfectamente quién es usted, señor Cavalcanti. —A él se le heló la sangre—. El año pasado le vi mirándome mal en la iglesia y una de las feligresas me dijo que por mi culpa usted había dejado de ir. Estaba muy preocupada, decía que habían perdido a su feligrés más importante.

—Yo...

—Sé que sabe quién soy, así que ahora no disimule.

La señorita Moretti se fue de allí sin el libreto y sin despedirse y Cavalcanti tardó varios minutos en darse cuenta de que estaba sonriendo y de que no sabía qué hacer con ello. Ese domingo, y a pesar de que sabía que corría peligro, fue a misa a esa iglesia y cuando Catalina empezó a tocar se aseguró de mirarla a los ojos y de que ella lo supiera. Él no podía ir a misa cada semana, pero siempre que lo hacía la miraba, y a partir de entonces buscó sin disimulo maneras de *coincidir* con ella. Quizá solo hablaban unos minutos durante los cuales ella lo atacaba y sin embargo eran los mejores momentos de la semana o del mes de Cavalcanti.

Hasta que ella, casi un año más tarde, empezó a vestir de negro.

—¿Qué ha pasado, Catalina? —Él rara vez utilizaba su nombre, pero ese día, en la calle Baxter, no pudo evitarlo.

—Darío ha muerto. Íbamos a casarnos en cuanto volviera.

A Luciano se le rompió el corazón. Él sabía que no tenía ningún derecho, lo sabía y no sirvió de nada para mitigar su dolor. Ahora ella jamás le querría, una cosa era derrotar a un hombre vivo, conquistar a una mujer y arrebatársela de los brazos a tu competidor. Otra muy distinta era competir con un fantasma, con el hombre que para siempre habitaría idealizado los sueños y los recuerdos de ella. Quiso abrazarla, le sorprendió descubrir que le importaba más consolarla que protegerse del dolor que sentiría si lo hacía. No se atrevió, se limitó a ofrecerle un frío recordatorio:

—Lo siento. Si necesitas algo, ven a verme y lo solucionaré.

Ella lo miró como si la hubiera insultado, como si su mera presencia le molestase y Luciano comprendió que así era. A ojos de Catalina él, un gánster, estaba vivo mientras su prometido, un héroe, había muerto.

Intentó mantenerse alejado, aunque no demasiado. Con el paso del tiempo volvió a coincidir con Catalina, unos segundos en una calle (en un encuentro que no había sido fruto de la casualidad), unos minutos en la librería Verona (la casualidad tampoco intervenía) y cuando ella pasó a ser una de las violinistas de la Ópera de Nueva York, él se compró un palco y, si estaba en la ciudad, no se perdía ni un concierto. Habría asistido a los ensayos de haber estado permitido.

Un día, cuando ella ya no vestía de luto por ese chico con el que no se había casado, Luciano la invitó a cenar y ella aceptó. Nunca había sabido por qué o cómo lo había conseguido, solo que esa noche había sido una de las más felices de su miserable vida. A la mañana siguiente, una de las peores, él intentó abrazarla y besarla, y ella empezó a vestirse sin mirarle a los ojos. Él le dijo que quería volver a verla y ella se inventó una excusa.

Él se comportó entonces como un imbécil, un imbécil demasiado joven con demasiado orgullo —herido— y poca paciencia. La dejó ir, fingió indiferencia y le pidió al que entonces era su chófer que la acompañase a casa como si fuese una cualquiera, una de esas bailarinas, cabareteras, viudas o casadas que se acostaban con él con el objetivo de conseguir algo.

Tardó años en reunir el valor necesario para volver a acercarse a ella y no le enorgullecía reconocer que había utilizado a Siena de excusa. Su sobrina tocaba el violín. En esa ocasión el destino, probablemente porque se había dado cuenta de que él era un caso perdido, había abandonado la sutileza. Siena tocaba el violín y quería asistir a clases en el conservatorio. Ir al conservatorio era una locura, eso fue lo que le dijo su tío, lo mejor sería ir a clases particulares y él conocía a la mejor profesora de todas; una violinista de la Ópera.

Gracias a Siena veía a Catalina, cada día que su sobrina tenía clase él sufría la tortura de hablar con Catalina durante unos minutos. Ella lo llamaba «señor Cavalcanti» y mantenía las distancias, pero a él le daba igual, le bastaba con tenerla cerca durante esos segundos. Ella no se había casado y nunca había llevado a ningún hombre a ese apartamento, lo sabía porque siempre se había preocupado por ella. En cuanto comprendió lo que había pasado esa noche, la única que habían compartido, se maldijo por haberse comportado como un idiota; ella no había estado con nadie excepto con ese chico y seguro que lo que había sucedido entre ellos no podía compararse a lo que hubiera hecho con su prometido. —Cerró los puños al imaginarla con ese chico muerto y perfecto—. Él distaba mucho de ser perfecto y en cuanto sintió la piel de Catalina bajo la suya perdió por completo el control y cualquier atisbo de delicadeza que pudiese contener su cuerpo.

Él había cambiado con el tiempo, sabía ser paciente y sabía que jamás encontraría a otra mujer como ella. Quería recuperarla y quería hacerla feliz, una necesidad que él solo había sentido por Siena. Aunque lo que sentía por Catalina no podía compararse a lo que sentía por su sobrina, obviamente. A Catalina no quería solo hacerla feliz, quería que la felicidad de ella estuviese unida a la de él, que su cuerpo le perteneciera no solo en sueños y poder entregarle el suyo junto con su corazón.

Catalina también había cambiado, ya no era esa violinista tímida y reservada, era una mujer decidida, una superviviente que no estaba dispuesta a tolerar la cobardía en nadie y mucho menos en él.

Les costó, discutieron y se dijeron lo que llevaban años guardándose y Luciano sabía que el corto periodo de tiempo durante el cual habían vuelto a estar juntos era mérito de Catalina, ella era la valiente de los dos, ella le había obligado a reconocer lo que significaban el uno para el otro, lo que sentían cada vez que se veían. En medio de la preocupación que amenazó con ahogarle cuando Siena estuvo en peligro, Catalina había sido lo único que le había mantenido cuerdo y, cuando volvió a besarla, cuando por fin volvió a besarla, supo que iba a dejar para siempre la Mafia. No iba a arrastrar a Catalina a ese mundo y tampoco a Siena y a los hijos que ella tendría en el futuro.

Catalina le salvó, siempre lo había hecho, y él... él jamás había sido tan feliz como cuando despertaba por la mañana y veía a Catalina a su lado. Entonces, recordó cuando el coche giró por la última calle, en Chicago dispararon a Nick Valenti. Uno de los hombres de la familia de Don Clemenza les había traicionado y los hombres de Frankie Sivero habían intentado matarle antes de que pudiera entregar cierta documentación incriminatoria al fiscal Murphy. Ver a Nick en esa cama de hospital había estado a punto de matarle. Meses atrás, Siena había sido atacada, pero ella prácticamente había salido ilesa. Nick, en cambio, podría haber muerto.

La gente que él amaba corría peligro, jamás estaría a salvo.

Familias como las de Clemenza o la de Sivero no permitirían que dejase el Sindicato así como así, la policía de Chicago o de Nueva York no permitiría que demostrase la corrupción que infestaba sus comisarías.

El día que volvió de Chicago, después de que Nick despertase y de que los médicos le asegurasen que saldría de esa, dejó a Catalina. Fue cruel e implacable y ella no se creyó ni durante un segundo la escena que montó, pero con lágrimas en los ojos guardó la ropa que había empezado a aparecer en el armario de Luciano y se fue.

De eso hacía unos meses.

—Ya hemos llegado, señor.

Toni detuvo el coche frente al edificio donde vivía Catalina, el mismo donde Siena había ido a recibir sus clases de violín durante años. Luciano soltó el aliento, sujetó el libreto de *La traviata* entre los dedos y abrió la puerta.

Subió la escalera despacio, aprovechó hasta el último escalón para intentar serenarse y organizar sus pensamientos. Tenía que pedirle perdón, eso lo sabía, tenía que suplicarle que le diese una última oportunidad y que le perdonase por ser un estúpido y un cobarde. Tenía que decirle que la amaba, tenía que decirle *cuánto* la amaba, quizá así ella entendería.

Llegó al rellano y golpeó la madera con los nudillos. No podía respirar y no tenía nada que ver con los cuatro pisos que había subido. Su falta de aliento se debía a la mujer que ahora lo estaba mirando y a la cajas de cartón que tenía detrás de ella.

—Hola, Cian, ¿qué haces aquí?

Solo ella lo llamaba así y solo su voz conseguía acelerarle el pulso y recordarle que dentro del pecho tenía un órgano similar a un corazón.

—¿Qué son esas cajas, Catalina?

Ella le dejó entrar, se dio media vuelta como si verlo allí no la hubiese afectado ni sorprendido lo más mínimo y siguió con lo que estaba haciendo: guardando libros en una de las cajas y envolviendo marcos con papel de periódico.

—Me voy a Boston —le explicó con normalidad aunque él sintió que el mundo entero se desplomaba—. Me han dado el puesto de violinista principal en la filarmónica de la ciudad.

—No. —Consiguió caminar y se acercó a ella—. No puedes irte.

Catalina dejó con cuidado el marco que tenía en las manos y levantó la cabeza para enfrentarse a la mirada de él.

—¿Disculpa? Me ha parecido oír que opinabas sobre mi vida y los dos sabemos que no tienes derecho a ello.

Luciano la habría cogido en brazos en aquel mismo instante y la habría besado hasta hacerle perder el sentido o hasta perderlo él. Nunca nadie le había plantado cara como lo hacía Catalina.

—Lo siento, Catalina —se apresuró a decir—. Siento lo que pasó cuando volví de Chicago —especificó. No se disculpaba por haberle dicho que no podía irse a Boston, de eso nunca.

—No. —A ella le tembló la voz y él sintió cierto alivio al oírlo—. No te atrevas a disculparte por eso, Luciano. Sabías perfectamente lo que estabas haciendo, lo sabías y lo hiciste de todos modos. Te dije que era la última vez que te permitía echarme de tu vida. Te lo dije y lo hiciste de todos modos. Así que ahora me voy yo. No puedo seguir así.

—Yo tampoco.

Ella se rio y volvió a embalar fotografías.

—Será mejor que te vayas, Luciano. Tengo mucho que hacer.

—Te he traído algo. —Estaba desesperado, él ya había anticipado que aquel encuentro no iba a ser fácil, pero no se había planteado que ella pudiera estar tan indiferente. Había supuesto que discutirían airadamente y que en algún momento él o ella intentaría tocar al otro, se besarían y harían las paces. La pasión siempre les había salvado.

Al parecer él no era el único que sabía eso y Catalina estaba luchando contra esa atracción a base de frialdad y distancia, había convertido la apatía en su escudo y Luciano temía no poder arrebatárselo.

—Déjalo encima de la mesa.

Ni siquiera le preguntó de qué se trataba.

—No puedes irte —repitió él y ella, que estaba dándole la espalda, se tensó—. No puedes irte hasta dentro de unos días. Tienes que asistir a la boda de Siena y Jack.

La tenía, pensó Luciano aliviado, Catalina había bajado la cabeza y había soltado el marco que sujetaba.

—Me quedaré para la boda —accedió—. Y ahora, ¿te importaría irte? Estoy muy ocupada.

Cavalcanti dejó el libreto de la ópera donde ella le había indicado y se fue sin decir nada más. No le habrían salido las palabras porque lo que de verdad quería hacer era arrodillarse frente a Catalina, cogerle las manos para colocarlas en su rostro —añoraba que ella le tocase— y suplicarle que lo escuchase.

Tras el vacío que dejó Luciano al partir, Catalina se acercó a la mesa a ver qué era lo que él había ido a llevarle y cuando vio el libreto de *La traviata* empezó a llorar. Odiaba a ese hombre. Le odiaba porque él no había parado hasta conseguir que ella lo amase más que a nada en el mundo, porque le había demostrado que él la amaba más que a nada y después se lo había arrebatado.

CAPÍTULO 8

Alessandra no recordaba la última vez que había estado tan nerviosa, ilusionada y aterrorizada al mismo tiempo. Tal vez se debiera a que nunca se había sentido así; ni en sus sueños más osados se había atrevido a imaginarse ese día. Se había resignado a no volver a ver jamás a Nick y a Jack y una parte de ella lo prefería así porque verlos a ellos significaría revivir el pasado.

Era imposible que no recordase nada de esa época si volvía a pasear por esas calles y si volvía a tener a sus dos mejores amigos a su lado.

Quizá eso era lo que más había odiado; perder a Nick y a Jack. Pero no había tenido elección, y no solo por el juicio. Ella no habría podido ver a sus dos mejores amigos, a las dos personas que más quería en este mundo además de sus hermanos, y no recordar lo que le había sucedido esa noche.

En sus sueños sí que se había imaginado qué habría sido de ella si esa noche no hubiese existido; probablemente se habría casado con un buen chico, uno que habría estado dispuesto a ayudarla a criar a los gemelos y que habría contado con la aprobación de Nick y de Jack. Ella, a pesar de las malas lenguas de Little Italy, nunca se había sentido atraída ni por Nick ni por Jack. Les quería con locura y formaban parte de ella, de lo único bueno que había tenido en la vida, eran tan hermanos suyos como Derek y Luke. Cuando los tres eran pequeños, a nadie del barrio le había sorprendido su amistad, a las señoras de la iglesia les había parecido adorable el modo en que Nick y Jack la defendían siempre y los tenderos no dejaban de repetirles a ellos dos la suerte que tenían de tener una amiga como ella que los refinaría y enseñaría a comportarse como caballeros. Las cosas cambiaron al hacerse mayores. Las sonrisas de antes se convirtieron en miradas de censura y reprobación, incluso de asco. Había escuchado historias de todo tipo; si Jack aparecía con un ojo morado regalo de su padre la gente decía que Nick le había pegado porque le había pillado besándola; si Nick sonreía demasiado en el restaurante familiar era porque ella le había hecho un *arreglillo* la noche anterior. Y si los tres caminaban juntos por la calle y cometían la osadía de reírse o de sujetarse de la mano el barrio entero los metía a los tres en la cama. Juntos.

Alessandra sentía arcadas al pensar en eso. Sabía que existían hombres y mujeres capaces de ello y no les juzgaba, jamás le haría a otra persona lo que le habían hecho a ella, sencillamente ella no veía a Nick y a Jack de ese modo. Además, ella creía, o necesitaba creer, que lo que sucedía entre un hombre y una mujer era algo íntimo y precioso, casi mágico, y que no se compartía con una tercera persona.

Si uno de esos chismes llegaba a oídos de Jack o Nick, estos ardían en cólera y acababan metidos en algún lío. Esos dos protegían su honor como si se tratase de una joya de valor incalculable cuando en realidad apenas era una baratija. Alessandra se convirtió en una experta en ocultar su reacción, pues si ellos la veían preocupada sabían que era porque había empezado a circular alguna historia absurda sobre ellos y no descansaban hasta encontrar el punto de origen y sofocarlo. Cuando Jack se fue a la academia estalló el rumor definitivo; se había ido porque Alessandra había elegido a Nick y no había podido soportarlo. Que Nick luciese en el rostro las pruebas de que se habían peleado fue la prueba definitiva y esa vez Alessandra dejó que el rumor circulase; lo utilizó para protegerse de Silvio y de sus hombres que eran cada vez más insistentes.

Ella sabía que Nick estaba enamorado de una chica misteriosa y confió en que a ella le contase la verdad. No quería hacer nada que pudiese poner en peligro la felicidad de su amigo.

Si la noche de la matanza de los irlandeses no hubiese tenido lugar, tal vez ella habría conocido a un buen chico, uno que le habría gustado a Nick y habrían ido a cenar los cuatro. Tal vez se habría casado con él y habría abierto algún negocio en el barrio y ella, su marido imaginario y sus niños habrían cenado todos los viernes con Nick, su chica misteriosa y sus pequeños. Era un sueño precioso y nunca se haría realidad.

Nick estaba casado con su chica misteriosa, se llamaba Juliet y la conocería en pocos días. O en pocas horas. También conocería a Siena, la futura esposa de Jack, y podría volver a abrazar a sus amigos. Intentó no sentir celos ni dolor por ser la única de los tres que estaba sola. Iba a tener que ocultárselo, pues no estaba dispuesta a que ninguno de los dos supiera el motivo de esa soledad. Alessandra prefería morir que contarles a Nick y a Jack qué había sucedido cuando los dos desaparecieron de su vida.

Tampoco iba a tener demasiado tiempo libre, pensó. Ella iba a tener que ensayar a diario y seguro que ellos también estarían muy ocupados. La obra iba a estrenarse en tres semanas, era una locura, pero tenía que confesar que los textos de la adaptación teatral eran maravillosos y que se moría de ganas de representarlos. El teatro siempre le había fascinado, le parecía más real y peligroso que el cine. Allí, en lo alto de un escenario, había muy poco margen de error, las emociones no podían aumentarse con estridente música de fondo y los diálogos carentes de chispa no podían repetirse hasta que funcionasen. Montgomery Clift era un genio de las tablas, su representación en Broadway del último año le había valido todos los premios imaginables y el reconocimiento de la crítica, aprendería mucho con él. Solo esperaba estar a la altura y no desmerecer los textos ni al resto de la compañía. Kazan le había escrito un telegrama y la había llamado para hablar con ella varias veces; había insistido en que le llamase Eric. Ese hombre poseía mucha fuerza, tanta que la irradiaba por todo el cuerpo. Alessandra pensó que era normal, que él había necesitado todo eso y más para huir de Rusia y convertirse en la leyenda que era. Él la intimidaba y lo sabía e intentaba contenerse. Era un hombre extraño, ocultaba tanto como ella y tal vez ese era el motivo por el que él a Alessandra no le gustaba. Intuía que era un director magnífico, que les exigiría a todos ir más allá y que Beny había tenido razón, todo el mundo hablaría de esa representación de *Cumbres borrascosas*, pero como persona le producía escalofríos.

Recogió la maleta y buscó la salida. Había cumplido con su promesa y le había comunicado a Nick su horario de llegada, pero no contaba con que él estuviera allí. Subió la escalera que conducía a la calle y cuando les vio el corazón le bajó al estómago. Era imposible que estuvieran allí, que a pesar de lo mucho que habían cambiado siguieran teniendo esos ojos y esas sonrisas, que siguieran mirándola con tanto cariño y que...

—Oh, chicos —balbuceó.

Los dos se dieron media vuelta, habían estado mirando hacia la puerta equivocada, y de repente Alessandra estuvo rodeada por los dos pares de brazos más fuertes que había sentido nunca a su alrededor.

—Sandy —suspiró Nick.

—Joder, te he echado mucho de menos, Pelirroja —dijo Jack en el mismo tono de voz.

Ella no pudo decir nada, tenía los ojos llenos de lágrimas y tenía miedo de que si empezaba a hablar no podría parar hasta contarles todo lo que había le pasado desde la última vez que estuvieron los tres juntos. Alguien los miró, no porque reconocieran a Alessandra, ella no era tan famosa, su última película le había dado cierta fama, pero sin el maquillaje y sin el vestuario ella era solo una chica normal. Tampoco los miraron porque Nick o Jack estuviesen haciendo algo raro, estaban en medio del pasillo y bloqueaban la entrada.

—Tenemos que apartarnos —farfulló Nick soltándola y cogiéndola al instante de la mano—. Ven.

Jack se hizo cargo de la maleta y los tres se hicieron a un lado.

—No puedo creerme que estés aquí, Sandy —Jack volvió a abrazarla.

—Ni yo, Jack.

Nick los observó y esperó a que le llegase su turno, él también quería volver a abrazar a Alessandra, aunque ellos dos se habían escrito durante esos años de separación no se habían visto. Ella había cambiado, habría sido ilógico esperar lo contrario, pero habría reconocido ese pelo y esos ojos en cualquier parte. Cuando la veía en una de sus películas, Nick no se había perdido ninguna, no la reconocía, quizá fuera el maquillaje o que ella fingiera ser otra persona, no lo sabía, pero en el cine nunca veía a su amiga. Sin embargo ahora sí.

—Apártate, capitán —Nick utilizó el cargo recién estrenado de su amigo—, me toca.

Jack se apartó y dejó que Nick lo sustituyera abrazando a Alessandra, aunque no pudo contenerse y apoyó una mano en el hombro de su amigo. Desde que Siena formaba parte de su vida apreciaba la fugacidad y perfección de esos instantes e intentaba capturarla.

Alessandra era feliz. Ahora solo faltaría que Derek y Luke apareciesen y ese día, ese segundo, se ganaría el título al mejor de su vida. Por fin estaba con Jack y Nick y era como si nada hubiera pasado, como si Jack no se hubiese ido a la academia y Nick no hubiese desaparecido la noche de la matanza de los irlandeses. Como si a ella no le hubiese pasado nada malo.

—Os quiero tanto, chicos —confesó alargando los brazos para abarcarlos a los dos, tarea casi imposible teniendo en cuenta lo altos y anchos de espaldas que eran ambos.

—Si te propones hacerme llorar, vas a conseguirlo —se quejó Jack sin vergüenza.

—Vámonos de aquí antes de que montemos un espectáculo —añadió Nick, él siempre había sido la voz de la razón.

Caminaron hasta el coche de Nick. No paraban de hablar, del viaje, la película y la obra de teatro de Alessandra, de la boda y el nuevo cargo de Jack, del embarazo y los proyectos de Nick. Enlazaban temas, les faltaba el aire de las ganas que tenían de contárselo todo aunque los tres guardaban secretos.

Alessandra iba a hospedarse en Manhattan, en el hotel Plaza, la productora se había encargado de todo a petición directa de Eric Kazan. Nick condujo hasta allí, Jack iba sentado en la parte delantera con él y Sandy detrás, ella tenía la cabeza en el hueco que había entre los dos asientos y los antebrazos apoyados en los respaldos.

—¿Cuándo conoceré a Siena y a Juliet? —les preguntó—. Estoy impaciente.

—Si fuera por mí, te vendrías a casa con nosotros —señaló Jack.

—Lo mismo digo —añadió Nick.

—No quiero molestaros y... y ¿y si no les gusto?

—¿Cómo no vas a gustarles? Hace años que Juliet quiere conocerte.

—Y Siena también, no le basta con Nick, dice que quiere tener a toda mi familia cerca.

—Oh, Jack... —Alessandra suspiró.

—Lo sé —se burló Nick—, es vergonzoso estar con él ahora. Dice estas cosas a todas horas.

—Cállate, Valenti, o le diré que lloraste la noche que hicimos las paces.

—¿De verdad tienes que alojarte en ese hotel?

—Lo dices como si el Plaza fuese un antro, Nick. Es uno de los mejores hoteles de la ciudad. —A Alessandra seguía abrumándola que la instalasen allí.

—Con nosotros estarías mejor.

—Y con nosotros.

—Estoy segura de que nos veremos mucho. —Alessandra tenía cosquillas en el estómago, podría acostumbrarse a esa felicidad—. Tendré que ensayar a todas horas, pero os prometo que pasaré con vosotros hasta el último minuto que me quede libre. Intentad impedírmelo.

—Es una mierda que estemos todos tan ocupados. Esta jodida operación no me gusta. Siena dice que estoy paranoico, pero tengo un mal presentimiento.

—Siena tiene razón, Jack —apuntó Nick—, estás paranoico. Estamos haciendo algo muy peligroso, eso no voy a negártelo, pero estamos siendo muy cautos. Cavalcanti y Anderson saben lo que nos traemos entre manos. Todo saldrá bien.

«Anderson».

Alessandra sintió un escalofrío al oír ese nombre. William Anderson formaba parte de la vida de ellos tres, aunque estaba segura de que sus amigos desconocían hasta qué punto había tenido un papel importante en la de ella. Quería quitarse de encima esa sensación, la de que el pasado la estaba acechando.

—Bueno, ¿cuándo las conoceré?

—¿Qué tal esta noche? Estamos a tu disposición.

—Esta noche no puedo —contestó apesadumbrada—. Tengo que reunirme con el director de la obra. Lo siento. Tal vez podría... —se mordió el labio inferior.

—No te preocupes —la detuvo Jack—, ya nos lo imaginábamos. Tú cena esta noche con tu director y mañana por la mañana cuando nos veamos nos dices si podemos organizar esa cena para que conozcas por fin a nuestras familias.

—¿Mañana por la mañana?

—Jack y yo hemos decidido que cada día pasaremos a buscarte y te acompañaremos al teatro.

—No es necesario.

—Tal vez no —reconoció Nick—, pero deja que lo hagamos. No podemos contarte lo que estamos haciendo y, a pesar de que hace unos segundos me he reído de Jack, la verdad es que es peligroso. Si alguien se da cuenta de que los dos estamos relacionados contigo, podrías correr peligro.

—¿Vosotros estáis en peligro? —Se le cerró la voz. No podía soportar la idea de que existiera la posibilidad de perderlos ahora que volvían a estar juntos.

—Tenemos que ser cautos —habló Jack—. Puedes estar tranquila, ni Nick ni yo tenemos intención de morir. Somos cautos y sabemos qué estamos haciendo. Deja que vengamos a buscarte, así estaremos tranquilos y tú podrás sermonearnos cada mañana. Será como en los viejos tiempos. Cuando íbamos al colegio, te encantaba decirme a mí lo despeinado que iba o recordarle a Nick que se abrochase los botones de la camisa.

—Está bien. Tienes razón, me encantaba.

Llegaron al Plaza, Nick y Jack esperaron a que Alessandra resolviera sus asuntos con el recepcionista y a que subiera a su habitación a retocarse un poco, no es que le hiciera falta. Después los tres tomaron una copa en el Oak Bar, el precioso local de caoba del lujoso hotel, y siguieron hablando del pasado y del presente, de las ilusiones que habían dejado en un rincón y que ahora retomaban despacio. Nick y Jack no se fueron hasta que Alessandra dijo que tenía que ir a arreglarse para la cena con Kazan y le arrancaron la promesa de que al día siguiente no se iría de allí hasta que uno de ellos fuera a buscarla.

Alessandra se tumbó en la cama y extendió los brazos, tenía ganas de bailar, de llorar, de abrir la ventana y gritar a pleno pulmón que se había reencontrado con sus mejores amigos. Se regaló unos minutos para guardar en su corazón el instante en que los había visto esperándola, el primer abrazo, las risas de ellos dos que había empezado a olvidar. Lo guardó todo dentro para que no se le escapase nunca. Después, se puso en pie y fue a cambiarse. Esa tarde había sido Sandy, había sonreído, había escuchado a Nick y a Jack y se había permitido sentir, algo que hacía años que no pasaba. Sandy no iba a ir a cenar con Kazan, tampoco era a quien quería ver. Se quitó la ropa con la que había viajado y que era la que ella solía utilizar, la falda negra y la sencilla camisa a cuadritos, y se puso un vestido verde botella con un marcado escote en la espalda. Al llegar había pedido al conserje del Plaza que una peluquera estuviera a su disposición a esa hora y como si de un reloj se tratase alguien llamó a la puerta. La chica le recogió el pelo en lo alto de la cabeza y la ayudó a maquillarse. Habría podido hacerlo sola, pero jamás habría conseguido el mismo efecto. Ella sola no podía pasar de Sandy a Alessandra Bonasera en una hora, en realidad le había llevado años conseguirlo.

La chica se despidió deseándole una excelente velada y Alessandra, que sentía que había vuelto a meterse en su piel, se miró en el espejo. Estaba distinta, el cambio era imperceptible, pero ella se daba cuenta, tenía los ojos distintos, como si hubieran vuelto a la vida. Soltó el aliento y vio que temblaba, era peligroso atreverse a sentir. Ella había sobrevivido encerrándolo todo dentro, todo el dolor y toda la alegría, no había sido capaz de separarlo, si elegía lo bueno tenía que quedarse con lo malo y lo malo… podía acabar con ella. La única tregua que se permitía era actuar, actuar había sido su refugio y su única vía de escape. Tenía que seguir así.

De repente, y de un modo absurdo, recordó algo que le había dicho Hedy Lamarr unos meses atrás, «cualquier chica puede ser glamurosa, lo único que tienes que hacer es estarte quieta y fingir que eres tonta». Lamarr era un genio, poseía una inteligencia fuera de lo común y sin embargo conseguía ocultarla porque creía que era lo que querían los hombres. Quizá tuviera razón, ella también fingía. Fingir que era como su madre la había salvado de muchas cosas de pequeña. Fingir que estaba con Nick la había protegido cuando tenía quince años y trabajaba en la cafetería y después en el Blue Moon. Fingir que era una seductora le había conseguido varias audiciones.

Fingir.

Las únicas dos personas con las que no había fingido nunca eran Nick y Jack y esa tarde lo había hecho porque a pesar de todo no quería que ellos descubrieran la verdad.

Sonó el teléfono y se apartó del espejo. El señor Kazan

estaba abajo esperándola. Ella volvía a ser Alessandra y fue a su encuentro.

Alessandra había dado por hecho que cenarían con los productores y con Montgomery Clift, era lo habitual en esos casos, una cena en la que todos se regalarían los oídos y hablarían del éxito que les esperaba. Después, si llegaba el caso, ya vendrían los reproches y las quejas en cenas de a dos. Eric Kazan era más joven de lo que ella había creído, no llegaría a los cuarenta y podía considerarse un hombre atractivo.

—Buenas noches, señorita Bonasera. —Le besó la mano y la miró a los ojos—. No se imagina las ganas que tenía de conocerla en persona.

—Buenas noches, señor Kazan.

—Llámeme, Eric, por favor.

En el coche hablaron de la obra de teatro. Kazan tenía una visión muy clara de lo que quería y de la interpretación que esperaba de Alessandra. El portero del restaurante abrió la puerta del vehículo y el *maître* los acompañó dentro. Fue entonces cuando ella se dio cuenta de que iban a estar solos.

—Oh —no consiguió disimularlo—, ¿y los demás?

—Esperaba poder pasar esta velada solo con usted, señorita Bonasera. Espero que no le importe. —Él debió de darse cuenta de que sí le importaba y se apresuró a justificarse—. Usted es la pieza clave de mi obra, va a representar a Catherine Earnshaw y a Cathy Linton, necesito saber hasta dónde puedo llegar con usted y usted necesita aprender a confiar en mí.

Alessandra se sintió como una tonta durante unos segundos. Kazan había sido muy amable con ella desde el principio, sabía que los de la productora le habían presionado para que eligiese a otra actriz, a una más famosa, y él se había mantenido firme. Lo que le estaba diciendo era comprensible. En el teatro una actriz tenía que confiar en su director, en el cine también, pero allí siempre podían rodar una segunda toma. Entre ellos dos debía existir la bastante complicidad como para que pudieran cenar a solas.

—Llámame Alessandra —le ofreció a modo de disculpa.

Él sonrió y le apartó la silla.

Hablaron de la obra durante toda la cena. Ernest Boyle, el guionista que había adaptado la novela clásica al teatro, había sugerido la genialidad de que la misma actriz representase tanto el papel de Catherine Earnshaw como de Cathy Linton. En realidad tenía mucho sentido, pues bastaba con leer *Cumbres borrascosas* para saber que esas mujeres representaban en realidad una sola con distinta suerte. Era arriesgado e iba a significar una gran responsabilidad para Alessandra, aunque también era un gran reto y si, al final, gracias a hacer esa obra de teatro acababa recibiendo la nominación al Óscar a mejor actriz por la película iba a tener que darle la razón a Beny. Su agente había intuido desde el principio que esa obra teatral iba a marcar un antes y un después en su carrera.

Ella había viajado con su viejo ejemplar de *Cumbres borrascosas*. Cuando lo encontró en esa vieja caja marrón se sorprendió, no recordaba haberlo guardado allí. Pero el día en que se marchó definitivamente de Little Italy era muy confuso y probablemente lo había metido en la caja para tener un recuerdo de Verona y del señor Belcastro.

Al terminar la cena, Kazan la acompañó de nuevo al hotel. Mientras caminaban hacia el coche él le puso la mano en la espalda y ella se mordió el labio para no tensarse. No quería volver a insultarlo, el gesto solo había sido una muestra de caballerosidad, Beny lo hacía constantemente y seguro que Kazan lo había hecho sin pensar.

En el trayecto él le preguntó si estaba cómoda en el

Plaza, tras su respuesta Kazan le explicó que él tenía un apartamento alquilado en el SoHo y que no le gustaban los hoteles, pues no se fiaba de sus medidas de seguridad. Alessandra sonrió aliviada. Saber que él no estaba allí la dejaba más tranquila y se preguntó si eso se debía al aspecto intimidante de Kazan. Era muy alto, debía de rozar el metro noventa, y tenía la frente y los pómulos anchos. Parecía un boxeador, un expresidiario o un soldado ruso, o al menos era así como ella se los imaginaba. Él potenciaba ese aspecto, no se esforzaba lo más mínimo en disimular la cicatriz que tenía en la barbilla ni su acento moscovita. Él le deseó buenas noches en el vestíbulo del hotel y le recordó que si así lo deseaba un coche pasaría a buscarla por la mañana para llevarla al teatro. Ella rechazó el ofrecimiento con la excusa de que quería pasear y reencontrarse con la ciudad.

—Como desees, Alessandra. La oferta seguirá en pie el día que cambies de opinión.

Le molestó que él diera por hecho que iba a hacerlo, pero se riñó a sí misma por ser tan desconfiada y le deseó las buenas noches tras darle las gracias por la cena.

De nuevo en su dormitorio las emociones del día consiguieron que se acostara y no pensara en nada.

Alguien golpeó la puerta y Alessandra abrió los ojos. Era temprano, el sol entraba por entre las cortinas de la habitación del hotel, que parecían párpados negándose a despertarse. Volvieron a llamar. Ella no podía hacerse la dormida, así que salió de la cama y fue a abrir. Se puso el batín sobre el pijama, se abrochó bien el cinturón.

—¿Sí?

Un ramo de rosas negras ocultaba al botones del Plaza. A ella se le cerró la garganta al verlas. El primer ramo que había recibido de esas flores en Mulholland Drive le había provocado pesadillas durante días.

—Un ramo para usted, señorita.

El chico entró y depositó el jarrón en la mesilla que ocupaba el centro de la habitación.

—¿Está seguro de que es para mí? —Tenía que haber un error.

—Sí, señorita. ¿Quiere que le abra las cortinas? —El chico procedió a hacerlo tras verla asentir y después se dirigió de nuevo hacia la puerta que ella seguía sujetando.

—¿Sabe quién lo ha enviado?

—No señorita —contestó el chico—, pero hay una tarjeta.

—Gracias —Ella la había visto, pero si ese ramo lo había enviado la misma persona que el de Los Ángeles no habría ningún nombre en ella—. ¿Sabe de qué floristería proceden?

—Me temo que no, señorita. ¿Necesita algo más?

—No, gracias. Pero, si averigua algo del ramo, ¿le importaría decírmelo?

—Por supuesto que no, señorita.

El chico se fue con el dólar que Alessandra había ido a buscar para recompensarle y ella se detuvo frente al ramo. Era absurdo que unas flores le diesen miedo. Completamente absurdo. Respiró y cogió la tarjeta.

Bienvenida a tu hogar, Alessandra.

El trozo de papel le cayó de los dedos y se los llevó a la boca para contener un grito. ¿Quién le había mandado esas flores? ¿Por qué? ¿Por qué no decía su nombre?

Volvieron a llamar a la puerta y Alessandra corrió a abrir, tal vez el botones había averiguado algo.

—¡Jack!

Sintió tal alivio al ver a su amigo que se abrazó a él con todas sus fuerzas. Él también la rodeó con los brazos.

—Dios mío, Sandy. ¿Qué pasa? ¿Por qué estás tan asustada?

CAPÍTULO 9

Alessandra suspiró y se aferró a Jack. Tal vez si hubiera recibido esas flores en casa no la habrían afectado tanto, pero allí la habían devuelto a una época de su vida a la que no quería regresar.

—Entremos en tu habitación—. Jack la sujetó por el hombro y se aseguró de cerrar la puerta—. ¿Qué ha pasado?

—Yo... —Ella parpadeó—. ¿Qué haces aquí?

Él se apartó un poco y se quitó el sombrero, Jack era el que hacía más tiempo que no veía y el que más había cambiado. Nick había envejecido y el rastro del dolor era visible en su rostro, sin embargo seguía manteniendo parte de la luz que Alessandra recordaba de su infancia. Jack no. Era como si Jack se hubiese apagado del todo y algo, alguien, Siena, supuso Alessandra, lo hubiese encendido de nuevo. Jack caminó despacio, se acercó a las flores y recogió la tarjeta del suelo. Ella se percató entonces de que su amigo se estaba comportando como un policía y sintió un profundo orgullo.

—Habíamos quedado abajo hace una hora —le explicó Jack observando la tarjeta—. Han intentado llamarte desde recepción, pero han dicho que el teléfono de esta habitación no funcionaba. —Caminó hasta el aparato y comprobó que era cierto. Alessandra lo observó confusa pues recordaba haberlo utilizado la noche anterior—. Iba a subir un botones, pero les he dicho que lo haría yo. Ser capitán de la policía de Nueva York ayuda en estos casos.

—Me lo imagino.

—¿Estás asustada por estas flores? ¿Sabes quién te las ha mandado?

—No, no tengo ni la más remota idea —contestó sincera sujetándose los dos extremos del batín.

—¿Puedo quedarme la tarjeta? —Le bastó con mirar a Alessandra un segundo para guardársela en el bolsillo—. Cuéntame qué ha pasado, Sandy. —Ella intentó hablar pero no pudo y Jack se acercó con cautela a ella—. Sé que es probable que aún estés enfadada conmigo por cómo me fui de Little Italy y por no haberte escrito en todos estos años, Sandy —le cogió una mano, ella estaba temblando—... pero. Joder. Mierda. Lo siento mucho. Siento no haber estado a tu lado y no haberte buscado en todo este tiempo. Yo...

—No. —Ella apretó los dedos—. No estoy enfadada, Jack. Entiendo por qué te fuiste, de verdad. Y aunque no me has escrito en todo este tiempo siempre has mandado la moneda y sé que has pensado en mí. Te conozco, Jack. Sé que, aunque no me escribieras, pensabas en mí. Hablar... o escribir siempre se le dio mejor a Nick.

Jack sonrió y en un impulso que contradecía la descripción de Sandy, pero que encajaba perfectamente con el hombre en que se había convertido, tiró de ella y la abrazó.

—He pensado en ti y en Nick cada día, Sandy. Gracias por entenderlo.

—No creas que esto te libra de darme una explicación

y de contarme qué has estado haciendo todos estos años, capitán. —Ella lo apretó tanto como pudo—. Estoy tan orgullosa de ti, Jack.

—Te lo contaré todo, te lo prometo. —La apartó y le dio un beso en la frente—. Pero antes cuéntame por qué estás tan asustada. Es por las flores y la tarjeta, ¿no?

—Sí. No. —Dio un paso hacia atrás y se pasó las manos por el pelo—. No lo sé. Tal vez es culpa de esta ciudad y de haberos visto. No sé si estoy preparada para esto. Tal vez debería irme —farfullaba sin pausa y uniendo frases que juntas no tenían sentido.

—Espera un momento, ¿de qué estás hablando? ¿Preparada para qué? ¿Irte a dónde? —Buscó su voz de policía, Siena siempre le decía que tenía una y ahora le sería útil—. Siéntate, Sandy, y háblame de las flores. El resto lo dejaremos para más tarde.

—Está bien.

La voz había funcionado, pensó Jack.

—Hace unos meses estrené una película, *El asunto del día*. —Hizo una pausa y miró a su amigo.

—No la he visto, lo siento. Sigue, por favor.

—No te preocupes, no pasa nada. La noche del estreno fue muy bien, al día siguiente recibí varios ramos de flores de la productora, de los estudios, de varias revistas y de algunos compañeros de profesión. Estaba desayunando cuando llamaron al timbre y cuando fui a abrir allí estaba, un ramo de rosas negras con una tarjeta como esta.

—¿Qué decía?

—Algo acerca de que disfrutase el momento. No lo recuerdo exactamente, la rompí. No estaba firmada. Llamé a todas las floristerías de Los Ángeles, pero en ninguna tenían rosas negras ni habían preparado un ramo con esas características. Acabé tirándolas a la basura y me olvidé del tema.

—No debiste olvidarlo tanto como crees si hoy te has asustado tanto. ¿Es la misma caligrafía?

—Sí. —Alessandra tragó saliva—. Gracias por no decir que estoy nerviosa o que esto son imaginaciones mías.

—Yo no estaría vivo si no siguiera a mi instinto y eso es lo que te ha pasado hace un rato, Sandy, has reaccionado por instinto. Sientes que estas flores y la persona que te las ha mandado son peligrosas.

—Hice una película en la que salían unas rosas negras, son tan difíciles de conseguir que los encargados del decorado acabaron pintando unas rosas blancas. Tanto las que recibí en Mulholland como estas son de verdad.

—La persona que te las ha mandado se ha tomado muchas molestias.

—Yo no soy famosa, Jack. En Hollywood apenas me conoce nadie y... y me había mudado a mi casa unos días antes. Y nadie sabe que me alojo en este hotel.

—¿Nadie?

—Bueno, lo sabe Beny, mi agente, y también la gente del estudio. —Al ver que Jack enarcaba una ceja añadió—: No le intereso a nadie, Jack, te lo prometo.

—Lo dudo mucho, Sandy, esas flores de allí demuestran lo contrario. No es que quiera curiosear, Sandy, pero ¿hay algún novio enfadado por alguna parte, algún hombre que pueda sentirse despechado?

—No, por supuesto que no. No todas las actrices hacemos...

—Eh, para —levantó las manos para protegerse del ataque verbal—, no estaba insinuando nada, Pelirroja. Los celos y los corazones rotos suelen explicar esta clase de comportamiento acosador.

—¿Crees que me están acosando?

—No, yo no he dicho eso. Pero no podemos descartarlo.

—No hay nadie, Jack, en serio.

Él se quedó mirándola unos segundos. Después se levantó y se acercó al teléfono. Ya lo había observado antes, pero ahora lo hizo con más detenimiento; se agachó y soltó una maldición.

—¿Qué pasa?

—El cable está cortado —le contestó al ponerse de nuevo en pie—. Alguien se ha tomado muchas molestias para asustarte, Sandy.

A ella le costó tragar y cerró los ojos para contener el miedo. Tenía que controlarlo, no iba a permitir que volviese a dominarla.

—Quizá haya sido un accidente. Ayer por la noche lo utilicé para hablar con el conserje.

—¿Notaste si alguien había estado en tu habitación, si habían subido a arreglarla?

—No —reconoció—, cuando volví todo estaba igual.

—Escúchame, Sandy, esto es lo que vamos a hacer. —Él le colocó las manos en los hombros—. Ahora vas a vestirte y recogerás tus cosas mientras yo...

—No me dejes aquí sola, Jack. —Se mordió la lengua avergonzada—. No, lo siento. Ve a dónde...

—No. Voy a quedarme aquí. Tranquila. Tú vístete y recoge tus cosas. Después desayunaremos abajo como si nada, ¿de acuerdo?

—No creo que pueda comer.

—Desayunaremos abajo porque si la peor de mis sospechas se confirma y tienes a algún loco obsesionado contigo estará aquí cerca observándote. No puedes darle la satisfacción de verte asustada, ¿de acuerdo?

—De acuerdo.

—Muy bien. Lo más probable es que me equivoque, pero no quiero correr ningún riesgo. Después te acompañaré al teatro y mientras tú estés allí uno de mis agentes de confianza vendrá a por tus cosas.

—No.

—Sí. Aquí no podemos protegerte, Sandy. Nick y yo no podemos pasarnos día y noche aquí y, si apostamos a un par de policías en la puerta o a dos de los hombres de Cavalcanti, las cosas se saldrán de madre. Tu acosador, en el caso de que exista, se pondrá nervioso y tal vez cometerá una locura. Y, si no existe, tendrás a la prensa persiguiéndote y preguntándote qué pasa.

—Tienes razón.

—Lo sé.

—No seas engreído, Jack. Está bien, de acuerdo. Buscaré un lugar donde alojarme.

—No hace falta.

—¿Cómo que no hace falta? No voy a irme a vivir contigo y Siena, no estaría bien que me entrometiera. Y tampoco me iré con Nick y Juliet. A ellas aún no las conozco y quiero caerles bien, no quiero...

—Ya les caes bien, Sandy. Tranquilízate. No te instalarás conmigo ni con Nick, te instalarás en casa de Emmett Belcastro.

—¿Pero qué estás diciendo?

—Es la solución perfecta. Seguro que Nick estará de acuerdo conmigo.

—Me alegro por ti, pero ya no tenemos ocho años y no podéis llevarme por donde vosotros queráis con la excusa de que sois dos contra uno. Dime de qué estás hablando.

—Nick heredó el edificio de Belcastro, él y yo y nuestros hombres, sus hombres —sacudió la cabeza—, eso da igual. Utilizamos Verona como centro de operaciones, Nick, yo, Cavalcanti, Anderson y los demás estamos allí todo el día. El piso de arriba, la vivienda de Emmett, está en perfecto estado, ya sabes cómo es Nick. Puedes instalarte allí, así podremos vigilarte y no estarás sola en ningún momento. Será como si volvieras a casa.

La idea de volver a casa no la atraía tanto como Jack creía, pero la de no estar sola y de tener cerca a sus amigos sí. Alessandra no era tan engreída ni tan estúpida como para no reconocer que ese maldito ramo de rosas negras la había asustado y allí, en ese lujosa habitación de hotel, no sabía dónde meterse. Desde su llegada a la ciudad, apenas el día anterior, notaba cómo las capas de Alessandra se difuminaban y Sandy salía cada vez más a la luz. Quizá le iría bien despedirse de Little Italy, tal vez se había equivocado al no enfrentarse al pasado, al cerrar esa puerta había permitido que los monstruos se quedasen dentro de ella. El señor Belcastro había sido bueno con ella, Verona estaba cerca de su antigua casa y al mismo tiempo no quedaba muy lejos del teatro donde tenían lugar los ensayos.

Ensayos.

—Voy a llegar tarde. Oh, Dios mío, voy a llegar tarde.

Corrió hacia el armario y empezó a sacar ropa. Por el rabillo del ojo vio que Jack se sentaba en el sofá.

—No te rías, Jack.

—Tú dime que esta tarde vas a venirte conmigo.

—¿Y si a los demás no les parece bien? Tal vez Anderson no...

—El edificio es de Nick y sabes que a él le parecerá bien. Si se te ocurre alguna otra idea, estoy dispuesto a escucharla, pero sabes que el piso de Emmett es la mejor opción.

—Está bien, iré.

Jack sacó entonces una vieja libreta de un bolsillo y se puso a hacer anotaciones. Ella se vistió tan rápido como pudo y guardó las pocas pertenencias que había sacado la noche anterior en la maleta. Las rosas iba a dejarlas allí, por supuesto. De haber podido las habría lanzado por la ventana o a la basura, pero Jack le aconsejó que mostrase indiferencia. A pesar del incidente del ramo, Alessandra aún tuvo tiempo de desayunar con su amigo en la preciosa cafetería del hotel. Al principio pensó que le resultaría imposible relajarse, pero Jack lo consiguió. Le preguntó por sus hermanos y él le contó que Siena tocaba el violín. No dijo nada en recepción, Jack le aseguró que era lo mejor. Él mismo se encargaría después de dejar el asunto resuelto, de tal modo que ante cualquiera que preguntase ella seguía allí instalada.

—¿No puedo decirle a nadie que no estoy en el hotel?
—No.
—¿Ni siquiera a Beny?
—Ni siquiera a Beny, al menos durante un tiempo. Dame una semana para hacer preguntas. Si pasado este tiempo no he averiguado nada, le dices a tu agente que has dejado el Plaza. Nos resultará más fácil investigar si todo el mundo cree que no sospechas nada.
—Está bien, te haré caso, *capitán*.
—¿Por qué tanto Nick como tú solo utilizáis mi cargo para reíros de mí?

Jack la acompañó al teatro y le pidió que no se fuese de allí sin que Nick o él fuesen a buscarla. Sandy aceptó y cuando se quedó sola frente a la entrada pensó que no sería capaz de concentrarse. Se le había olvidado todo, los motivos de Catherine por ser como era, las cumbres, Heathcliff, todo. Iba a ser un completo desastre y Kazan la echaría de allí.

—¿Va a entrar, señorita? —le preguntó un señor que estaba barriendo.
—Sí, voy a entrar.

Eric ya estaba dentro, sentado en una de las butacas de la primera fila con unos papeles en el regazo. Se levantó en cuanto la vio y corrió a recibirla. Le presentó al encargado del vestuario y al de los decorados y también al director del teatro Roxy, un hombre menudo que le repitió veinte veces que estaba a sus pies.

Montgomery Clift llegó diez minutos más tarde, era tan guapo que costaba un poco acostumbrarse a él, y superado ese trance llegaba su talento que era igual o más imponente. Por suerte también era un caballero y un compañero muy generoso.

—Es un placer conocerte, Alessandra —afirmó relajado y con solemnidad—. Estoy impaciente por trabajar contigo.

—Gracias, para mí es todo un honor, señor Clift.

—Llámame Monty, por favor.

—De acuerdo.

—Hacéis una pareja perfecta —exclamó Kazan observándolos. Alessandra se abstuvo de señalar que Montgomery hacía buena pareja con todo el mundo. Poseía tanta belleza que bastaba para cegar a cualquiera—. Pasaréis a la historia, la gente será incapaz de pensar en Catherine y Heathcliff sin imaginar vuestros rostros.

Monty. A Alessandra iba a costarle acostumbrarse a llamarlo así, sonrió y pocos minutos más tarde estaban los tres, Monty, Alessandra y Kazan, sentados en el vacío patio de butacas leyendo las primeras páginas de la obra.

Habría dos actores más, una actriz que representaría el papel de Nelly Dean, la sirvienta de *Cumbres borrascosas* y narradora accidental de la trágica historia de amor, y un actor que haría dos papeles menores cambiándose de vestuario. Ni él ni ella iban a presentarse hoy, el peso de la obra recaía en Alessandra y Monty, y ellos tenían una semana más de ensayos.

La lectura fue bien, no eran unos textos difíciles, y Alessandra consiguió meterse en el papel sin estar a la altura de Monty. Ella conocía la historia, la había leído unas cuantas veces sin ser su preferida y no lo era porque no la entendía. Entendía el argumento, pero no las emociones. No se imaginaba un amor así, un amor capaz de traspasar la vida y la muerte y capaz de alimentar tanta sed de venganza.

—Será mejor que lo dejemos por hoy, Alessandra, Montgomery. Habéis estado muy bien.

Kazan se puso en pie y se fue a hablar con el director del Roxy.

—Tiene una visión muy clara de lo que quiere —dijo Monty sin apartar la mirada de Kazan.

—Sí.

—Espero que lo consiga. Buenas noches, Alessandra, nos vemos mañana.

Monty se puso el abrigo que al llegar había dejado apoyado en una silla y abandonó el teatro. Alessandra también se abrigó y caminó hacia la salida, en uno de los descansos Eric le había preguntado si le apetecía ir a cenar con él y ella había declinado la invitación diciéndole que tenía una cita con viejos amigos de la ciudad. No había concretado quiénes eran y se sentía culpable por estar tan suspicaz.

«Es culpa de las rosas negras. Dentro de unos días le explicaré la verdad».

Llegó a la calle y vio a Nick esperándola en la esquina, estaba acompañado de una chica rubia y preciosa que lo miraba como si él fuese su vida entera. Alessandra sabía que lo era, Nick había amado a Juliet desde el día que la conoció. Caminó hacia ellos, estaban tan absortos el uno en el otro que no se habían percatado en ella.

—Hola, Nick.

Él se giró a mirarla y sonrió. Alessandra adivinó que ese momento era muy importante para su amigo.

—Hola, Alessandra, te presento a Juliet.

CAPÍTULO 10

Sean llegó a Verona antes de que amaneciera. No era la primera vez ni sería la última. Le gustaba estar solo y leer, desmenuzar esos documentos con tranquilidad. Aunque tenía que reconocer que sus compañeros de equipo (no sabía qué otro término utilizar) le gustaban. Él nunca antes había trabajado con hombres tan dispares entre ellos y al mismo tiempo tan bien compenetrados, era como si Anderson los hubiese elegido por sus diferencias y no por sus similitudes, pues estas eran prácticamente inexistentes.

Dejó el sombrero en el mostrador y vio una nota de puño y letra de Jack Tabone, la leyó:

Alessandra, una vieja amiga mía y de Nick, está durmiendo en el piso de arriba. Cuida de ella.

¿Que cuidase de ella? Seguro que esa chica bien podía cuidarse sola. No le dio más importancia al papel y lo lanzó a la basura. Intentó encestar, pero no lo consiguió.

—Mierda —farfulló y fue a recoger la pelota arrugada del suelo.

Aprovechaba esas horas de soledad y paz para buscar cualquier rastro de su padre en esos papeles. En la librería había tanta documentación que si quisiera Anderson podría escribir una enciclopedia sobre los últimos veinte años de historia de Little Italy, o quizá treinta. Que hubiera tantas fotografías, papeles, informes, recibos, periódicos e incluso carteles de las ferias que se habían organizado en el barrio, era bueno, pero también algo desmoralizante porque Sean podía pasarse horas y horas leyendo sin encontrar nada.

—Al menos Anderson y sus hombres son ordenados —dijo en medio del silencio. Muchas cajas estaban clasificadas por años, a veces había documentación equivocada o faltaba algo, aunque había tantos papeles que era imposible darse cuenta.

Sean eligió una caja en la que había escrito en un lateral 1932 y un uno entre paréntesis. Eso significaba que ese año tenía varias cajas. Al menos había elegido la primera, pensó mientras levantaba la tapa de cartón. No había seleccionado ese año al azar, era el año en que se había suicidado su padre y el día anterior, abrumado por la cantidad de callejones sin salida con los que había tropezado últimamente, llegó a la conclusión de que tal vez lo mejor sería empezar por el final, eso lo tenía clarísimo, e ir retrocediendo.

Estaba leyendo un recorte de periódico que hablaba del fiscal Murphy y los últimos arrestos del entonces capitán Anderson cuando oyó un ruido y se puso en alerta. Tras unos segundos, no sucedió nada y siguió leyendo. Murphy no había aparecido por allí, aunque seguro que acabaría haciéndolo. Después del caso que aparecía en el recorte, se trasladó a Chicago donde se convirtió en fiscal general del estado. Era un hombre muy respetado y el padre de Juliet, la esposa de Nick Valenti, además de amigo personal del superintendente.. A Sean no le sorprendería que Murphy estuviera al corriente de lo que Anderson y Cavalcanti estaban haciendo allí en Nueva York. El ruido volvió y Sean buscó su pistola con la mirada, la había dejado encima de la mesa, y entonces recordó la nota de Tabone. Se relajó un poco pero se mantuvo alerta. Cruzó los dedos para que ella, la invitada de Tabone y Valenti, no bajase. No le apetecía hacer de niñera ni de anfitrión y ni mucho menos estaba dispuesto a adorar a una supuesta estrella de Hollywood, él tenía mucho que...

—Hola... buenos días.

Había una chica, una chica preciosa al final de la escalera, o al principio, supuso Sean que sentía que le faltaba el aire. Ella le había cogido por sorpresa, no la había estado esperando. Él esperaba a una mujer despampanante, la que había visto en esa noticia del estreno de la película: no recordaba su cara pero sí que llevaba un abrigo de visón blanco y un peinado y maquillaje algo recargados. Era imposible que esa chica fuese esa mujer, sencillamente imposible.

—Hola —repitió ella tocándose el pelo nerviosa.

Era pelirroja, pero él jamás había visto ese color, era una mezcla entre caoba, granate, bermellón y negro. No era color zanahoria ni color calabaza, ni tampoco del color del fuego, que probablemente era la comparación más utilizada. No, el pelo de esa chica era del color del horizonte, del sol cuando se funde con el mar. Sean no se movió, no podía dejar de mirarla. Ella le incomodaba, le incomodaba muchísimo y eso le puso furioso.

—Hola —le respondió y volvió a bajar la vista hacia el periódico que tenía en la mano. Iba a dejar de mirarla e iba a concentrarse de nuevo en lo suyo. No iba a preguntarse por qué los pies descalzos de ella, una desconocida, le habían puesto tan nervioso.

Ella, al sentirse ignorada, subiría arriba y se quedaría allí hasta que llegasen sus amigos. Tal vez él tendría problemas con Jack y Nick, pero ya lidiaría con ellos si llegaba el caso. Tampoco creía que fuera a sorprenderles que él se hubiese comportado como un maleducado.

Oyó pasos y levantó la vista convencido de que la vería irse, ella estaría subiendo la escalera con ese absurdo pijama a rayas. El tejido parecía viejo, suave al tacto, y la trenza que ella llevaba a un lado caía hasta hacer cosquillas al bolsillo del pecho. Llevaba las mangas arremangadas y no se estaba yendo. Sean parpadeó, ella le había pillado observándola. Se estaba acercando a él.

—Buenos días —repitió—, soy Alessandra —le tendió la mano.

Sean estaba confuso, ¿por qué no se había ido, por qué seguía allí? Vio la mano ante él, era blanca y pequeña, pero al mismo tiempo parecía muy fuerte. Se fijó en las uñas un segundo y vio que no eran muy largas y que estaban sin pintar. Se veían limpias, nada más. Esa chica era la de la foto, de eso no tenía ninguna duda, ahora que la tenía cerca recordaba las facciones que había visto días atrás en el periódico, pero no parecía la misma. Esa dicotomía no le gustaba, él desconfiaba por naturaleza de la gente capaz de ser dos personas al mismo tiempo.

Subió la vista hacia el rostro y vio que ella empezaba a sonrojarse. ¿Ahora sentía timidez? No, por supuesto que no, adivinó al comprobar las chispas que saltaban de los ojos verdes. Ella estaba enfadada porque él la había dejado allí con la mano extendida en el aire. Rectificó al instante.

—Lo siento. —Le apretó la mano igual que habría hecho con un hombre—. Buenos días, yo soy Sean Bradford.

Ella aflojó la tensión de los hombros y le soltó la mano.

—Lo sé, Jack y Nick me dijeron que seguramente llegarías antes que ellos. No quería molestarte, pero he oído ruido y... Lo siento, será mejor que vuelva a arriba —señaló la escalera que había al fondo.

Sean pensó que ella tenía razón, lo mejor sería que se fuera y que él siguiera trabajando. Pero no podía negar que sentía una extraña curiosidad por esa chica, la que tenía delante, no la que había visto en el periódico. Tal vez era por el modo en que lo miraba, como si ella también sintiera verdadera curiosidad por él. Sean estaba acostumbrado a que le ignorasen, siempre que alguien de Asuntos Internos llegaba a una nueva comisaría para investigar era recibido, si tenía suerte, con indiferencia. También sabía lo que era que lo mirasen con desprecio, en su trabajo no había hecho amigos, ni siquiera tenía compañeros, y si coincidía con alguien de su pasado este solía pensar de inmediato en su padre. Sí, al desprecio estaba acostumbrado. Por último, sabía qué era que lo mirasen con interés, pero no interés de verdad, sino calculando qué podían obtener de él y cómo de rápido. Su madre lo miraba así, hacía años que no se preocupaba por él de verdad y que cuando lo veía le preguntaba si ya había encontrado a los culpables de la muerte de su padre. Nada más.

Esa chica de los pies descalzos y con pijama a rayas lo miraba con genuina curiosidad, igual que probablemente miraría al león del zoológico. Esa clase de interés le incomodaba sobremanera, pero también le hizo sentir cierto alivio descubrir que había alguien dispuesto a hablar con él.

—No, no te vayas. —Ella se detuvo—. Es decir, por mí no hace falta. No me molestas —Volvió a mirar sus papeles—. Nick y Jack no tardarán en llegar.

Ella se rio.

—¿Estás seguro? Creo recordar que a los dos se les pegaban mucho las sábanas.

—No lo sé. Lo he dicho por decir —reconoció, se sentía como un estúpido—. Quédate si quieres.

Alessandra caminó hasta una estantería y con la mirada recorrió las espinas dorsales de los libros.

—¿Siempre llegas tan temprano?

—Sí, siempre.

—A mí también me cuesta dormir —confesó Alessandra.

Sean dejó el periódico en la mesa. De todos modos no tenía ni idea de qué estaba leyendo, e iba a decirle que él no tenía ningún problema para conciliar y mantener el sueño, pero entonces comprendió que era mentira. Sí lo tenía y había ido a peor desde que estaba en Nueva York y había empezado a investigar el pasado de su padre. Sin cuestionarse el porqué le explicó justo eso.

—En Washington no tengo problemas para dormir, es esta maldita ciudad y sus recuerdos.

Ella, que estaba dándole la espalda, se giró de repente. Abrió esos ojos verdes de par en par y Sean tuvo problemas para tragar la saliva. ¿Qué estaba buscando esa chica dentro de él? Porque tenía la sensación de que quería metérsele dentro. Bajó la vista, un gesto cobarde, sin duda, y jugó con los papeles que tenía en la mesa.

—Yo vivo en Los Ángeles —le sorprendió ella—, allí tampoco duermo demasiado bien. Bueno, será mejor que vuelva arriba, tengo que cambiarme para ir al teatro. Jack o Nick vendrán a buscarme para acompañarme y no quiero hacerles esperar—. Caminó hacia la escalera—. Ha sido un placer conocerte, detective Bradford.

—Puedes llamarme Sean —le pidió él.

—Gracias. La verdad es que me resulta raro llamar a alguien «detective» —bromeó, pero él vio que estaba nerviosa y algo insegura y no lo entendió—, y lo de llamar a alguien por su apellido me recuerda al colegio.

—Tabone y Valenti te llaman Sandy —dijo él al recordar cómo esos dos hombres se habían referido a ella cuando le explicaron que iba a visitarlos.

—Sí, ya nadie me llama así. Son los únicos.

Sean intuyó que ella no iba a darle permiso para utilizar ese nombre y lo entendió. Sintió esa punzada de celos y envidia que lo sorprendía tan a menudo esos días. Esa operación le estaba afectando de un modo absurdo, él había elegido su camino y le gustaba. Tal vez la amistad entre Valenti, Nick y esa chica fuese sincera, pero por su experiencia sabía que tarde o temprano se fallarían y se abandonarían. Le había sucedido a su padre y a él también.

—Claro —dijo sin demasiado sentido—. Ha sido un placer conocerla, señorita Bonasera.

—Puedes llamarme Alessandra —ofreció ella—. Supongo que volveremos a vernos. No creo que mañana pueda dormir y me gusta pasear por Verona. Lamento mucho no haber estado aquí cuando Emmett murió.

—Yo tampoco creo que pueda dormir mañana —la frase salió de sus labios antes de que él supiera que iba a decirla. Se habría puesto furioso consigo mismo si en aquel instante no hubiese sido testigo de la sonrisa más dulce, pura y bonita del mundo.

Ella desapareció tras la curva de la escalera y Sean intentó concentrarse de nuevo en ese maldito periódico. Le costó un poco, mucho, en realidad, buscó en su memoria la última vez que había hablado con alguien solo por hablar y no porque quisiera obtener unas respuestas concretas. Él interrogaba a la gente o era interrogado por sus jefes, sus compañeros, sus sospechosos. Era realmente triste que esos minutos que había compartido con esa chica en pijama fuesen los más humanos que había vivido en mucho tiempo.

—Soy patético —se dijo a sí mismo—. No tendría que haber vuelto.

Su padre estaba muerto, el suicidio era un hecho igual que lo eran los sobornos que su progenitor había aceptado. El motivo quizá no importaba, no cambiaría nada. Quizá tendría que asumir de una vez por todas que su padre había sido un cobarde y que para él el suicidio había sido el mejor modo de escapar de esa última acusación de violación. Era esa acusación la que le retorcía las entrañas a Sean. Una cosa era asumir que su padre había aceptado dinero para mirar a otro lado o para archivar mal unas pruebas, y otra muy distinta un crimen como una violación. No podía creer que el hombre que le reñía si no ayudaba a su madre hubiera hecho eso. Le hervía la sangre solo con pensar que los compañeros de su padre, esos hombres que habían sido como hermanos, lo creyeran capaz de esa atrocidad, y en su mente siempre la había considerado una falacia.

Hasta ese día semanas atrás en que Anderson le entregó un papel de un juzgado donde constaba esa violación. El superintendente le había llevado allí para que hiciera de abogado del diablo; su trabajo consistía en intentar desmontar las pruebas que Valenti, Tabone y Rourke habían reunido antes de presentar el caso a la fiscalía y llevar a cabo los arrestos correspondientes. De momento no había encontrado ningún fallo, todas las anotaciones estaban contrastadas, las fotografías eran auténticas, los números cuadraban. ¿Significaba eso que ese maldito papel era también auténtico? No necesariamente, él sabía que la generalización era el recurso del mal detective. Y él era uno de los mejores.

Pero las pruebas que tenía de ese delito no le habían conducido a nada excepto a decepciones; el juez estaba muerto, el secretario judicial, también. El fiscal estaba destinado a otro estado y aún no había logrado ponerse en contacto con él porque estaba de viaje. ¡De viaje! El nombre del policía encargado del caso no constaba y el nombre de la víctima se había eliminado para su protección. Lo único que tenía claro era la fecha del supuesto crimen, así que Sean iba a buscar hasta el último detalle de ese maldito día con la esperanza de averiguar algo. Alguien tenía que haber visto algo. Su instinto le decía que el superintendente sabía más de lo que dejaba entrever y que no se lo contaría así como así.

Tal vez podría hablar con Rourke, ese gigante acompañaba a Anderson a todas partes. Quizá en el pasado también hubiera sido así.

Oyó un ruido en la puerta y vio que esta se abría y entraban Tabone y Rourke. Tenía que ser cauto, no podía levantarse y preguntarle sin más qué sabía de su padre. Aunque al menos esa parte sabía cómo hacerla, llevaba años interrogando a gente para Asuntos Internos sin que los interrogados se dieran cuenta, el truco consistía en ir despacio.

—¿Tú nunca duermes, Bradford? —le preguntó Rourke.

—No si puedo evitarlo.

—¿Hace mucho que estás aquí? —Esta pregunta vino de Tabone y Sean la interpretó por lo que era: «¿Has visto a Alessandra? ¿Te has metido con ella?».

—He llegado hace un rato. Tu invitada está bien, no te preocupes. Ha bajado porque ha oído ruido y nos hemos presentado.

—¿Y nada más? ¿Habéis hablado de algo?

Rourke se quitó el sombrero y observó divertido la conversación. Sean no sabía qué estaría viendo, pero a él no le hacía ninguna gracia que desconfiasen de él y lo acribillasen a preguntas.

—Nada más —contestó de mala gana.

—¿Hace mucho que ha subido? —insistió Tabone.

Sean iba a decirle que dejase de atosigarle, pero entonces lo miró y vio algo que no había visto nunca en Tabone: estaba preocupado.

—No mucho. Ha dicho que tenía que arreglarse para ir al teatro.

Tanto Rourke como Tabone levantaron las cejas sorprendidos. ¿Qué tenía de raro que ella le hubiese dicho ese detalle? No era nada personal y él no era el ogro maleducado que todos pensaban, sabía mantener una conversación. O casi.

—Necesito contaros algo. ¿Te importaría sentarte, Rourke? —le pidió Jack mientras caminaba hasta el final del pasillo y se aseguraba de que la puerta que conducía al piso superior estaba cerrada. Si oía bajar a Alessandra, tenía tiempo de disimular y fingir que no pasaba nada.

—Claro. ¿Sucede algo?

—Nick ya está al corriente. Él informará a Cavalcanti y a sus hombres y yo después hablaré con Anderson —empezó Jack.

—¿Qué pasa? —Sean se puso en alerta. Tal vez había sucedido algo que iba a precipitar los arrestos, se suponía que aún faltaban meses, todavía tenían que reunir más pruebas, pero...

—Es sobre la señorita Bonasera, Alessandra.

Sean entrecerró los ojos y prestó más atención, Rourke hizo lo mismo, era la reacción propia de todo buen policía.

—Ayer por la mañana recibió un ramo de rosas negras en su habitación del hotel Plaza, iba acompañado de una nota sin firmar con un mensaje en principio inocente pero inquietante si lo situamos en su contexto.

—¿Y qué contexto es ese? —preguntó Sean.

—El ramo no procedía de ninguna floristería de la ciudad y la tarjeta, como he dicho, iba sin firmar. No solo eso —añadió—, es el segundo ramo que la señorita Bonasera recibe con estas características. El primero fue entregado en su casa de Mulholland Drive hace poco más de un mes, también llevaba una tarjeta sin firmar.

—Tal vez sea un exnovio cabreado —aportó Rourke.

—La señorita Bonasera afirma que no existe tal posibilidad. En cualquier caso, voy a investigarlo. Soy consciente de que tal vez no sea nada, quizá se trate solo de un admirador receloso de su intimidad que no quiere decirle su nombre.

—Son rosas negras —señaló Sean cuyo cerebro empezaba a analizar las distintas posibilidades—, no es una flor cualquiera. Un hombre no busca una jodida flor como esa para después pasar desapercibido.

—Exacto. La señorita Bonasera afirma que muy poca gente estaba al tanto de dónde iba a alojarse en Nueva York, pero no me fío de Hollywood.

—Bien hecho, basta con que lo sepa la persona equivocada y Hollywood no es famoso por saber guardar secretos —dijo Rourke—. ¿Qué necesitas que hagamos?

A Sean volvió a sorprenderle la ciega confianza que existía entre esos hombres y durante un instante deseó estar equivocado y que no se rompiera jamás. Entonces se dio cuenta de que él también estaba allí.

Él estaba allí.

Él estaba allí sentado escuchando a Jack Tabone al lado de Rourke. Él formaba parte de eso y hacía tanto tiempo que no formaba parte de nada que le costó aceptar que él también confiaba en esos dos hombres, o confiaba tanto como él era capaz de confiar, y creía que Jack había hecho lo correcto al llevar allí a la señorita Bonasera.

—Cuenta conmigo —afirmó. Ninguno de esos dos hombres se dio cuenta de lo mucho que le había costado decir esa frase, pero él no lo olvidaría fácilmente.

Jack asintió a modo de agradecimiento.

—Nick y yo vamos a hacer unas cuantas preguntas.

—Yo conozco a alguien en Los Ángeles, me pondré en contacto con él —sugirió Sean. Uno de sus compañeros de Asuntos Internos estaba destinado allí y tal vez podría echarles una mano.

—Yo hablaré con las floristerías no oficiales de la ciudad —dijo Rourke—, no todo el mundo compra las flores en la Quinta Avenida y unas rosas negras no pueden haber aparecido de la nada.

—Sí, Nick y yo también haremos unas cuantas preguntas. Probablemente no sea nada, pero no queremos correr ningún riesgo con la señorita Bonasera, no queremos que vaya sola por la ciudad. —Sean intuyó que había algo más, pero siguió escuchando—. Pero tampoco podemos convertirla en una prisionera.

Sean no pudo evitar sonreír, le costó identificar la mueca que cogió por sorpresa a sus labios. Algo le decía que la señorita Bonasera no era fácil de encerrar en ninguna parte y le gustaba que así fuera.

—¿En qué teatro está ensayando? —preguntó.

—En el Roxy.

—Es cerca de mi casa, aunque no es que esté allí muchas horas —añadió al ver la mueca de Rourke—, y es solo un apartamento alquilado, pero en fin. Si quieres, yo puedo acompañarla por la noche o cuando sea.

—Te lo agradecería, Bradford. La señorita Bonasera se ha negado a aceptar que un policía la acompañe y me temo que también se negará a que lo haga Toni o Marco.

—Es comprensible.

—Entre todos la mantendremos a salvo —afirmó rotundo Rourke como si pudiera asegurar tal hazaña. Nadie podía mantener a nadie a salvo en esa ciudad.

—Gracias.

Los tres oyeron el ruido de unas pisadas y se dispersaron. Cuando Alessandra entró en Verona por la puerta que conectaba la librería con la vivienda no imaginó lo que acababa de suceder.

—Buenos días, Jack.

—Buenos días, Alessandra. —Él se contuvo de llamarla Sandy. Sean intuyó que reservaban ese nombre para momentos sin extraños y sintió el impulso de decir que él ya no entraba en ese grupo. Extraño. Ridículo—. Permite que te presente al detective Rourke.

—Es un placer conocerle —Alessandra le tendió la mano—, ¿tiene usted nombre, detective?

—Me llamo Isaac —respondió Rourke y la carcajada de Jack fue escandalosa—, a mi madre le gustaba mucho el nombre.

—Es precioso, no le haga caso a Jack, Isaac.

—Nunca se lo hago, señorita Bonasera —le estrechó la mano y le guiñó un ojo.

—Llámame Alessandra, por favor.

—Le diré a tu mujer que flirteas con la primera cara bonita que te encuentras, Isaac —se burló Jack—, ¿cómo es posible que no supiera que te llamabas así?

—Porque nunca escuchas. Mi esposa sabe que para mí ella es la única mujer que existe, ninguna puede comparársele. No se ofenda, señorita.

—No me ofendo, me parece precioso, y llámame Alessandra, por favor.

—Está bien, Alessandra. Tabone nos ha contado que tendremos la suerte de contar con tu compañía, no dudes en pedirme lo que sea.

—Lo haré, muchas gracias.

—Dado que *Isaac* ha dejado de flirtear contigo, será mejor que nos vayamos, Alessandra.

—Oh, desahógate, Jack, dilo tantas veces como quieras, pero más te vale volver a llamarme Rourke cuando llegue Anderson.

«Anderson».

Un escalofrío recorrió la espalda de Alessandra. Ella intentó disimularlo y mantuvo la sonrisa en el rostro, pero Sean se dio cuenta. No había dejado de mirarla desde que había bajado, a él siempre le habían gustado los puzles, por eso probablemente era tan bueno en su trabajo, y ella lo era. Aunque la curiosidad que había despertado en él era algo desconcertante y su origen estaba, o eso creía Sean, en que veía en ella a alguien como él; alguien que llevaba una máscara para ocultar la verdad.

—Si llega Nick, decidle que me espere. —Jack se puso el sombrero.

Rourke asintió y Sean se dispuso a extender encima de la mesa un juego de fotografías que había encontrado en esa caja. Quería observarlas con lupa, literalmente. Estaba de pie, necesitaba espacio, notó a alguien cerca y se dio media vuelta.

Alessandra estaba allí mirándole. Ahora podía ver que se había maquillado los labios, brillaban bajo el haz de luz que se colaba por la ventana. También se había recogido el pelo en un moño, no era muy sofisticado, aunque distaba de la trenza de esa mañana. Iba vestida con un elegante traje chaqueta morado y sujetaba un sombrero en las manos cubiertas por guantes.

Él no pudo decir nada, mejor dicho, no se atrevió porque en su mente solo oía una pregunta ¿quién eres? O dos ¿por qué me miras así?

—¿Necesita algo, señorita Bonasera? —Antes ella le había pedido que la llamase por su nombre, pero ahora no se habían dirigido la palabra y no sabía hasta qué punto ella quería mantener en secreto la conversación anterior. Quizá era pretencioso por su parte creer que Tabone no sabía que ella tenía problemas para dormir, sin embargo Sean no pudo evitar desear que así fuera. Además, ese nombre tenía algo que no acababa de gustarle y no era que tuviera celos de no ser digno de llamarla *Sandy*. Eso sería absurdo.

Ella se humedeció el labio y él arrugó las cejas, se consideraba un hombre muy observador, su jodido trabajo dependía de sus dotes de observación, y estaba seguro de que jamás se había fijado en ese gesto en otra persona. Jamás.

—¿Crees que... —volvió a humedecerse el labio y él no se perdió ni un segundo del movimiento. ¿De verdad no había visto a nadie hacer eso antes?— crees que... — Alessandra cerró los ojos un segundo y cogió aire antes de volver a abrirlos—. ¿Estarás aquí mañana, Sean?

—Sí.

Ella le sonrió y él, él pensó que esos labios no necesitaban de ningún pintalabios para brillar.

—Hasta mañana pues, Sean.

—Hasta mañana.

CAPÍTULO 11

Alessandra no podía creerse lo que había hecho. Era la primera vez en su vida que ella, ella de verdad, hablaba con un chico. Un hombre, la palabra chico quedaba insignificante al lado de Sean. Actuar siempre había sido fácil para ella, había empezado desde muy pequeña para sobrevivir. Actuar la había salvado de tantas cosas que formaba parte de su naturaleza; actuaba en casa cada noche cuando su madre llegaba borracha o acompañada de uno de sus amigos y ella se hacía la dormida o la ausente; actuaba en el colegio cuando las monjas le preguntaban si en casa estaban bien o si necesitaba algo, fingía ser una buena hija y tener sus necesidades cubiertas porque de lo contrario su madre tomaría represalias, era una mujer muy orgullosa. O había sido, Alessandra ni siquiera sabía si estaba viva o muerta. Muerta, supuso, de lo contrario habría aparecido en su vida o en la de sus hermanos y habría exigido su parte.

Podría preguntárselo a Anderson.

Anderson.

Se había estremecido al oír su nombre. Sabía que de un modo u otro él formaba parte de la operación en la que estaban trabajando Jack y Nick y desde el día que decidió que iría a Nueva York tenía el presentimiento de que coincidiría con él. Pero oír su nombre la había cogido por sorpresa.

Anderson la había encontrado aquel día, aún no sabía cómo lo había hecho, pero si Anderson no hubiese aparecido en aquel momento ella estaría muerta. Era el único hombre que sabía la verdad y ese secreto estaba a salvo con él, de eso ella no tenía ninguna duda.

No había tenido intención de acercarse a Sean Bradford, pero él se había dado cuenta del impacto que le había causado el nombre de Anderson y ella pensó que era muy extraño que lo hubiese notado. Alessandra nunca sentía nada. Nunca. Años atrás un director de cine le dijo que era fascinante ver cómo se vaciaba y se metía en la piel del personaje. Ninguna descripción de ella había sido tan acertada, aunque ella no se vaciaba; ella ya estaba vacía.

Alessandra sabía que sus hermanos, Luke y Derek, la querían. Lo sabía porque ellos se lo decían y demostraban y porque ella quería creerles, pero no podía sentirlo. Si pudiera pedir un deseo, si existiese algo tan mágico como el genio de una lámpara, pediría ser lo bastante cínica para creer que las emociones no existían y nadie sentía nada. Entonces todo sería mucho más fácil. Por desgracia para ella no existían las lámparas maravillosas y Alessandra sabía que las emociones existían y que en algún momento ella también las había sentido.

Ahora ella no sentía nada y carecía totalmente de empatía. Si su hermano era feliz, lo sabía porque en el caso de Derek le aparecía una sonrisa contagiosa en la cara y en el caso de Luke no podía dejar de moverse. Pero ella no sentía su felicidad.

Cuando oyó el nombre de Anderson, se estremeció. Durante unos segundos revivió esa noche y el impacto fue tan fuerte que se quedó atrapado en su nuca, y allí fue donde sintió la mirada de Sean Bradford; la mirada y su preocupación. Entonces el miedo desapareció, la pesadilla se esfumó gracias a no estar sola. Ella había dado por hecho que pasaría el resto de la vida fingiendo, interpretando un papel tras otro para ver si a base de mentir algo acababa convirtiéndose en verdad y de repente... de repente una persona, un extraño, había conseguido transmitirle algo.

Por la mañana había bajado a la librería convencida de que iba a encontrarse con un policía común y corriente. La noche anterior Jack le había explicado en la medida de lo posible lo que sucedía en Verona y que si oía ruido se trataría de uno de ellos. Ella había supuesto que el detective Bradford iba a ser un detective tosco y rudo, así los representaban siempre en Hollywood. Lo saludaría y pasearía un rato por las estanterías de Emmett. Se había pasado la noche dando vueltas, sintiéndose culpable por no haber podido acudir al funeral, y quería en cierto modo despedirse de ese librero que tanto la había ayudado de pequeña.

Sean Bradford la había cogido por sorpresa, la había fascinado. No sabría explicarlo, no era algo físico, Dios sabía que ella no pensaba en eso, era como esas noches de pequeña, cuando miraba al cielo y de repente pasaba una estrella fugaz. O ese instante en que el director de la película gritaba «acción». O como aquel día que fue con Derek y Luke a pasear por la playa y encontró los dos pedazos de una concha partida y comprobó que encajaban a la perfección. La sensación que le había producido estar frente a Sean Bradford era inexplicable y ella necesitaba entenderla porque quizá si lograba descifrarla lograría reproducirla. Quizá no estaría tan vacía como creía.

No le importaba que él la hubiera visto en pijama, no creía que él se hubiese fijado ni en ella ni en ese detalle, lo único que le importaba era retener aquella migaja de felicidad. «No estoy vacía». Él no parecía estar demasiado contento de conocerla, ella supuso que le había molestado que lo interrumpiera y por eso se fue arriba. Bajó más tarde, cuando oyó que la puerta de la calle volvía a abrirse.

Había tenido tiempo de serenarse y había decidido que intentaría entablar cierta amistad con Sean, aunque solo fuera para comprobar si él volvía a producirle ese efecto. Jack le presentó a Rourke, él sí tenía el aspecto que Alessandra esperaba de un policía, y después mencionó a Anderson.

Y Sean, un desconocido, se dio cuenta de lo que a ella le pasaba. Y ella lo sintió.

«No estoy vacía».

Años de actuar la ayudaron a fingir que todo seguía igual y quizá tendría que haber aguantado hasta el final, pero no había podido irse de allí sin volver a hablar con él.

Había hablado con un hombre por primera vez en su vida. Podía sonar patético, pero ella no podía dejar de sonreír. En Hollywood había hablado con muchos hombres, por supuesto, pero siempre metida en la piel de Alessandra Bonasera. Si era Alessandra podía hablar con Bogart y Sinatra, podía besar a Cary Grant en el final de una película y podía discutir con Beny las condiciones de su contrato.

Si era Sandy, podía abrazar a Jack y a Nick, podía defenderles, hablar con ellos y tomarles el pelo.

Pero cuando no era ninguna de ellas dos, cuando era *ella* de verdad, no podía hacer nada de eso. La pregunta más obvia y apremiante era sin duda: ¿quién era *ella*? Y si estaba dispuesta a averiguarlo.

Al abandonar la vieja librería vio que Jack la miraba intrigado y recordó esa vez con quince años que el pobre Giacomo la invitó a pasear y Jack y Nick insistieron en andar detrás. Jack no comentó nada, no le preguntó qué le había dicho a Sean ni por qué se había dirigido solo a él antes de irse, pero ella sabía que se moría de ganas de hacerlo. A pesar del tiempo que había transcurrido seguía siendo capaz de descifrar las muecas de su amigo.

Fueron en coche hasta el teatro Roxy. Jack le explicó que Nick y él habían empezado a hacer preguntas sobre las rosa negras, aunque aún era pronto para saber nada. Quedaron en que Nick o él pasarían a recogerla por la tarde y Alessandra tuvo que prometerle que hasta que ese asunto estuviese aclarado no se quedaría sola en ningún momento. En otras circunstancias le habría preguntado por Sean, sentía curiosidad por él, pero no se atrevió. No quería que Jack se imaginase nada extraño.

—¿Te apetecería cenar con nosotros esta noche? —le preguntó él cuando detuvo el vehículo—. Siena tiene muchas ganas de conocerte.

—Claro, pero no quiero molestar.

—Ahora mismo te tiraría del pelo, Sandy.

—Ya no tenemos ocho años, Jack.

—Lo sé —suspiró—, a veces pienso que es una lástima. Las cosas entonces eran mucho más sencillas.

—O complicadas, según lo mires.

Él golpeó el volante con los dedos.

—Tal vez tengas razón. Esta noche cenaremos en casa de Cavalcanti, es el tío de Siena. Nick y Juliet también estarán allí.

Alessandra se preparó para bajar.

—¿Puedo hacerte una pregunta, Jack?

—Claro.

—¿Te habías imaginado que algún día volveríamos a encontrarnos? Los tres, quiero decir.

Jack apretó el volante y después aflojó los dedos. La miró a los ojos.

—No me permitía pensar en eso, Sandy. Me fui para protegeros y cuando terminé la academia pensé que ya era demasiado tarde. Jamás pensé que tendría la suerte de recuperaros.

—Y de tener a Siena.

—Siena no es cuestión de suerte —sonrió—, Siena es un jodido milagro, Sandy.

A Alessandra le dio un vuelco el corazón al ver, casi palpar, el amor de su amigo por la que iba a ser su esposa.

—Te mereces ese milagro y muchos más, Jack. —Alargó una mano e hizo algo que nunca hacía cuando era ella, tocar a otra persona.

—Allí es donde te equivocas, Sandy, pero he dejado de cuestionármelo. Volviendo a tu pregunta, no, no me había imaginado que volveríamos a encontrarnos y si lo hubiera hecho jamás me lo habría imaginado así.

—¿Y cómo te lo habrías imaginado?

—Vamos, Sandy, Alessandra —cambió—, ¿quién habría podido imaginar que un policía...

—Capitán —le corrigió ella.

—Un capitán de la *policía*, un gánster retirado y una actriz de Hollywood serían amigos?

—Cosas más raras suceden.

—En eso tienes razón, Pelirroja. Nos vemos esta noche. No estés nerviosa, te prometo que Siena ya te adora y Cavalcanti es, no sé cómo describirlo. Pero te diré que gracias a él tenemos a Nick, así que eso, en mi opinión, le coloca en la columna de los buenos.

—¿La columna de los buenos?

Jack sonrió.

—Es una cosa que me explicó Bradford, un método que él tiene, antes de venir aquí era detective de Asuntos Internos. Según él los hombres en realidad sí pueden clasificarse en dos únicas columnas; la de los buenos y la de los malos. Lo único que necesitas son pruebas de fiar.

—¿Y ya está? ¿No importa que antes fuera un gánster?

—Importa, pero importa más que salvó a Nick y que cuidó de Siena. Esta noche le conocerás y podrás decidir por ti misma.

Alessandra entró en el teatro, era el segundo día y terminarían con la lectura de la obra. Solía hacerse así, una primera toma de contacto con el texto para cogerle el ritmo y ver si fluía con la naturalidad y el ritmo que esperaba y necesitaba el director. Los ensayos como tales no empezarían hasta el día siguiente e irían incorporando, según el tiempo del que dispusieran, las pruebas de vestuario y maquillaje. El teatro sería un cascarón huérfano esa semana, los carpinteros y electricistas aún estaban tomando medidas y también los pintores y las costureras. En cuanto las piezas más importantes estuvieran listas, los invadirían y el Roxy se convertiría en los peñascos áridos de *Cumbres borrascosas*.

Ella había empezado en el teatro, no en obras tan preciosas como esa, sino en espectáculos más cuestionables haciendo de corista o de bailarina sin más. Ser pelirroja la había ayudado a llamar la atención y también la había ayudado su discreción. A pesar de lo que creía mucha gente, a los directores del coro de bailarinas les gustaban las chicas de fiar, las que sabían que no faltarían a ningún ensayo y que no los dejarían plantados para irse con un nuevo protector. Ella era de fiar y sabía rechazar a los hombres que en algún momento le habían insinuado que querían de ella algo más que un baile. Si alguno se había puesto más insistente, Alessandra había dejado la compañía o incluso la ciudad.

En Hollywood tuvo la suerte de conocer a un guapísimo y buen actor con el que sintió afinidad al instante, Rafe Simons. Tal vez Rafe no le habría dicho la verdad sobre sí mismo si Alessandra no le hubiese pillado un día besando a un chico, uno de los cámaras. Fue un accidente, ella se había olvidado el abrigo en el camerino y no podía permitirse el lujo de comprar otro, todo el dinero que ahorraba iba destinado a Derek y Luke y a buscar una casa. Ella se limitó a sonreírles y al día siguiente se comportó como siempre con su amigo. Este la invitó a un café al terminar y tras un largo abrazo le pidió ayuda. Si se descubría quién era en realidad estaba acabado en Hollywood. Los estudios que ahora se peleaban por él lo repudiarían, pero al mismo tiempo no se veía capaz de utilizar a una mujer o de engañar a Michael, así se llamaba el cámara con el que llevaba años de relación y al que Rafe consideraba su pareja en todos los sentidos. Rafe no le preguntó a Alessandra por qué ella rechazaba siempre las insinuaciones de cualquiera, sencillamente le pidió ayuda. Ella se la dio y así fue como Alessandra Bonasera, actriz que como mucho había dicho dos o tres frases en sus películas, se convirtió en la novia de Rafe Simons y consiguió su primer papel de actriz terciaria. Después de esa película llegaron otras, hasta que conoció a Beny y él, a quien Alessandra nunca le contó la verdad sobre Rafe, le dijo que la convertiría en la actriz que de verdad era.

Rafe y ella orquestaron su ruptura pública al cabo de un tiempo. En la intimidad siempre serían amigos. El actor sufrió un accidente y decidió retirarse a un pequeño pueblo de México junto a Michael, cada año le mandaban una postal por Navidad y Alessandra no podía alegrarse más por ellos. Ella no era famosa, después de su última película su nombre empezaba a sonar, pero no era conocida como Ava Gardner o Grace Kelly. Si alguna vez alguien del estudio le preguntaba por su vida sentimental o la falta de ella, fingía tener el corazón roto por Rafe. Fingir se le daba bien. El día antes de cambiar Los Ángeles por Nueva York Beny fue a despedirse de ella y a desearle suerte, un gesto no del todo altruista, pues él ganaría mucho dinero si la carrera de Alessandra despegaba y le recordó que no iba a poder seguir con esa farsa de novia abandonada eternamente.

«Aún tengo tiempo».

—Buenos días, Alessandra. —Eric Kazan fue a recibirla—. Espero que hayas dormido bien, las sábanas del Plaza tienen una reputación excelente.

Alessandra se sonrojó, no sabía si esa frase era una insinuación o si Kazan había traducido mal una expresión rusa. Él hablaba bien inglés, pero a veces formulaba frases un poco extrañas.

—Perfectamente, gracias.

Él dio una palmada y se alejó para hablar con el capataz de los carpinteros, Alessandra dedujo entonces que el inglés del director le había jugado una mala pasada. La lectura del texto los mantuvo ocupados durante todo el día, la adaptación era magnífica, los sentimientos del clásico quedaban perfectamente reflejados en cada diálogo, en cada escena que compartían Catherine y Heathcliff y ella no podía pedir mejor compañero de reparto. Monty lograba que la ya de por sí fiera pasión de Heathcliff sonase verdaderamente atormentada.

Ella no.

Kazan había sido amable, había achacado la falta de fuerza y de verdad, así lo había llamado él, a la novedad del texto y al cansancio de Alessandra por el viaje y por estar en otra ciudad. Pero ella sabía que no era cierto. Hasta el momento ella había interpretado a camareras que ofrecían una bebida al protagonista, a la esposa de un sheriff que esperaba paciente a que él regresase a casa y en su última película a una maestra que alquilaba una habitación de su casa a un profesor de universidad y se debatía entre enamorarse de él o enamorarse de su jardinero, que en realidad era un viejo amigo de la infancia que se había escapado de la cárcel donde había sido encerrado por un crimen que no había cometido. Alessandra entendía esos personajes y por eso había sido capaz de darles voz. A Catherine no la entendía, le resultaba imposible comprender cómo podía nacer el amor en medio de tanto odio.

Iba a tener que ensayar muchísimo y meterse en la cabeza que esa clase de pasión existía. Tal vez podría aprenderlo observando a Jack con Siena y a Nick con Juliet, aunque lo más probable era que esa clase de sentimientos no pudieran ni aprenderse ni imitarse. Ni fingirse.

—No te preocupes, Alessandra —insistió Kazan a la salida del teatro—, eres Catherine, lo sé.

Era un gran elogio viniendo de él y sin embargo Alessandra no pudo evitar que se le anudase el estómago. Se sentía abrumada por tener tal responsabilidad sobre los hombros.

—Gracias —intentó aceptar el cumplido—. Trabajaré los textos. Cuando ensayemos y pueda moverme por el escenario lo haré mejor.

—Estoy segurísimo de que así será, Alessandra.

Vio acercarse el coche de Jack en la esquina. Él salió y con el ala del sombrero en el ángulo perfecto caminó hacia ella. Suspiró aliviada, Kazan seguía a su lado y algo le decía que iba a volver a invitarla a cenar.

—Buenas noches, señorita Bonasera —la saludó con formalidad. Después se dirigió a Kazan, que seguía allí de pie—. Permítame que me presente, soy el capitán Tabone.

—Es un placer conocerle, capitán, no sabía que Alessandra tenía amigos tan importantes en la ciudad.

Kazan estrechó la mano que Jack le ofreció.

—No tan importantes. La *señorita Bonasera* asistirá a mi boda dentro de unas semanas, espero que eso no interfiera con los ensayos.

—Por supuesto que no, capitán. *Alessandra* dispone de tiempo libre.

—Será mejor que nos vayamos. —Alessandra cogió a

Jack por el antebrazo—. Buenas noches, Eric —lo llamó adrede por su nombre—. Hasta mañana.

Jack se despidió golpeando el sombrero con los dedos y se alejaron en silencio. Alessandra fue la primera en hablar en cuanto estuvieron en el coche.

—Gracias.

—Ese tipo no me gusta, Sandy.

—Es ruso, a veces tiene problemas con el inglés —lo defendió sin saber muy bien por qué. Quizá porque le molestaba que a esas alturas Jack dudase de su capacidad para defenderse sola.

«Te has asustado por unas rosas negras y has dejado que te llevase a casa de Emmett». Acalló su conciencia, esa noche no estaba de su parte.

—Ese tipo no tiene problemas con el idioma.

—Déjalo, de verdad. Es un director muy prestigioso.

Jack calló, gracias a Siena había aprendido a hacerlo.

—Vamos, nos están esperando.

Conocer a Siena fue maravilloso y ver la transformación que acontecía en Jack cuando la tenía a su lado aún más. Lo que más le sorprendió a Alessandra fue descubrir su pasado; Siena era la sobrina de Cavalcanti, había visto morir a sus padres por culpa de una *vendetta* en contra de Adelpho, el mayor de los Cavalcanti, y meses atrás también había estado a punto de morir a manos de un criminal. Y a pesar de todo se atrevía a ser feliz, en realidad, y tal como aprendió durante la cena, había luchado mucho para serlo y jamás se había dado por vencida.

«Y yo me escondo».

Sí, esa noche su conciencia no estaba de su parte.

Luciano Cavalcanti era magnético, era culto, elegante y pausado. Su inteligencia tenía presencia física y Alessandra no dudó ni por un segundo que ese hombre trazaba planes en su mente que los demás jamás lograrían entender. No desprendía bondad, no era entrañable, pero al mismo tiempo tampoco parecía un hombre cruel.

Esa noche él y ella eran los únicos que no tenían pareja y al terminar la cena acabaron sentados frente a frente en dos butacas compartiendo él un vaso de whisky y ella una infusión. A Alessandra le repelía el alcohol, solo daba sorbos de champán en las fiestas de Hollywood porque no quería llamar la atención.

—¿Qué le parece, señorita Bonasera? —Luciano señaló con el vaso a Nick y a Juliet que estaban hablando en otro sofá y a Jack y a Siena que estaban de pie tan cerca el uno del otro que parecían a punto de besarse.

—Precioso.

Luciano bebió un poco.

—A mí me parece un milagro.

El modo en que pronunció esa palabra hizo que Alessandra pensase en esa tarde, en los sentimientos que supuestamente tenía la protagonista de *Cumbres borrascosas*.

—¿De verdad cree que es un milagro? —Vio que Cavalcanti la miraba—. ¿Cree que no se puede explicar, que no hay manera de aprender el amor?

Luciano no se burló de ella, a Alessandra no le habría sorprendido que lo hiciera, se quedó pensando.

—Si el amor pudiera aprenderse, también podría desaprenderse, ¿no cree? Y eso es absurdo, el amor de verdad no puede olvidarse.

—¿De verdad lo cree?

Luciano sonrió.

—Lo sé.

Alessandra lo imitó y levantó su taza para beber. Dudaba que su infusión le produjese el mismo efecto que a él el whisky, pero el calor la reconfortó.

—Estoy en Nueva York para representar una obra de teatro.

—Eso me han dicho.

—Es *Cumbres borrascosas*, ¿la conoce?

—Emmett tenía la mala costumbre de intentar instruirme.

—No la entiendo.

—¿Qué es lo que no entiende, la obra? —le preguntó él, confuso. Ella también lo estaba por haberse atrevido a llevar la conversación por esos derroteros. Se suponía que ese hombre era el capo más importante que existía después de Al Capone. Sí, se había retirado, pero seguía siendo un personaje imponente y ella se había puesto a hablarle de literatura, teatro y la improbabilidad del amor.

—No. Bueno, en cierto modo. —Dejó la taza antes de derramarla—. No entiendo que pueda nacer el amor en esas circunstancias y mucho menos que pueda sobrevivir.

—¿Por qué?

—¿Se supone que tenemos que creernos que Heathcliff y Catherine se aman a pesar del odio y de los deseos de venganza que existen entre ellos? ¿A pesar de todo?

—Por supuesto.

—Eso es lo que no entiendo —afirmó mirándolo a los ojos—, el modo tan decidido en que usted acaba de contestarme. Esa fe ciega en el amor de verdad, a falta de otra palabra—. Se dio cuenta de que se había echado hacia delante y se sonrojó—. Lo siento, no pretendía…

—No pida disculpas, esta es la conversación más estimulante que he tenido en mucho tiempo. Anderson y los chicos insisten en hablar de temas mucho más aburridos. ¿Por qué no cree en el amor, señorita Bonasera?

Ella apartó la mirada y la guio hacia Nick y Juliet y después hacia Jack y Siena. No dudaba de que sus amigos estuvieran enamorados y sabía que eran correspondidos. Pero…

—¿Usted conoció alguna vez a mi madre, señor Cavalcanti?

Él no fingió ignorancia, no habría sido propio de su inteligencia y no quería insultar la de ella.
—Sí, conocí a Maria Grazzia.
—Por eso no creo en el amor.

CAPÍTULO 12

La noche anterior Sean había intentado sin éxito localizar a un italiano apodado Pato, Patricio Girelli. Entre los múltiples recortes, informes y fotografías del año 1932 había encontrado un informe policial en el que se arrestaba a Silvio, el contacto de su padre con los bajos fondos, y a Pato. Silvio estaba muerto, había fallecido en la matanza de los irlandeses. Si ese bar no hubiera existido, el caso de su padre ya estaría resuelto. El de su padre y probablemente más de la mitad que había sin cerrar en la ciudad de Nueva York.

Pato seguía vivo o malviviendo a juzgar por la información que Sean había conseguido recabar. Después de su momento de gloria como esbirro o matón de Silvio cayó en desgracia tras la muerte de este y nunca logró levantar cabeza. Sean sabía que no debía alegrarse de la desgracia ajena, pero si Pato se hubiese convertido en un ciudadano honrado ahora no querría colaborar con él. En cambio un delincuente, probablemente alcohólico o algo peor, sería más fácil de convencer.

Si conseguía encontrarlo.

Joder, era como pelear contra el viento. Nunca conseguía sujetarse a nada, las pistas se esfumaban en cuanto las encontraba.

Después de recorrer los bares que frecuentaba Pato y de no conseguir nada decidió irse a casa. Fue una pérdida de tiempo; ese apartamento vacío no consiguió hacerle olvidar lo estancada que estaba su investigación y al caminar hacia allí había pasado por el Roxy y no había podido evitar pensar en la chica del pijama. Se había detenido delante; había un cartel en que anunciaba el próximo estreno de *Cumbres borrascosas* y en él se leía el nombre de Alessandra Bonasera, del director y del resto de actores. No le prestó demasiada atención, pero ella se quedó en su mente. A las cinco de la mañana, cansado y frustrado por la falta de éxito, salió de la cama y fue andando hacia Verona. Si no podía dormir, bien podía trabajar.

Cometió otro error.

Uno tan previsible que no pudo evitar sonreír ante su propia estupidez.

Ella estaba despierta y bajó a hacerle compañía.

En la esquina donde se encontraba la librería vio un coche aparcado y su instinto le dijo que se trataba de los hombres de Nick y Cavalcanti. Lo confirmaría con ellos más tarde, aunque en realidad no le hacía falta. Estaban protegiendo a Alessandra, era lógico y de esperar. Lo que no era lógico y tampoco de esperar era que a él le molestase que no le hubiesen pedido ayuda en ese sentido. Él se había ofrecido.

Llevaba cinco minutos en el interior de Verona cuando oyó la escalera. Esa vez no buscó el arma con la mirada, sino que guio los ojos hacia la puerta.

—Deberías volver a la cama.

—Hola, Sean. —Ella le sonrió con las mejillas teñidas de

rubor y se tocó la trenza. Iba vestida y peinada igual que el día anterior, con ese pijama masculino y los pies descalzos.

—Cogerás frío.

—Estoy bien. No podía dormir.

Él se quitó la americana y se sentó en su lugar de siempre. Esa mesa solo la utilizaba él, del mismo modo que Nick tenía su rincón particular en el mostrador y Jack se había apropiado de la pizarra.

—Deberías intentarlo.

—Tú también deberías dormir —sugirió ella acercándose a la mesa—. ¿Qué estás haciendo?

—Buscando fallos.

—¿Por qué? —apartó una silla y se sentó.

—Porque necesitamos que las pruebas sean indestructibles.

Ella se quedó en silencio y lo observó. Él intentó que no le afectase. No lo consiguió.

—¿Por qué no puedes dormir?

—¿Existen pruebas indestructibles?

—Sí. —Él dejó la fotografía y omitió el detalle de que ella no le hubiese contestado—. Si un hombre acepta un soborno —señaló la imagen en que se veía un hombre cogiendo un sobre— hay pruebas; esta fotografía, un apunte contable, unos gastos excesivos y sin justificar...

—Pero detrás de eso puede haber una explicación, ¿no?

—Debería haberla, pero no siempre es así —reconoció—. A veces hay cosas que sencillamente pasan.

—¿Cosas que pasan?

—Exacto, nadie puede controlarlo todo. Es como nuestra falta de sueño. —La señaló y ella volvió a sonrojarse—. Si pudiéramos hacer algo al respecto lo haríamos, ¿no?

—Sí.

—Pues eso, cosas que pasan.

Ella sonrió y cogió una de las fotografías que había en la mesa.

—Recuerdo a esta mujer, su hijo iba conmigo y con Jack y Nick a la escuela. Era un impresentable. —Sean asintió sin decir nada—. Era un matón, le gustaba meterse con todo el mundo. La pobre mujer era una santa, no se lo merecía.

—No todos los padres se merecen a sus hijos, ni al revés.

—En eso, detective Bradford, voy a darte toda la razón.

Él pensó entonces en lo extraño que era aquella situación, lo cómodo y al mismo tiempo nervioso que lo ponía esa chica.

—Sean, te dije que me llamaras Sean.

Ella se humedeció el labio. Era un tic nervioso y si él volvía a verlo le pediría que por favor, por favor, dejase de hacerlo.

—Esa pobre mujer no se merecía a Pato.

La mente de Sean se puso en alerta mientras sus ojos seguían fascinados con la curva del labio inferior de Alessandra.

—¿El hijo de esa mujer es Pato, Patricio Girelli? —No podía creerse aquella casualidad, aunque tenía lógica, en esa caja estaba la vida de ese barrio.

—Sí, creo recordar que se llamaba así.

—¿Sabes si está viva? ¿Sabes dónde vive?

—Sabía dónde vivía hace años, no tengo ni idea de si sigue viva o si aún vive allí.

—Si está viva, sigue allí, los italianos no se mudan nunca.

—Yo soy italiana.

—Tú eres distinta.

Alessandra agachó entonces la cabeza y él se insultó mentalmente por haber sido tan brusco. Ella se puso en pie y caminó hasta una estantería. Sean se dijo que si ella desaparecía hacia el piso de arriba no intentaría detenerla.

—Te estaba esperando —lo sorprendió ella—. He intentado dormir, pero tenía una oreja pendiente de si se abría la puerta de Verona. Esta mañana me ha gustado hablar contigo.

Sean la miró. No entendía nada. No entendía que ella fuese tan valiente y tan sincera y que al mismo tiempo desprendiese tanta inocencia y timidez. En su mente, no conseguía reconciliar la imagen de ella ahora mismo con la de una actriz de cine de Hollywood. Tampoco entendía por qué había pensado en ella antes y por qué se arrepentía de haber sido brusco con ella cuando en realidad él hablaba así siempre a todo el mundo.

«No entiendo por qué es distinta».

Carraspeó.

—A mí también me ha gustado hablar contigo. ¿Puedo hacerte una pregunta?

—Sí.

—¿Por qué te has asustado al oír el nombre de Anderson? ¿Tuviste problemas con la policía cuando vivías aquí?

Ella cambió justo delante de él. Sean la vio convertirse en la actriz que sin duda conseguía que Hollywood comiese de la palma de su mano y la chica del pijama desapareció. La echó de menos al instante.

—No me he asustado al oír el nombre de Anderson. Sé que Jack, Rourke y tú trabajáis para él. —Sean sintió que ella lo estaba poniendo en su lugar y tal vez se lo merecía—. Y no, nunca he tenido problemas con la policía, no de los que tú crees.

—¿Los hay de varias clases?

Si ella iba a representar su papel de actriz o *femme fatale*, él iba a ser el jodido detective que la interrogaba.

Sean no entendía la rabia que sentía y la verdad era que

le daba igual. Le iría bien para quitarse de encima el desengaño de esos días.

—Más de los que te imaginas.

Sean sonrió. Era buena actriz, muy buena.

—Ponme a prueba.

Ella soltó el aliento, estaba enfadada. Él había dado justo en el clavo y también estaba furioso. Lo cual era absurdo e irónico y Sean lo sabía perfectamente aunque no estuviera dispuesto a reconocerlo. Si ella empezaba a mentirle, porque le había mentido, él tenía derecho a reaccionar y a... ¿pero qué estaba haciendo? Él no tenía derecho a nada con ella.

—Lo siento —rectificó de repente porque la idea de portarse como el detective Bradford de Asuntos Internos con esa chica le daba náuseas—. Lo siento mucho.

A Alessandra le brillaron los ojos. Sin derramar ni una lágrima, el disfraz desapareció y volvió a quedar ella. Siguieron en silencio, Sean supuso que ella volvería a arriba y que si volvía a verla sería en compañía de los demás o por casualidad.

Pero ella se quedó. Paseó por las estanterías mientras él hacía lo que podía para leer un miserable artículo de un viejo periódico.

—Yo... —la voz de Alessandra le llegó desde atrás y no se movió—, ¿puedo hacerte también una pregunta?

—Es lo justo.

—¿Por qué te hiciste policía?

—Por mi padre.

Ella volvió a acercarse. No se sentó. Se quedó de pie junto a la mesa y pasó un dedo por una veta de la madera.

—¿Él también es policía?

—Lo era.

—Oh, debías de admirarle mucho.

Sean se rio.

—Todo lo contrario. —Dejó el artículo y decidió que si iba a hablar de ese tema, de ese jodido tema, bien podía mirarla a los ojos—. Me hice policía para demostrar que soy completamente opuesto a él. Era un policía corrupto, aceptaba sobornos y jugaba a dos bandos.

—Lo siento.

Él arrugó las cejas.

—No es culpa tuya.

—Siento que tuvieras que pasar por eso.

Sean sacudió la cabeza.

—No me conoces, tal vez me lo tenga bien merecido.

Alessandra lo miró, ella sabía perfectamente lo que era sentirse así, sentir que el destino te estaba castigando por algún fallo atroz que tú ni siquiera eras consciente de haber cometido. Si el castigo estaba justificado, este sería más tolerable porque pensar que ciertas cosas —tuvo frío— pasaban sin más era una crueldad insoportable.

Él la vio temblar y reaccionó, así de simple. Se levantó y le colocó la americana sobre los hombros. Quiso bajar las manos por sus brazos, pero no lo hizo. No podía.

—Gracias —susurró ella.

—De nada. —Sean volvió a sentarse, allí se sentía más a salvo. A salvo de cometer una locura—. Deberías volver arriba e intentar dormir un rato.

Alessandra empezó a andar.

—Yo nunca hablo con nadie, Sean —le dijo al pasar junto a él—. Exceptuando a mis hermanos y a Nick y a Jack, que vienen a ser lo mismo, soy incapaz de hablar de verdad con nadie. Contigo puedo hablar —la oyó tragar saliva y tuvo que sujetarse de la mesa para no ponerse en pie—, ¿lo entiendes?

—Sí.

—Nos vemos dentro de un rato, ¿de acuerdo?

—De acuerdo.

Sean esperó unos segundos, contó hasta cincuenta tan despacio como le fue posible y al llegar a esa cifra se dio media vuelta. Ella había dejado la americana en el pomo de la puerta que conducía arriba. Pensó que debería irse a casa, no a ese piso sino volver a Washington, tenía que salir de allí corriendo. Volver a hurgar en el pasado de su padre le estaba enloqueciendo y si esas dos conversaciones con esa chica le tenían en aquel estado de confusión no podía correr el riesgo de volver a verla. Lo mejor sería que se pusiera esa maldita americana, no, lo mejor sería que la dejase allí, y se largase.

No lo hizo.

Comprendió que quería seguir hablando con ella aunque terminase en nada.

Comprendió que de una vez por todas tenía que descubrir la verdad sobre su padre o cerrar para siempre ese capítulo de su vida.

Comprendió que aunque el jodido séptimo de caballería estuviera en la puerta de Verona él se quedaría allí dentro porque una estúpida parte de él insistía en que era él el que debía proteger a Alessandra.

Y empezó a comprender por qué no la llamaba por su nombre...

Unas horas más tarde e igual que el día anterior llegaron Jack y Rourke, esta vez por separado y por ese orden. Alessandra bajó y los saludó a los tres por igual, no hizo mención a la conversación que habían mantenido de madrugada. Jack y ella estuvieron hablando unos minutos, no intentaron ocultarse, él le preguntó si había disfrutado de la cena y le aseguró, tras la insistencia de ella, que Siena se había alegrado muchísimo de conocerla.

—El señor Cavalcanti le dijo a su sobrina que le había gustado mucho hablar contigo.

—Oh, es muy amable por su parte, pero me temo que lo aburrí soberanamente.

—Lo dudo mucho. Cavalcanti no se habría quedado allí contigo si se hubiera aburrido.

—Gracias. Fue una velada magnífica y Siena es estupenda, Jack. Es obvio que te adora.

—Lo es, ¿a qué sí? —fanfarroneó entre atónito y feliz.

—Sí. Me alegro tantísimo por ti.

Jack cambió de tema.

—Será mejor que nos vayamos, tengo que pasar por la fiscalía y...

—Yo puedo acompañarla, Tabone. —Sean se dio cuenta de que se había puesto en pie. Jack y Alessandra se giraron a mirarlo.

—No te...

—No es molestia —Sean interrumpió a Jack—, he llegado aquí de madrugada y me gustaría ir a mi piso un rato. No me he afeitado —se frotó la barba— y estoy hecho una mierda. El teatro me pilla de camino.

Desvió los ojos hacia Alessandra y creyó verla sonreír.

—Gracias, Bradford.

—Ningún problema. Además, he estado pensado —siguió hablando mientras se ponía la americana (al final había ido a por ella), no quería que Tabone cambiase de opinión—, si se confirma lo peor y la señorita Bonasera tiene un acosador, este tal vez esté pendiente de ella. Irá bien que sepa que no está sola, que tiene a muchas personas a su lado.

Jack se dirigió a Alessandra.

—¿Te parece bien?

—Claro, por supuesto.

Decidieron ir andando. Jack se fue con su coche a pesar de que intentó convencer a Sean de lo contrario.

—Tabone tiene complejo de Dios, se le estará pegando de Anderson —farfulló Sean.

—Siempre ha sido así, cree que puede protegernos a todos.

—Tengo la sensación de que tú puedes protegerte sola.

Iban andando por la calle, pero Alessandra se detuvo y Sean tuvo que hacer lo mismo, no iba a apartarse de ella.

—Gracias. Creo que es lo más bonito que me ha dicho nadie en mucho tiempo.

Él bufó incrédulo.

—Vamos, vives en Hollywood. Eres actriz, *señorita Bonasera*, seguro que recibes piropos mucho mejores a diario.

—Allí todo es de mentira.

—No parece que te guste demasiado, pero, si es así, ¿por qué te hiciste actriz?

—Para huir. Era la única manera que tenía de escapar de mi casa. De pequeña no soñaba con hacer películas o con ser la actriz principal de una obra de teatro para tener ropa bonita o ver mi nombre en una marquesina. Lo único que quería era ser otra persona y actuar era la mejor manera de conseguirlo.

—¿Cómo de mala era la situación en tu casa?

Cruzaron la última calle y llegaron al Roxy.

—Creo que es una pregunta demasiado difícil y que será mejor que la dejemos para otro momento.

Él la miró. Le sorprendía la sinceridad de ella, la fragilidad con mezcla de firmeza. Le sorprendía que ella quisiera hablar con él y lo reconociera.

—Claro. ¿A qué hora terminas? Pasaré a buscarte.

—No quiero mo...

—Pasaré a buscarte. No es molestia. Y si lo fuera, vendrán Jack o Nick o Rourke. No volverás sola a Verona.

—Antes has dicho que creías que podía cuidarme sola.

—Y lo creo, pero aún no sabemos nada del ramo y no quiero que Jack me despelleje —bromeó.

—El ensayo termina a las siete.
—Aquí estaré.
—Gracias, Sean.
—¿Puedo pedirte algo?
—Depende.
—Lo ves, yo tenía razón, sabes cuidar de ti.
—¿Qué quieres pedirme?
—No actúes conmigo.

CAPÍTULO 13

Sean fue a buscarla esa tarde y ella le convenció para detenerse en un mercado y comprar pescado, fruta y pan. El ensayo había ido mejor que el día anterior y Alessandra estaba eufórica y quería celebrarlo invitando a Sean y a Rourke a cenar en su casa. En la casa de Emmett. Habló con Jack y Nick de ello y a los dos les pareció buena idea, aunque lamentaron mucho perdérselo y fingieron ofenderse. Les compensaría más adelante, les prometió. Ellos no podían asistir porque Nick iba a estar con Juliet y Jack con Siena. Ella no podía reprenderles por eso.

Preparó el pescado con esmero, no era un cocinera excepcional pero algo había aprendido a lo largo de los años. Rourke le llevó flores y Sean se sintió como un cretino por no haber pensado en ello. No había pensado en nada desde que ella le había preguntado si, por favor, podía cenar con ella esa noche.

—Odio no haberte traído flores —le confesó después de que Rourke se fuera. Sean había insistido en quedarse a recoger.

—Isaac es todo un caballero, aunque no tenías que traerme nada.

—Me siento como un estúpido. Sé que te lo digo tarde y que no basta con eso, pero gracias por la cena.

—De nada, es lo mínimo que puedo hacer después de lo que estáis haciendo todos por mí —contestó lo mismo que le había dicho a Rourke.

—Te cuesta aceptar la ayuda de los demás.

—Creo que en eso, Sean, nos parecemos.

—¿Por qué lo dices? Tal vez a mí se me da muy bien pedir ayuda.

—Lo dudo. ¿Por qué vienes todas las noches? ¿Qué estás buscando en esas cajas? Si lo hicieras de día, tal vez Jack o Rourke podrían echarte una mano.

—Está bien. —Quiso sonreír pero acabó suspirando—. Voy a irme y cuando vuelva dentro de un rato intentaré no hacer ruido.

Tenía ganas de abrazarla, las había tenido toda la noche.

—Si quieres, puedo ayudarte.

Era un reto, Sean lo interpretó como tal y ella no le corrigió.

—Me lo pensaré. Buenas noches.

—Buenas noches, Sean.

La vivienda de Emmett Belcastro era pequeña. A él le había bastado porque lo único que necesitaba era un sillón donde leer, una cama donde dormir (y leer) y una cocina donde recordar los sabores de Italia. Había un despacho que era donde había vivido Nick años atrás cuando Belcastro lo salvó y poco más. Tras la muerte de Emmett, tanto Verona como el pequeño apartamento del piso superior habían pasado a ser propiedad de Nick, a él le había sorprendido a pesar de que tenía todo el sentido del mundo. Utilizar Verona como sede de la investigación también lo tenía y que Alessandra se hubiese instalado allí en su regreso a Nueva York aún más.

Ella había preparado la cena y la había servido en el comedor, donde todavía residía la biblioteca personal de Belcastro y era donde estaba Sean ahora con el sombrero en la mano. No sabía qué hacer, nunca había encontrado a nadie como Alessandra y se sentía confuso ante ella.

—Buenas noches —repitió dirigiéndose hacia la puerta. La necesidad de abrazarla aumentó y se puso el sombrero—. Gracias por la cena.

—De nada, ha sido un placer. —Le sonrió nerviosa—. Buenas noches, Sean.

Él asintió y se fue, pero la sensación de que tendrían que haberse despedido de otro modo se quedó allí. Alessandra se preparó una infusión y dejó la cocina reluciente; era su modo de darle las gracias a Emmett, quizá él lo viera desde el cielo y le gustara ver cómo su casa acababa de proporcionarle cobijo y felicidad, que acababa de cenar en ella con dos hombres magníficos. Isaac Rourke era enorme, parecía un gigante con ojos repletos de bondad, aunque seguro que la ocultaba cuando era necesario. La primera vez que lo vio se sintió un poco intimidada por su envergadura y solo se relajó porque vio que tanto Nick como Jack trataban al gigante como si en realidad fuese un amigable oso. Sean Bradford era distinto.

Muy distinto.

Sean le gustaba, esa frase infantil se quedaba corta, muy corta, y sin embargo era la mejor manera de explicar lo que le sucedía cuando estaba con él. Alessandra había sobrevivido a Little Italy, a lo que sucedió esa madrugada años atrás, pero dentro de ella se había quedado una polilla de miedo que crecía y se alimentaba cuando un hombre se acercaba a ella.

Durante años había creído que los únicos que no provocan esa reacción visceral, esas náuseas acompañadas con ganas de gritar o de golpear a alguien eran Luke, Derek y

Nick. A este lo había visto días después de esa madrugada y él la había abrazado. Todavía recordaba el alivio que sintió al comprobar que su mejor amigo podía tocarla sin que ella enloqueciera.

Esa madrugada Sandy desapareció, se encerró dentro de una caja fuerte en el interior más oscuro de su corazón y en cierto modo nació Alessandra. Alessandra había crecido con los años y había perfeccionado una armadura, un disfraz casi perfecto que le permitía acercarse a un hombre y hablar con él, incluso flirtear si la situación así lo requería. Alessandra le permitía a Sandy desaparecer del todo, esfumarse, pero Alessandra no era real y desde unos meses atrás había empezado también a desaparecer, quizá cuando se compró la casa y descubrió que además de sobrevivir había logrado cuidar de sus hermanos y empezar una carrera como actriz, algo que siempre había soñado.

Las serpientes cambiaban de piel varias veces a lo largo de su vida, cuando se adaptaban a un nuevo hábitat. Por eso también había aceptado representar esa obra de teatro en Nueva York, porque sentía que necesitaba estar allí para descubrir quién iba a ser a partir de entonces, cuando Alessandra desapareciera. Su carrera de actriz seguiría, sus hermanos terminarían sus estudios y ella... ella quizá perdería sus miedos y podría mirar de verdad hacia el futuro.

Sean Bradford era el primer hombre que no le daba miedo y al que quería conocer. Quería oírle hablar, verle, descubrir qué le hacía sonreír —porque algo tenía que hacerle sonreír—, cuál era su historia, la de su pasado y la de su presente. Y todo eso lo quería ella, fuera quién fuese. No lo quería Alessandra la actriz que solo fingía relajarse y poder hablar con un hombre cuando había un guion de por medio o el director gritaba «acción». Lo quería ella.

Él la había mirado confuso antes de irse, probablemente

no sabía qué hacer con ella. Alessandra no era tonta y sabía lo que la gente solía pensar de las actrices de Hollywood, sobre las cosas que tenían que hacer para abrirse camino. Ella en ese sentido había tenido suerte, quizá para compensar, pero podía imaginarse lo que los hombres pensaban de ella cuando la veían; con cuántos había tenido que acostarse para obtener ese papel. Hasta ese momento no le había importado la mala reputación de su trabajo, por desgracia en algunos casos estaba justificada, aunque no siempre, pero con Sean sí. Habría querido decirle que ella también estaba confusa y que tenía ganas de que la abrazase para comprobar si la paz que sentía al verlo se extendía por su piel.

Alessandra había dejado de creer en el destino muy pequeña, cuando nacieron sus hermanos gemelos Derek y Luke y su madre volvió a su trabajo de chica de los cigarros. Años más tarde, esa madrugada, dejó de creer en todo, no solo en el destino. Pero cuando veía a Sean frases de esa obra de teatro que había ensayado de pequeña sobre amores imposibles y estrellas que se encontraban en el infinito adquirían sentido.

Ojalá fuera lo bastante valiente como para preguntarle a Sean que la ayudase a entenderlo, pero tal como ella le había dicho antes a los dos se les daba muy mal lo de pedir ayuda.

Apagó la luz de la cocina y fue a cambiarse. Con uno de sus pijamas preferidos se metió en la cama con el texto de la obra de teatro y su viejo ejemplar de la novela al lado. Pasó varias páginas por encima hasta que una frase como si de un faro en medio de la tempestad se tratase captó su atención:

«De lo que sea que nuestras almas estén hechas, la tuya y la mía son lo mismo».

Tal vez esa era la explicación, que no había ninguna

excepto que por fin había reconocido en otra persona a parte de sí misma. ¿Era eso posible? Cuando Derek y Luke la miraban, Alessandra reconocía en sus ojos el cariño y el respeto que sentían por ella y también una enorme y desmesurada gratitud. En las miradas de Nick y Jack encontraba amistad, también cariño y mucha culpabilidad. Desde su reencuentro la trataban además como si fuera de cristal, como si hubiesen olvidado que de pequeños ella era la más valiente de los tres.

En la mirada de Sean Bradford se veía a sí misma, veía la esperanza que quería sentir. Si existían monstruos desalmados, y ella sabía con certeza que era así, bien tenían que existir las almas y quizá la suya y la de Sean por fin se habían encontrado y ella entendería por qué había sobrevivido y luchado tanto hasta ese momento: para encontrarle.

Se rio de sí misma. Esa obra de teatro la estaba llenando la cabeza de ideas absurdas y de ese romanticismo idiota que solo existía en las cajas de metal donde se guardan los rollos de las películas. Apagó la luz y se puso a dormir.

Sean caminó por Little Italy con el cuello del abrigo levantado y un cigarro colgando sin ganas de los labios. No tenía la cabeza para fumar, estaba repleta de las frases que Alessandra le había dicho esa tarde y también a lo largo de la cena. Él se había equivocado, esa chica no era un puzle ni un misterio, era un calidoscopio. De pequeño su abuelo le había regalado uno, era un tubo de cartón repleto de cristales de colores que te colocabas ante el ojo y al girarlo se dibujaban infinitas formas cada una más preciosa que la anterior.

Intentó analizar la situación con frialdad, él nunca había tenido una relación como la que intuía (deseaba) que podría tener con Alessandra Bonasera, pero ¿acaso era posible? Él no tenía hogar, sí, probablemente cuando pensaba en esa palabra pensaba en su apartamento de Washington, pero en realidad le daba igual volver allí; su hogar era su trabajo, iría adonde le mandasen Asuntos Internos. Ella era actriz de Hollywood. Se burló de sí mismo y lamentó haber tirado el cigarro al suelo, ahora le iría bien la distracción. Ella era actriz de Hollywood y él era un miserable detective de Asuntos Internos cuyo padre se había cargado la reputación de su apellido y cuya madre vivía en Florida con la esperanza de pescar un viudo rico; sí, no existía peor partido que él. Tampoco podía olvidar la investigación que tenía ahora entre manos. Si Anderson tenía éxito, él aún sería más odiado que lo era ahora en el cuerpo de policía y a diferencia del superintendente él no tenía amigos en ninguna parte. La palabra «amigos» le obligó a pensar en Nick Valenti y Jack Tabone. No podía considerarlos sus amigos, hacía semanas que se conocían, pero si se hubieran conocido en otro momento... —harto de divagar buscó otro cigarro y lo encendió— otro momento no, otro universo. Quizá ahora los tres serían amigos. La realidad era que no lo eran, pero sí eran amigos de Alessandra, ¿amigos? Eran una mezcla de hermanos mayores y perros guardianes.

Lo mejor para él sería que se olvidase de esas conversaciones, del pijama, de la sonrisa de ella, del modo en que apartaba la mirada a veces y del modo en que en otras la clavaba en sus ojos. Olvidarse de todo y centrarse únicamente en cumplir con lo que le había encargado Anderson —comprobar la fiabilidad de las pruebas que habían reunido— y buscar a alguien que le pudiese contar de una vez por todas la verdad sobre su padre.

Tenía demasiadas dudas y solo había una certeza; ella no era para él. Ella volvería a Hollywood y él seguiría con su camino, más le valía ir asumiéndolo. Terminó el cigarro, el humo le escoció en la garganta hasta llegar a su frío apartamento. Esa noche cuando no pudiera dormir se obligaría a quedarse allí encerrado. Basta de conversaciones a media luz que le hacían creer que él era otra clase de hombre.

Se desnudó, se quedó en calzoncillos, el frío le ayudaría a quitarse ideas absurdas de la cabeza y se acostó. Unas horas más tarde, justo cuando el sol aparecía por entre las nubes de Nueva York, dejó de dar vueltas en la cama. Las calles no habían cambiado demasiado en aquel rato, aún quedaban personas salidas de la noche aunque la vida cotidiana empezaba a asomarse. En un intento de justificar aquel comportamiento que contradecía completamente la decisión que había tomado antes de acostarse, Sean se dijo que volvía a Verona para avanzar en la investigación, pues cuanto antes terminase con su trabajo antes podría irse de allí. Decidido, caminó sin pensar en nada. Hacía años que no estaba en la ciudad donde había nacido y se le antojó una completa desconocida. Si Nueva York hablase, le diría que él también lo era para ella; ¿qué había sido de aquel niño que corría por Brooklyn y que soñaba con ser policía y un buen hombre? Sí, esa era la expresión que le había marcado, la frase que había escuchado en labios de su abuelo, sus tíos, sus amigos, incluso de su padre antes de que las cosas le empezaran a ir mal; un buen hombre. Una frase que contenía un mundo y que era incapaz de definir y de alcanzar.

Él no era un buen hombre, eso lo sabía, pero era uno que quería serlo y aunque Alessandra Bonasera lo intrigaba también tenía el presentimiento de que ella podía convertirle en el mejor de los hombres y en el peor de ellos. Intuía que para él ella era exactamente esa clase de mujer.

Apresuró el paso, tenía que irse de la ciudad cuanto antes. Verona estaba a oscuras, él era el único miembro del equipo con insomnio.

«O con la cama vacía».

Encendió una vieja lámpara de gas para no causar más alboroto del necesario, se suponía que nadie sabía que estaba allí. Fue a su mesa y suspiró aliviado cuando tras llevar sentado más de una hora seguía estando solo.

Cuando oyó el sonido de las pisadas de ella comprendió que ese alivio era en realidad una intensa decepción porque con cada paso de los pies descalzos por la escalera su corazón se aceleraba y quería sonreír. Quería sonreír y correr hacia la puerta para por fin descubrir qué pasaría al abrazarla. Apareció la luz al final del pasillo, ella también llevaba una lámpara en la mano, y Sean se sujetó a la mesa. Ni la fuerza de una marea habría intentado arrastrarlo con tanta fuerza.

—Hola —susurró ella.

Sean no respondió. La prisa por abandonar Nueva York le golpeó en el pecho. Tenía menos tiempo del que pensaba.

—Te he oído hace un rato —ella siguió hablando y acercándose a él—, cuando has llegado. —Se detuvo frente a una estantería—. No iba a bajar.

—Yo no iba a venir.

Ella sonrió como si aquella absurda coincidencia la hiciera feliz.

—Pero has venido.

Llegó al mostrador y tocó con añoranza la vieja caja registradora. Ella nunca le había pagado al señor Belcastro ninguno de los libros que se había llevado de allí. Sin él y sin Jack y Nick jamás se habría atrevido a perseguir su sueño de ser actriz.

—¿A qué viene el pijama? —le preguntó entonces él, aunque bajó la vista hacia el papel que tenía en las manos antes de que ella contestase.

—Cuando tenía diez años empecé a trabajar en una peluquería del barrio, solo barría y hacía algún que otro recado. Un día una señora se dejó una revista abierta encima de la silla, normalmente las cerraba y apilaba sin pensar, pero esa tarde me quedé mirándola. —Caminó hasta la mesa de Sean—. La página entera era un anuncio, salía un señor, bueno, en esa época me pareció un señor, con un pijama de estos. —Se tocó la solapa de la camisa—. Estaba sentado en la cama con un libro en el regazo y al lado había una chica durmiendo. Ella parecía estar tan tranquila, tan confiada, como si supiera que con él a su lado no podía pasarle nada malo.

Sean se obligó a no levantar la vista, arrugó el papel y se dijo que él no podría haber hecho nada para salvar a Alessandra del pasado que intuía en su vida cada vez que ella bajaba completamente la guardia y le hablaba.

—¿Era el mismo pijama? —Ella se había detenido y él como si de una tortura se tratase buscó que siguiera con el relato.

—No. —Se rio y él esbozó una mueca. Era una mujer muy fuerte si podía reírse de eso—. Ese se estropeó de tanto lavarlo. Ahorré todo lo que pude, tenía que guardar dinero para Luke y Derek y me llevó un tiempo, pero al final lo conseguí. Me lo compré y me quedé mirándolo durante días sin atreverme a quitarlo de la caja, aún la tengo guardada. Me he comprado el mismo pijama desde entonces.

—Antes has dicho que podías ayudarme—. A Sean le costó no preguntarle por qué con diez años lo que más había envidiado de la fotografía de ese anuncio era la sensación de seguridad y no el peinado de la chica o el color de sus labios. Consiguió no hacerlo porque sabía la respuesta y que no estaba preparado para oírla.

—Sí.

Ella le sonrió y él sintió que había acertado. El premio, esa sonrisa, no era digno de él, pues lo único que había hecho era estar allí y escucharla.

Alessandra se sentó frente a él, apartó la silla y lo miró con los dedos entrelazados.

—Toma. —Le pasó un cuaderno y una libreta—. ¿Ves estos números?

—Sí.

—Son números de placa, Cavalcanti le entregó este cuaderno a Anderson. Se supone que es una especie de registro de los policías que están o han estado en nómina de la Mafia.

—¿Estás seguro de que deberías contarme esto? —Ella lo miró a los ojos y le colocó una mano en el brazo, aunque la apartó enseguida y desvió confusa la mirada hacia los dedos—. Nick y Jack no me han contado tantos detalles sobre lo que estáis haciendo.

—Confío en ti.

Ella volvió a sonreírle y lo mejor fue que volvió a mirarle.

—¿Y qué tengo que hacer?

Sean abrió entonces la libreta. La había conseguido gracias a un compañero de Asuntos Internos que le debía un favor. Habría podido conseguirla de manera oficial, pero no quería levantar más sospechas de las necesarias antes de tiempo. Ese compañero era de la clase que no hacía preguntas y mantenía siempre la boca cerrada.

—Aquí están los números de placa de todos los policías de Nueva York de los últimos treinta años. El cuaderno que nos ha entregado Cavalcanti pertenecía a una de las familias más importantes de Chicago, pero dado que la investigación de Anderson se centra en Nueva York he decidido empezar por aquí.

—Y quieres que busque si algún número del cuaderno casa con los de tu libreta.

—Exacto.

—¿Crees que habrá alguno?

—Me gustaría decir que no, pero estoy seguro de que habrá unos cuantos. Más de los que me gustaría —reconoció—. La Mafia llega a todas partes, una familia puede estar ubicada en Chicago y tener negocios en todo el país.

—Sí, supongo que sí. —Abrió la libreta y cogió un lápiz que había encima de la mesa, el que Sean había utilizado minutos antes y una hoja en blanco de un pequeño montón—. ¿Qué es este número?

—¿Ves el signo que hay al lado? Es el año en que ese número de placa dejó de estar activo. Si hay una cruz es por defunción y si hay una estrella es por jubilación.

—¿Quieres que eso también lo anote?

—Sí, si no te importa.

—Claro que no.

Las palabras desaparecieron, Sean siguió con su trabajo y descubrió que la presencia de Alessandra lejos de distraerle le impulsaba a seguir adelante. De vez en cuando levantaba la vista y si la veía a ella mordisqueando el lápiz o arrugando el ceño para intentar descifrar la caligrafía de Ford sonreía y volvía a centrarse en lo que estaba haciendo, o a intentarlo.

Ella fue la primera en romper el silencio lo que pareció unos segundos más tarde, aunque en realidad fue una hora.

—Tengo que volver arriba. No quiero que nadie me vea en pijama.

—Yo te estoy viendo.

—Lo sé.

Sean quería decirle que para él ella también era distinta, sus agallas sin embargo le obligaron a callar. Aún no sabía cómo reaccionar ante Alessandra para no asustarla.

—Te acompañaré.

Ella le sonrió y ladeó la cabeza confusa.

—Pero si ya estoy aquí. No hace falta que...

—Te acompaño hasta la escalera.

Se puso en pie y esperó a que ella hiciera lo mismo y cogiera la lámpara. Cruzaron juntos las estanterías que ella antes había cruzado sola y a Alessandra le parecieron más preciosas que los árboles que crecían junto al río más romántico que pudiese existir en este mundo o en cualquier otro.

Le estaba sucediendo a ella y, aunque sentía un nudo en el estómago, le sudaban las manos y notaba un ejército de hormigas subiéndole por la espalda, no estaba asustada.

—Gracias —susurró al llegar al primer peldaño que separaba la librería del piso de arriba.

Oyó que Sean soltaba el aliento.

—Voy a cogerte la mano —le dijo él y a ella se le encogió el corazón porque, aunque sus secretos seguían siendo suyos, él había escuchado lo que le había gritado en silencio y la había entendido—. ¿Puedo?

—Sí.

Solo rezó para no ponerse a llorar.

Sean colocó los dedos bajo los de ella y levantó la mano muy despacio, tenía la cabeza agachada para que ella no sintiera la fuerza de su mirada. Tenía miedo de intimidarla con lo que fuera que ardía en ella. Quizá no sabía lo que era, pero no dudaba de su intensidad y de que solo ella había prendido esa mecha. Alessandra tembló un poco, no demasiado, y los pequeños movimientos desaparecieron en cuanto los nudillos estuvieron al alcance del aliento de Sean.

—Gracias por bajar a hacerme compañía, Álex. —Le besó los nudillos y ella volvió a temblar.

—¿Álex?

—Valenti y Tabone te llaman Sandy, pero esa ya no eres tú —afirmó él sin justificarse y dándole otro suave beso en la mano.

—Todo el mundo me llama Alessandra.
—Esa tampoco eres tú.
Le soltó la mano y la miró, ella pensaba que ese beso era lo más bonito que le había sucedido nunca hasta que se vio en sus ojos.
—Me gusta Álex —reconoció. Le resultaba muy atrevido que él se inventase un nombre para ella, pero igual que esa frase que había leído acerca de las almas sentía que ese nombre formaba parte de aquella misma materia. De aquella misma magia que estaba creciendo entre ellos.
—A mí también.

CAPÍTULO 14

Alessandra pensó que no podría dormir y sin embargo abrió los ojos y encontró que la luz del dormitorio estaba distinta. Corrió a vestirse, eligió una falda sencilla con un estampado a cuadritos grises, una camisa blanca y una chaqueta de lana negra. Se peinó con una trenza, se lavó los dientes y corrió hacia la puerta con un zapato en cada mano. En la puerta se detuvo y respiró hondo.

Sean notó el instante exacto en que Alessandra llegó al último escalón. Él se había quedado esas horas allí en Verona; trabajar en el caso de su padre le habría resultado imposible, pues sentía que su vida ya había sido lo suficiente zarandeada por esa madrugada, pero se obligó a poner toda su pericia al servicio de Anderson. Al fin y al cabo el superintendente había ido a buscarlo a Detroit y sin su intervención tal vez no habría conocido a Álex.

«Sí, la habría conocido».

Se pasó las manos por el rostro y soltó el aliento frustrado por entre los dedos. Tendría que estar observando a Valenti y a Tabone. Acababa de pasarles cuatro hojas llenas de los puntos débiles que había encontrado en su investigación. En realidad no eran tan débiles, pero eso ellos no lo sabían y él estaba allí para ser concienzudo. Además, buscar esas flaquezas había sido lo único que se le había ocurrido para no subir a casa de Álex.

—Buenos días. —Ella los saludó a todos, aunque él sintió que la mirada y la sonrisa le pertenecían.

—Buenos días, Sandy —respondieron Nick y Jack al unísono, algo que a ella le recordó a su infancia.

—Voy a acompañar a la señorita Bonasera al teatro —intervino Sean poniéndose la americana que llevaba horas olvidada en una silla—. Seguid con esto, lo hablamos cuando vuelva.

No dio más motivos. No le apetecía inventarse alguna justificación absurda. En realidad, se moría por decirles que ella quería estar con él, que él había conseguido vislumbrar una pequeñísima parte de ella que ellos dos no conocían. No era un comportamiento muy elegante, pero a Sean le importaba una mierda.

Tabone y Valenti no eran idiotas y los dos alzaron la cabeza al mismo tiempo. Bueno, ese momento era tan bueno como cualquier otro para decirles que tenía intención de conocer a Alessandra y que ellos dos, por mucha niñez que hubiesen compartido con ella, no eran nadie para impedírselo.

—Vámonos, detective Bradford. —Alessandra apareció a su lado y zanjó la conversación antes de que empezase—. Nos vemos luego, chicos.

Rourke, que también había llegado y estaba en una esquina leyendo el periódico como si aún no se hubiese puesto a trabajar, le guiñó el ojo a Sean y este sintió algo extraño y no del todo desconocido; lo mismo que había sentido en la academia antes de que todos supieran que su padre era un policía corrupto, que tenía un amigo.

Alessandra abrió la puerta y salió, y él corrió tras ella.

Tenía el presentimiento de que las cosas iban a ser siempre así a partir de ahora.

En la calle ella le sonrió de nuevo. No tenía ninguna duda sobre la anterior sonrisa, y caminaron hacia el teatro. A Sean le habría gustado cogerla de la mano, pero se conformó con que ella le rozase el brazo de vez en cuando. Le preguntó por la obra de teatro y ella, tal vez por los mismos nervios que él sentía, le contó hasta el último detalle.

—¿Así que hoy os prueban varios vestidos y tenéis que moveros con ellos por el escenario? —No había entendido la mitad de las palabras que ella le había dicho y se centró en las que sí.

—Sí. Eric, el director, tiene las ideas muy claras, pero la encargada del vestuario le dijo que le haría varias propuestas. Espero que le guste alguna, odio las pruebas de vestuario.

—¿Y qué es lo que más te gusta?

—Convertirme durante un rato en otra persona —suspiró—, aunque esta vez me está resultando muy difícil.

—Lo conseguirás, estoy seguro.

—Gracias, ojalá yo también lo estuviera.

El Roxy les obligó a detenerse pues habían llegado a su destino.

—Gracias por acompañarme, Sean.

Él le sonrió y la miró, levantó una mano muy despacio. Hasta que ella no asintió no le tocó la mejilla.

—Nos vemos luego, Álex.

Le acarició el pómulo con el pulgar y se dio media vuelta antes de hacer algo para lo que ninguno de los dos estaban preparados.

Llegó a Verona y Tabone y Valenti no le decepcionaron; estaban esperándolo con cara de pocos amigos. Rourke seguía sentado en su silla pero había abandonado cualquier intento de disimular, si alguna vez lo había pretendido, y tenía las largas piernas estiradas frente a él y las manos cruzadas sobre el estómago dispuesto a disfrutar del espectáculo.

—Todo esto que has anotado en esos papeles no son más que estupideces —sentenció Jack.

—Tal vez —contestó con toda la calma del mundo mientras se quitaba la americana—. Pero deberías tomártelas más en serio, Tabone, son la clase de *estupideces* que dirán los abogados defensores de esos más de cien policías que pretendéis arrestar. Y no me hagas empezar con lo que te dirán los abogados de la Mafia.

Nick, más diplomático, buscó otro enfoque.

—Has señalado incidentes de hace años, muchos hacen referencia a personas que están muertas. Nadie puede demostrar que esos hechos son falsos.

—Siempre queda alguien, Valenti, créeme. Y aun en el caso de que tengas razón y estén todos muertos, si nadie puede demostrar que esos hechos son falsos, nadie puede demostrar tampoco que son ciertos.

—¿Y para qué coño llevamos años buscando pruebas entonces? —Jack se frotó el mentón—. Tú y yo sabemos que las pruebas construyen un caso y este caso es sólido.

—Lo es —reconoció Sean—, pero el edificio más sólido puede dinamitarse y volar por los aires. Piensa en la Mafia, joder, yo no estaba allí pero he leído lo que le sucedió a Valenti; le dispararon cuando iba a reunirse con un juez al que iba a entregar unas pruebas que parecen unos cromos de béisbol comparado con lo que tenéis aquí. Piensa en el sindicato de la policía, ¿cómo crees que reaccionarán cuando se enteren de todo esto? Buscarán la manera de destruir el caso y de destruiros a vosotros.

—Y a ti también, chaval —señaló Rourke—, irán a por todos nosotros, tú formas parte de esto.

Sintió un absurdo nudo en la garganta y tuvo que tragar varias veces para volver a hablar.

—Irán a por todos nosotros —admitió—. Primero intentarán destruir las pruebas, lo he visto en casos menores y sé que eso es lo que sucederá y después, cuando vean que no pueden hacerlo o cuando se cansen, nos querrán destruir a nosotros. Buscarán cualquier cosa, dirán que hemos aceptado dinero de otra familia de la Mafia o de algún político, que tenemos algún hecho escabroso en nuestro pasado o que somos infieles o...

—Nadie en su sano juicio se atreverá a decir que le soy infiel a Siena.

—Ni yo a Juliet.

—Sí —suspiró Sean frustrado—, os creéis invencibles, pero no lo sois. No lo somos. Nadie lo es. Lo único que podemos lograr es que lo sean las pruebas porque entonces podremos aguantar esos ataques y al final se sabrá la verdad.

Nick y Jack intercambiaron una mirada y después Jack buscó la de Rourke, que asintió.

—Buen trabajo, Bradford —reconoció entonces Jack acercándose a Sean—, y bienvenido de verdad al equipo.

Entonces le tendió la mano y cuando Sean la aceptó no pudo contenerse. Tarde o temprano, ese caso los llevaría al límite, quizá a una situación de vida o muerte, y quería que esos hombres supieran la verdad.

—Gracias. Quiero ver a Alessandra —se negó a llamarla *señorita Bonasera*—, quiero pasar tiempo con ella.

—Joder, Bradford, ¿no te basta con joderme la carrera?

—No sabía si Tabone le estaba tomando el pelo o le estaba hablando en serio.

—Sandy no vive aquí y su vida no se parece en nada a la tuya —intervino Nick, quien al parecer ahora había olvidado por completo sus dotes diplomáticas.

Sean siguió su ejemplo.

—La vida de tu esposa tampoco se parecía en nada a la tuya.

Nick entrecerró los ojos.

—¿Nos estás comparando? Yo conocí a mi esposa cuando éramos niños, estuve años con ella antes de ni siquiera atreverme a besarla y tú, ¿cuántos días hace que conoces a Sandy?

—Entended una cosa —Sean mantuvo la voz muy firme—, os lo he dicho porque este caso puede acabar con todos muertos y no quiero que haya malentendidos entre nosotros. He sido el último en llegar y mi trabajo es, como ha dicho Jack con tanta elocuencia, joderos a todos, pero sé que si queremos tener una posibilidad —levantó un dedo—, una, de que esto salga bien tenemos que confiar los unos en los otros.

—El chaval tiene razón. —Rourke era parco en palabras, pero no en sentencias.

—¿Y que estás diciendo, que confiemos en ti cuando apenas hace unas semanas que te conocemos? —preguntó Jack irónico.

—Sandy es nuestra hermana.

—Lo sé. —No podía negar el alivio que sintió al escuchar la frase de Nick, le molestaba tener celos de ellos—. Y lo entiendo. En esto —señaló el interior de Verona— tenéis que confiar en mí. Soy el mejor en mi trabajo, soy tan bueno que no tengo ni un jodido amigo en todo el cuerpo de policía porque todos saben que soy capaz de encontrar la manera de *joderlos*. Fuera de aquí, con Alessandra, no tenéis que confiar en mí, tenéis razón cuando decís que acabo de llegar a su vida.

—¿Entonces?

—Tenéis que confiar en ella.

—Mierda —farfulló Nick.

Rourke se rio.

—Joder, pues sí que eres bueno en tu trabajo. En cuatro frases has encontrado el punto débil de los argumentos de Nick y míos y nos has jodido. De acuerdo, no necesitas nuestro permiso, pero aquí lo tienes, si Sandy quiere verte, no intervendremos.

Alessandra estaba en la puerta del teatro tras un día horrible y lo único que quería era ver a Sean. Durante unos segundos se sintió mal por no querer pasar más tiempo con Nick o Jack, hasta que vio que era él, Sean, el que se acercaba por la acera y se dijo que ya tendría tiempo de estar con sus amigos. Ellos habían encontrado la felicidad y quizá ella estaba a punto de rozar unos instantes de la suya. Buscó la moneda que llevaba en el bolsillo de la falda, esos días seguía con ella y ese detalle junto los edificios que la rodeaban la devolvía al pasado.

«Esta vez voy a derrotarlo y a seguir adelante».

Oyó que la puerta del Roxy se abría a su espalda y la voz de Kazan la sorprendió.

—Buenas noches, Alessandra, te estaba buscando.

Ella lo sabía, por eso se había dado tanta prisa en salir, no tenía ganas de hablar con el director.

—Vienen a recogerme y no quería hacer esperar a mis amigos.

—Por supuesto. Lamento haber sido tan estricto contigo durante el día de hoy.

—No, sé que aún no me sé el texto y me cuesta encontrar a Catherine dentro de mí. —Quizá Kazan le produjese escalofríos, pero era un director excelente y ella sabía que todavía no estaba preparada para el papel.

—Monty es el que no ha estado a la altura, tú solo tienes que dar alas a ese fuego que llevas dentro.

—Gracias —balbuceó incómoda por que hubiera atacado a su compañero de trabajo y la hubiese halagado a ella. Además, Montgomery no había cometido ningún error y había aceptado pacientemente repetir las escenas en las que ella había fallado.

—Buenas noches, señorita Bonasera —Sean se quitó el sombrero—, señor Kazan.

Kazan lo ignoró, Alessandra le sonrió y a él le bastaba con eso.

—Buenas noches, Sean.

«No me llames por mi nombre, a tu director no le gusta», pensó Sean cuando ya era demasiado tarde pues Kazan entrecerró los ojos y bajó una mano hacia la parte baja de la espalda de Alessandra. Ella se tensó, Kazan no lo vio, Sean sí y tuvo que contenerse para no apartarla de allí, y entonces fingió que trastabillaba.

Sean la sujetó por la cintura.

«Te tengo».

—Gracias —susurró ella sonrojada y después en voz más alta añadió—, no sé qué me ha pasado.

Sean la soltó porque notó que Álex temblaba un poco.

—El suelo está resbaladizo, ha llovido. —Gracias a Dios ese detalle era verdad—. ¿Nos vamos?

—Por supuesto. Buenas noches, Eric.

—Espera un momento, Alessandra. Me gustaría cenar contigo una de estas noches, por eso te estaba buscando, creo que podría ayudarte con el personaje.

Alessandra tragó saliva mientras Sean se planteaba seriamente tumbar a ese tipo de un puñetazo.

—Lamento interrumpir —no lo lamentaba lo más mínimo—, pero a la señorita Bonasera la esperan en casa del capitán Tabone.

—Oh, vaya, lo siento, Eric —aceptó Alessandra aliviada—, ¿lo dejamos para otra noche?

—Claro. Disfruta de la velada. Nos vemos mañana.

Entró en el teatro y la puerta no salió de sus bisagras de milagro.

—Gracias por venir a buscarme, Sean —arrugó las cejas—, ¿de verdad me esperan en casa de Jack?

Él le ofreció el brazo y ella aceptó.

—Ha sido muy hábil lo que has hecho para que Kazan no te tocase.

—No sé de qué me estás hablando.

Él sonrió y dejó que se quedase con el secreto, de todos modos a él sí que le permitía que la tocase.

—Hay una cena en casa de Tabone. Según tengo entendido Cavalcanti también estará, pero no tienes que ir si no quieres.

—Bueno, tampoco tengo nada que hacer.

—Oh, sí que tienes. —Se detuvo y se colocó frente a ella para mirarla—. Me gustaría llevarte a un sitio.

—¿Adónde?

—Al cine.

Alessandra se rio, hacía mucho tiempo que no le salía una risa tan sincera.

—¿Al cine?

—Sí, sé que probablemente estás harta de ir, pero en mi viejo barrio había un cine al que me gustaba mucho ir con mis primos y si aún está en pie me gustaría ir contigo.

—¿Dónde creciste?

—En Brooklyn.

—¿De verdad quieres llevarme al cine?

—De verdad quiero llevarte al cine, Álex, ¿puedo?

—Puedes.

La cogió de la mano. Ella no tembló, le apretó los dedos y volvió a reír cuando él aceleró el paso.

Sean no podía creerse lo que estaba haciendo, años atrás había jurado no volver allí y ahora estaba arrastrando a esa chica que le tenía hecho un lío, que le encogía el corazón y le recordaba emociones que casi había olvidado. Quería conocerla y quería que ella lo conociera a él y si algo había aprendido Sean era a no mentir, así que le enseñaría a Alessandra su verdad.

Llegaron al cine y los dos se quedaron atónitos al ver qué película proyectaban.

—No tenemos por qué entrar —dijo él.

Alessandra desvió la mirada hacia el cartel donde aparecía su nombre.

—¿No quieres ver mi película?

Él le acarició la mejilla, esta vez ella ladeó la cabeza y apoyó la mejilla en la palma.

—Por supuesto que quiero.

—Pues entremos.

La chica de la taquilla no reconoció a Alessandra y tampoco el acomodador.

—¿No te resulta raro que nadie sepa quién eres?

—¿A qué te refieres?

Sean se quedó un rato pensando. Era obvio que ella daba por hecho que nadie debía reconocerla, que en cierto modo lo prefería así.

—Si te vistieras como en las películas —susurró porque empezó a sonar la música—, la gente te reconocería. ¿Por qué no lo haces?

Ella se encogió de hombros.

—Tú tampoco llevas el uniforme, detective.

—Cierto. —Sonrió—. Voy a cogerte la mano, ¿te parece bien?

—Me parece bien.

—Pero antes voy a hacer otra cosa.

—¿Qué?

Giró la cabeza hacia ella y se acercó a su oído.

—Gracias por venir al cine conmigo, Álex —susurró y le acaricio la piel del cuello con la respiración y la punta de la nariz.

—Gracias por invitarme. —Empezó la película—. Es la primera vez.

Alessandra quería girarse y mirar a Sean, quería ver su

cara y no perderse ninguna reacción. Ella estaba acostumbrada a las críticas, las había recibido buenas y malas, y ninguna había importado tanto como la opinión del chico que tenía al lado. Se obligó a mantener la vista al frente y a controlar la respiración, pues se le aceleraba cada vez que él apretaba la mano o le acariciaba los nudillos con el pulgar.

No le había mentido. Era la primera vez que iba al cine porque un chico la hubiera invitado. Era su primera cita y no podía imaginársela más perfecta. Tenía ganas de llorar, era absurdo que con todo lo que le había sucedido en la vida ese momento le crease lágrimas en los ojos.

La película terminó, nunca le había parecido tan corta. Las luces subieron un poco de intensidad y Alessandra oyó que las personas que estaban detrás de ellos abandonaban las butacas. Habían tenido suerte, había muy poca gente y en cuestión de minutos solo quedaron ellos.

—No sé qué decir. —Sean fue el primero en hablar.

«Oh, Dios, no le ha gustado».

—No pasa nada si no te ha gustado.

—¿Gustarme? Estás magnífica, es... es impresionante. Eres impresionante, Álex.

Ella asintió y se mordió el labio inferior. Notó una lágrima resbalándole por la mejilla y pensó que de ese modo las detendría y él no las descubriría.

—Eres muy amable.

—¿Amable? —Sean bufó—. No soy amable. Tengo ganas de salir a la calle y gritar a pleno pulmón que te conozco y que eres impresionante, Álex.

—Gracias —consiguió reírse un poco.

—Eh, mírame. —Él le sujetó el mentón y le giró la cabeza despacio hacia él—. Mírame. Quiero besarte.

La barbilla de Alessandra tembló y Sean la acarició.

—Sean yo...

Lo miró, sus ojos no se separaron. Ver la película había

afectado a Sean de un modo que no podía explicar. Había descubierto en apenas una hora y media el profundo talento de esa mujer que en apenas unos días le había cautivado con su dulzura y valentía. Él no era un crítico de cine, era incapaz de recordar el nombre de la última película que había visto antes de esa tarde y había leído pocos libros a lo largo de su vida. Todas esas horas las había dedicado a estudiar para ser policía, a practicar, a forzar su cuerpo y su mente al máximo. Él no era un crítico, no, pero en buen policía y sabía reconocer a alguien herido cuando lo veía. Odiaba pensar así en ella, Alessandra no era un víctima, era increíble. No podía dejar de mirarla y su cuerpo necesitaba algo más. Necesitaba tocarla. No. Necesitaba besarla porque así tal vez una minúscula parte de ella se metería dentro de él y entonces dejaría de preguntarse cómo era posible sentir tanto en tan poco tiempo.

Necesitaba besar a Álex y al mismo tiempo sabía que era imposible y demasiado pronto. Pero aun así se atrevió a pedírselo e intentó explicárselo.

—No quiero besar a la actriz de cine, a esa ya la ha besado Cary Grant —añadió con más celos de los que pretendía confesar—. Quiero besarte a ti, Álex.

—Oh, yo... no sé si puedo... yo... —Le resbalaron otras lágrimas—. Yo nunca he besado a nadie.

—Dios, Álex —le sujetó el rostro con ambas manos con suma delicadeza—, este cine no es el lugar que habría elegido para nuestro primer beso. Y, si quieres que me aparte, lo haré. Pero ahora mismo lo que más quiero y necesito en este mundo es besarte.

—Yo... también quiero besarte. También necesito besarte.

Sean agachó la cabeza despacio, le acarició las mejillas y después el pelo y depositó los labios cerrados sobre los de Alessandra. El suspiro que pasó de los de ella a los de él lo atesoraría toda la vida.

CAPÍTULO 15

Sean caminó acompañado por la llovizna hasta Verona. Al pasar por delante del coche en que estaban apostados los dos hombres que Valenti había asignado para que protegiesen a Alessandra cuando estuviera sola los saludó con un movimiento de cabeza. No quería delatarlos por si el acosador de Álex estuviera cerca. Aún no habían llegado a ninguna conclusión definitiva respecto a las rosas negras, ninguna pista había dado su fruto y era muy probable que no fuese nada grave, pero ninguna medida de precaución sobraba.

Ahora entendía por qué un hombre honrado cometía un delito o porque un hombre malo se volvía bueno; él no podía afirmar que amase a Alex, no había tenido el tiempo suficiente para llegar allí, pero intuía que ese era su destino. Si cerraba los ojos y pensaba en ella, lo primero que le venía a la mente era que no existía nada que no estuviese dispuesto a hacer por protegerla y hacerla feliz. Si su relación avanzaba, cuando avanzase, se corrigió mentalmente, cualquier límite desaparecería y ella, su felicidad, se convertiría en el mundo de él.

Sonrió, era irónico, él se había burlado, al menos en su cabeza, de todos aquellos policías que habían aceptado un soborno, traicionado sus principios por una cara bonita.

Abrió la puerta de Verona y encendió la pequeña lámpara de siempre. Dio unos pasos en medio del silencio y de los libros.

—Detente donde estás. —Álex le sorprendió de repente. Estaba en lo alto de la escalera, salía de la vivienda con su propia lámpara y corría descalza.

—De acuerdo, no daré ni un paso más —accedió intrigado. Ella sonaba divertida, feliz. «Sí, puedo pasarme lo que me queda de vida buscando repetir esta sensación».

—Hola.

—Hola.

Sean no se movió, Alessandra llegó a una estantería y se detuvo.

—No puedo dejar de pensar en ti —confesó ella—. No quiero dejar de pensar en ti.

La diferencia le robó el corazón.

—Yo tampoco.

—Puedes caminar —le dijo entonces ella sonrojada.

—De acuerdo —repitió y avanzó. Se detuvo a pocos centímetros de ella y separó las piernas como le enseñaron en la academia, más allá de los hombros y con los pies plantados en el suelo para aguantar cualquier embestida. Alessandra era capaz de derribarlo con solo mirarlo.

—No puedo dejar de pensar en el beso, Sean, y sé... Sé, creo... me imagino...

—Eh, tranquila. —Quiso tocarla pero se contuvo y dejó las manos a ambos lados del cuerpo—. No pasa nada. Respira y dime lo que quieres decirme. Sabes que lo entenderé.

—De eso se trata, Sean, no me has pedido ninguna explicación, no me presionas, no me miras como si estuviese mal de la cabeza.

—Tú no estás mal de la cabeza.
—Esta tarde me has visto besar a Cary Grant y minutos después te he dicho que nunca había besado a nadie.
—Esta tarde he visto que tienes un talento increíble para convertirte en otra persona, para actuar. Eres una gran actriz, Álex.

Ella se mordió el labio.

—Gracias.
—Si en la película hubieras representado el papel de una asesina, eso no significaría que lo fueras.
—No es lo mismo.
—Cierto —reconoció porque vio que para ella era muy importante—, para rodar una escena de un asesinato no hace falta matar a nadie de verdad, o eso espero —sonrió, Álex no le devolvió la sonrisa porque lo miraba impaciente—. Sí, tus labios han estado en contacto con los de ese actor —intuía que iba a desarrollar un odio repentino y profundo hacia Cary Grant—, y él te ha sujetado por la cintura y tú le has acariciado el pelo. Pero no es lo mismo. Si tú me dices que nunca antes te había besado nadie, yo te creo. Es más, lo he sentido.
—Oh, Sean... —se secó una lágrima—, no sé qué estoy haciendo y siento tanto causarte problemas.
—Tú no me causas problemas, Álex.
—No sabes cuánto desearía poder cambiar, poder ser otra persona.
—Yo no quiero que cambies, Álex, no quiero que seas otra persona... y no lo quiero porque me estoy enamorando de ti.
—Sean...
—Mira, tal vez no sepa demasiado sobre el amor, pero sé que querer a una persona implica eso, quererla tal como es, no buscar la manera de desmontarla y sustituir las piezas que no te gustan por otras.

—Yo no sé nada sobre el amor, Sean. Nada. —Dio el paso que la separaba de él—. Pero me estoy enamorando de ti.

—Entonces, Álex, esperaré a que quieras contarme todos esos secretos que sé que tienes y que te han convertido en la mujer extraordinaria que eres.

—¿Esperarás?

—Esperaré, pero no voy a mentirte, soy policía. —Vio que ella temblaba y levantó una mano para acariciarla. Pero no lo hizo, pensó que si esa conversación terminaba en una caricia o en un beso tenía que iniciarlo ella, y la dejó caer—. No siempre he trabajado en Asuntos Internos e incluso allí he visto de todo. Tú no me lo has contado con palabras, pero sé que alguien te hizo mucho daño en el pasado y aunque deseo con todas mis fuerzas estar equivocado —suspiró— sé que no lo estoy.

—Yo...

—Chiss, no digas nada. No te he dicho esto para presionarte. Esperaré. Lo único que te pido es que me dejes estar a tu lado y que cuando sientas que tienes que librar una batalla contra una de las pesadillas de tu pasado recuerdes que quiero luchar contigo, ¿de acuerdo?

—De acuerdo... pero ¿por qué?

—Porque no puedo viajar en el tiempo y evitar que te sucediera lo que fuese que te sucedió y porque por primera vez en mi vida siento que no estoy solo. Eres el riesgo más grande que he corrido, Álex, y sin embargo siento... —se detuvo, no sabía cómo explicarlo sin asustarla o sin asustarse él— siento que quiero estar a tu lado.

Sean pensó que ella se apartaría, pero vio que no se movía de donde estaba y que tras unos segundos asentía y lo miraba. Era una mirada distinta, le subió por el pecho, se detuvo en el hueco de la garganta porque él no se había abrochado ese último botón y allí se dilató. Sean observó fascinado cómo los ojos de ella cambiaban y nacía en ellos algo nuevo para ella.

Y para él.

A Sean le habían mirado con deseo, había crecido en un barrio irlandés donde las mujeres sabían lo que querían. Nunca le habían mirado con deseo, ternura, inocencia y pasión y tanta esperanza. Cerró los puños y esta vez fue él el que tuvo que humedecerse los labios.

Ella lo vio.

—¿Sean?

—¿Sí?

—¿Puedo tocarte el pelo?

Él casi suplicó que por favor lo hiciera de inmediato. La frase le atravesó el pecho y corrió por sus venas hasta aturdirlo. Ella malinterpretó el silencio.

—Al final de la película mi personaje le toca el pelo al de Cary Grant y yo nunca...

—Álex, puedes hacer conmigo lo que quieras.

Ella le sonrió y levantó la mano derecha. La acercó despacio al pelo, pasó casi rozándole el cuello y provocándole un infarto y se detuvo en el mechón que coronaba la oreja izquierda. Deslizó los dedos por entre los espesos cabellos negros y Sean a punto estuvo de maullar como un gato. Se mantuvo inmóvil y con la vista al frente porque si la miraba... si la miraba perdería el control.

—¿Puedo besarte?

Iba a morir.

—Lo que quieras, Álex. —Tragó saliva y sintió la mirada de ella en la garganta.

Ella se puso de puntillas, él tuvo que cerrar los ojos. Sintió los labios de Alessandra en la parte superior del pómulo, después en la mejilla, después en la comisura del labio. Apretó los párpados y los puños. Se dijo que aunque acabase con las uñas clavadas en las palmas no se movería y le daría a ella todo el tiempo que necesitase. Todo lo que necesitase.

Notó la respiración de Alessandra acariciándole la boca y después la suave presión de un beso inocente y brutalmente sensual.

—Ayúdame, Sean. —Ella apoyó las manos en su torso y él pensó que aquella caricia inconsciente demostraba más que cualquier secreto que aún no le había contado—. Bésame.

Sean aflojó los dedos uno a uno, le dolían del esfuerzo que había hecho y los llevó al rostro de Alessandra. No le preguntó nada, no sabía dónde tenía la voz ni la cordura, le acarició despacio las mejillas dándole tiempo de apartarse. Cuando ella no lo hizo, le levantó el rostro y bajó el suyo despacio. Le acarició los labios, detuvo los suyos encima con la esperanza de que el calor de ella calmase los nervios que le habían asaltado de repente. Con esa mujer se sentía inexperto cuando en realidad ella necesitaba de toda su pericia, pero supuso que esto era lo que sucedía cuando un hombre conocía a la única mujer que le importaría durante el resto de su vida.

Ella suspiró, él también. Alessandra apartó las manos del torso de Sean y las llevó de nuevo al pelo de él. Le había fascinado tocarlo, era suave y fuerte al mismo tiempo, lo sentía frío al tacto y sin embargo la piel de él desprendía tanto calor que era como deslizar los dedos por entre lenguas de fuego.

Sean separó un poco los labios y deslizó la lengua por el inferior de Alessandra, ella tembló, pero no de miedo, y tras unos segundos separó también los suyos. Él tuvo que contener un rugido de victoria. Siguió acariciándole el rostro con las manos, guio la lengua despacio hacia el interior de la boca de ella y allí descubrió el lugar donde quería morir. Ella se dejó besar y era maravilloso. Sin embargo

Sean quería más y sabía que ambos lo necesitaban. Buscó la lengua de ella y la acarició y Alessandra se sobresaltó pero no se apartó. Un segundo, una eternidad más tarde, Alessandra movió la lengua e intentó imitar los movimientos de Sean.

Él le acarició la mandíbula con los pulgares y ella separó más los labios... ese beso se convirtió en el principio de la historia que ninguno olvidaría, en todos los sonetos de amor que se habían escrito jamás, en todas las caricias que los amantes del mundo entero habían robado a la eternidad. Ese beso lo fue todo.

Sean dio un paso hacia delante. Su cuerpo no podía seguir conteniéndose más y la espalda de Alessandra quedó apoyada en la estantería. Ella se sobresaltó y abrió los ojos. Él se maldijo en silencio, aunque encontró consuelo en que Alessandra siguiera tocándole el pelo.

—Lo siento —farfulló con la respiración entrecortada—. ¿Te he asustado?

Sean se apartó un poco, lo mínimo para mirarla a los ojos, y la vio pensar.

—No —le sonrió—. No me has asustado.

Sean retrocedió entonces porque de lo contrario volvería a besarla y no estaba seguro de poder soltarla por segunda vez. Le ofreció la mano y ella la aceptó. Caminaron hasta la mesa y él separó dos sillas, una al lado de la otra.

—¿Qué te parece si seguimos donde lo dejamos ayer? —La sonrisa de Alessandra no había desaparecido del todo y se ensanchó—. Según mis cálculos aún tenemos un rato antes de que tengas que volver a arriba. A no ser que quieras hacerlo ahora...

—Quiero quedarme —lo interrumpió Alessandra—. Pásame la libreta y el cuaderno.

Esa mañana, Sean volvió a acompañar a Alessandra al Roxy, Valenti y Tabone no intervinieron aunque con la mirada se encargaron de recordarle que si cometía un error no viviría para contarlo y a él le pareció bien. Cualquier persona que le hiciera daño a Alessandra se merecía el peor de los desenlaces. Por la tarde volvió a buscarla y la llevó a la noria que había en Boardwalk y se despidieron con un beso con sabor a algodón de azúcar.

Por la noche, ya casi de madrugada, volvió a Verona. Ella estaba esperándole. Lo recibió poniéndose de puntillas y besándole en los labios y Sean la sujetó durante unos segundos por la cintura y la besó más y más. Más.

Allí estaban a solas y Verona parecía un lugar mágico, el hogar secreto de cientos de historias de amor y ahora de la suya. Sean acercó a Alessandra a su cuerpo, el amor nunca había formado parte de su vida y ahora sin embargo la estaba conquistando, robando un trozo tras otro a la soledad y al rencor que llevaba metido en ella desde lo de su padre. Y todo era gracias a Álex, a esa chica que creía que tenía que cambiar cuando en realidad ya era perfecta.

—Álex... —susurró con la voz ronca—, Álex. —Volvió a besarla porque lo necesitaba.

Sean movió las caderas y Alessandra interrumpió el beso. Él apoyó la frente en la de ella y le sujetó el rostro con ternura y sin ocultar que estaba temblando.

—Dios, lo siento —él había intentado mantener las distancias, que ella no descubriese lo excitado que estaba—. No quería asustarte.

Alessandra soltó el aliento y llevó las manos a las muñecas de Sean.

—No me has asustado, Sean. Llevo años temiendo esto y tú... Tú no me has asustado. No me has asustado, ¿lo entiendes?

—No.

Ella se humedeció los labios, esa conversación iba a acabar con ella, pero era importante.

—Llevo años aterrorizada, los recuerdos de lo que me pasó me tenían... tienen... bloqueada. Creía que si algún día me acercaba a un hombre saldría gritando.

—Dios, Álex, mi vida. Lo siento tanto...

—Pero no me he asustado —Le apretó las muñecas—. He sentido que estabas excitado —le ardieron las mejillas—, he sentido tu cuerpo pegado al mío y aunque durante un instante se me ha helado la sangre de repente he recordado que eras tú. Tú. Tú me estabas besando, tú me estabas abrazando y he dejado de tener miedo.

—Joder, Álex, yo... —Él buscó las palabras—. Conmigo estás a salvo.

—Lo sé.

—Jamás te haré daño.

—Lo sé, Sean.

—Será mejor que nos pongamos a trabajar, no quiero que te canses demasiado —le acarició el rostro—, sé que mañana tienes un día importante.

Ella le había contado que iban a ensayar la obra completa por primera vez.

—Tú pareces cansado. —Se atrevió a tocarle también la mejilla y Sean cerró los ojos y retuvo la mano allí con una de las suyas.

—No duermo demasiado.

—Es culpa mía.

—Nada es culpa tuya, Álex.

Ella cogió aire.

—¿Por qué no subes y te acuestas un rato?

Él abrió los ojos de repente.

—No sé si es buena idea, Álex.

—Confío en ti. Vamos, sube, no pasará nada malo.

Sean no había vuelto al apartamento desde el día de la cena y los pequeños cambios que había introducido Alessandra convertían esa casa en un hogar. Un peso se instaló encima de los pulmones y le costó respirar. Tarde o temprano, tendría que preguntarle a Alessandra qué sucedería cuando terminase la representación de *Cumbres borrascosas* o cuando el caso de Anderson llegase a su fin, el superintendente llevaba días en Chicago y deducía que en cuanto este volviese los acontecimientos se precipitarían.

Caminaron en silencio hasta el dormitorio de ella, la cama solo tenía un lado abierto y cuando Alessandra se dirigió al otro y levantó la sábana Sean tuvo que morderse la lengua para no confesarle que había pasado de estar enamorándose de ella a estarlo completamente. Para él eso no era ya ni un «quizá» ni un «tal vez», ni siquiera era un «de momento».

Alessandra era una afirmación, un «para siempre». Su mundo.

—Puedes tumbarte aquí.
—De acuerdo.

Sean le dio la espalda y procedió a quitarse los zapatos y a dejar el arma encima del tocador. Oyó que ella se metía en la cama y decidió quitarse el reloj para tener unos segundos más para tranquilizarse. Cerró los ojos y soltó el aliento antes de girarse.

No sirvió de nada, verla a ella con ese pijama que había empezado a comprarse de pequeña para sentirse segura le atravesó el corazón con más precisión que lo habría hecho una bala. Caminó despacio y se tumbó en el lugar que ella le había preparado.

Dios, quería abrazarla, besarla, pero se obligó a estar quieto. También quería hacerle todas esas preguntas que no cesaban de torturarlo, ¿qué le había pasado? ¿seguía con vida ese hijo de puta? ¿dónde podía encontrarlo? Sin embargo le había prometido tiempo e iba a dárselo aunque acabase con su cordura.

Demasiado tarde, la cordura se fue al traste en cuanto

ella se acurrucó a su lado, justo en el hueco que quedaba entre el brazo y el cuerpo de Sean.

—Descansa, Sean —le besó, sus labios dejaron una caricia encima de la camisa.

Él no podía hablar, bajó la cabeza y la besó en el pelo.

Fue un sueño hasta que se convirtió en una pesadilla.

CAPÍTULO 16

Sean se despertó con el perfume de Alessandra a su alrededor, parpadeó y vio el pelo pelirrojo de ella esparcido por encima de su brazo y de su torso. Llevaba días luchando contra sí mismo para ocultarle a ella lo mucho que la deseaba. Él no se avergonzaba de ello, sencillamente sabía que ella aún no estaba preparada. Pero a media luz su mente tardó en recordar los motivos por los que estaba siendo tan cauto y su cuerpo se vengó de él y tomó el mando.

Le acarició el rostro y el suspiro de Alessandra tuvo un efecto directo en la erección de él. Sean buscó entonces los labios de ella y la besó y ella, oh, Dios mío, gracias a Dios, le devolvió el beso con esa mezcla de pasión e inocencia que le volvía loco. Quizá fue por el beso o porque ella susurró su nombre, o porque ella inconscientemente levantó las caderas en busca de las de él. Sean le cogió las manos y se colocó encima de ella, tenía que tocarla, que besarla, quería recorrer hasta el último centímetro de su piel, descubrir cuántos lugares podía besar hasta que los dos enloquecieran. Le sujetó las manos por encima de la cabeza y...

Alessandra se puso a gritar. No fue un grito cualquiera, fue uno que le rompió el corazón a Sean. Él se apartó de repente, asqueado con su comportamiento, furioso consigo mismo a pesar de que una parte de él insistía en que no había hecho nada malo. Él la quería, la amaba, y ella le había besado. La miró y vio que tenía la mirada perdida, estaba atrapada en esa horrible pesadilla que él intuía pero de la que aún no sabía nada.
Estaba llorando, los dos lo estaban.
—Álex, cariño, amor mío. —Ella se había sentado en la cama, tenía la espalda pegada al cabezal y las rodillas dobladas—. Soy yo, Sean. Lo siento. Lo siento tanto…
—No, no, no, no, no… —era lo único que balbuceaba.
—Álex, soy yo. —Se acercó despacio. Deseó poder darse una paliza a sí mismo por haber sido tan estúpido, pero ya tendría tiempo de es más tarde. Ahora lo importante era ella—. Soy yo, cariño, Sean. Sean.
Alessandra por fin lo miró y parpadeó.
—¿Sean?
Él sintió tal alivio que tuvo que volver a sentarse en la cama de la que se había levantado.
—Sí, soy yo. —Alargó una mano hacia el rostro de ella y capturó una última lágrima—. Soy yo. Lo siento tanto.
—Oh, Dios mío —comprendió ella—, oh, Dios mío. Sean.
Escondió el rostro entre las rodillas y volvió a llorar. Él le acarició el pelo, le temblaban las manos. Nunca se había sentido tan inepto, tan poco preparado para lidiar con algo y ese algo… joder, ese algo era la mujer a la que intuía amaría más que a su vida.
—Tranquila, ya ha pasado —dijo como un estúpido—. Ya ha pasado, ha sido culpa mía.
—Tú no has hecho nada malo, el problema soy yo.
—¡No! No digas eso jamás. Tú no eres el problema, Álex.

Ella levantó la cabeza y lo miró con el corazón perdido en el mar de sus iris verdes.

—No puedo... no puedo ponerme a gritar cuando el hombre del que me he enamorado quiere hacerme el amor.

—Dios santo, Álex. No digas eso... no me digas eso cuando intuyo que vas a intentar dejarme. No puedes decirme que te has enamorado de mí y romper conmigo. Yo nunca... nunca había sentido algo así.

—Es lo mejor para ti.

—Y una mierda. Tú eres lo mejor para mí. Me estoy enamorando de ti. —Le sujetó el rostro con cuidado—. No vas a dejarme, acabas de decirme que te has enamorado de mí.

—Yo también me estoy enamorando de ti, Sean —reconoció de nuevo con lágrimas en los ojos. Lágrimas que a él le rompían el corazón—, pero... Pero tal vez no deberíamos.

—No. Encontraremos la manera, ya lo verás.

—No sé cómo —se le rompió la voz—, no sé cómo.

Él suspiró y le acarició el pelo, después se metió en la cama. Se acercó a ella, la apartó con cuidado de la pared y ocupó ese lugar colocándola a ella entre sus piernas, con la espalda apoyada en su torso. Ella se dejó mover, estaba exhausta y Sean la rodeó por la cintura y dejó que sus respiraciones se acompasasen. Media hora más tarde seguían así, habrían podido quedarse dormidos del silencio que había, pero sus corazones estaban demasiado alterados y el de Sean sabía lo que tenía que hacer.

—Cuéntame qué te pasó, Álex.

Ella se tensó y durante un segundo intentó apartarse, pero él siguió respirando despacio y esperó.

—Dijiste que esperarías.

—Y esperaré. Confía en mí, Álex. Te quiero. Estoy dispuesto a todo por ti, solo te estoy pidiendo que me cuentes contra qué estamos luchando.

Ella volvió a relajarse y a apoyar la espalda en el cuerpo de él.

—¿Has oído a hablar de la matanza del bar los irlandeses? —Sean fingió que no le sorprendía la pregunta de ella.

—Sí, toda la policía de Nueva York ha oído a hablar de esa noche; murió mucha gente, policías, trabajadores de los muelles y miembros de la Mafia italiana e irlandesa.

—Mi madre trabajaba de chica de los cigarros en un bar, vendía tabaco a los clientes y después se llevaba alguno a casa para conseguir un dinero extra. De pequeña pensaba que esos hombres eran amigos de mamá y si alguno venía más a menudo me imaginaba que iba a quedarse. No fue una mala época. Hasta que mamá envejeció y envejeció mal por culpa del alcohol.

—Y tú te hiciste mayor.

Sean tenía ganas de gritar y de vomitar, pero se obligó a mantener la calma, ya perdería el control luego.

—También estaban Luke y Derek, había hombres que se fijaban en ellos. —Alessandra se estremeció—. Compré candados para nuestros dormitorios, Nick y Jack me ayudaban siempre. Me acompañaban a casa y se aseguraban de dejar claro a esos tipos que a mis hermanos y a mí no podían ni mirarnos.

—Hasta que un día Jack se fue y Nick desapareció.

—No es culpa suya.

—No, lo sé, y te juro que cuando les vea les daré las gracias por todo lo que hicieron por ti. Es culpa del monstruo que te hizo daño.

—Mamá tenía un novio, era un tipo extraño, jugaba a tres bandas; era policía y al mismo tiempo trabajaba para Silvio y los irlandeses. Silvio es…

—Sé quién es Silvio.

A Sean se le heló la sangre y empezó a costarle respirar.

Las conexiones se formaban en su cerebro y él se negó a aceptarlas.

—Ese hombre estaba en el bar de los irlandeses, pero logró escapar con vida. No sé exactamente qué sucedió, solo que llegó a casa de madrugada buscando a mi madre. Estaba furioso, muy furioso, tenía los ojos inyectados en sangre y no paraba de gritar. Decía que mi madre le había traicionado, que le había vendido. Días atrás ya había tenido un ataque de cólera en casa y me había golpeado, Nick me había ayudado a instalar unos candados nuevos porque él, ese hombre los había roto. Iba a quedarme en mi dormitorio cuando oí a Luke en el pasillo, tenía solo ocho años y... —Tragó saliva—. Salí y cogí a Luke antes de que él se diese cuenta y lo encerré en el dormitorio con Derek. Tendría que haberme quedado allí, pero ese tipo no paraba de romper nuestras cosas, las mías y las de los niños y no pensé. Salí y le dije que mi madre no estaba. Pues servirás tú, fue lo que me dijo.

Sean se mordió el interior de la mejilla hasta que notó el sabor de la sangre. Alessandra continuó tras unos segundos.

—Me golpeó, yo también le golpeé, le arañé, pero él tenía un arma y me dijo que si no colaboraba mataría a mis hermanos porque esta vez no iba a cometer la estupidez de dejar cabos sueltos. Su aliento apestaba a alcohol. No me besó, eso lo recuerdo. Recuerdo que pensé que era un alivio, pero lo demás... Me sujetó las manos por encima de la cabeza.

—Dios, Álex.

—Me hizo mucho daño, me pegó hasta que me rompió el labio. Creo que quería dejarme inconsciente, pero no lo consiguió y eso le enfureció aún más. Me levantó el camisón, antes no utilizaba siempre el pijama, lo guardaba para días importantes, y me violó. Cuando terminó, me dijo que le dijera a mi madre que se olvidase de él.

—Dios mío, Álex. —La abrazó muy fuerte, la pegó contra su torso, los dos temblaban—. Dime que ese hombre está en la cárcel.

—Yo no le habría denunciado, ¿quién me habría creído? Él era policía y yo la hija de una puta. Pero más tarde, esa misma noche, cuando yo aún estaba sentada en el mismo suelo donde ese cerdo me había violado llegó el capitán Anderson.

—¿Anderson?

—Nick le había dicho que el último novio de mi madre era un policía corrupto y venía a verme. Me ayudó. Si no hubiese aparecido... no sé qué habría hecho. No podía pensar, solo podía llorar y llorar. Anderson me habló de Nick y de Jack hasta que me tranquilicé, se ocupó de mis hermanos y me dijo que nos ayudaría.

—¿Y lo hizo?

—Sí, pero quería algo a cambio. Al parecer llevaba tiempo detrás de ese policía corrupto, no porque él fuese muy importante, sino porque creía que podía ayudarlo a descubrir algo, no me dijo qué. Anderson me dijo que si yo testificaba lo acusaría de violación y que utilizaría esa acusación para presionarle. A cambio nos ayudaría a irnos de allí y a establecernos en otra ciudad.

Sean temblaba más que Alessandra, era imposible.

Tenía que ser imposible.

—¿Qué pasó con ese policía?

—Anderson consiguió un juicio a puerta cerrada, yo era menor. Se suponía que mis hermanos y yo íbamos a entrar en el sistema de protección de testigos, no me gustaba la idea, pero me había resignado. Pero el policía se suicidó y quedamos libres. A pesar de todo, Anderson cumplió con su palabra y nos ayudó a irnos.

A Sean iban a estallarle la mente y el corazón.

Tenía que ser imposible.

Tenía que ser imposible.

El pasado de su padre no podía arruinarle la vida por segunda vez, la única que importaba de verdad.

—¿Cómo se llamaba ese policía?

Alessandra ladeó la cabeza para mirarlo.

—¿Qué importancia tiene?

—Necesito oír de tus labios cómo se llamaba. —Tragó saliva y le pidió a Dios o a quien fuera que le concediera ese milagro—. Por favor.

—Robert Hearst, se llamaba Robert Hearst.

—Robert Hearst era mi padre.

—No es posible. —Alessandra se echó hacia atrás y se apartó y él no la retuvo—. No es posible. Dime que no es posible, Sean.

Él se golpeó la cabeza contra la pared, cerró los ojos y los abrió sin poder disimular el dolor que los anegaba.

—Robert Hearst era mi padre.

—¡No! ¡No! ¿Qué estás diciendo? Tú ni siquiera te llamas Hearst, te llamas Bradford.

—No —sonrió con amargura—, me llamo Sean Hearst.

—No, no puede ser. Me niego a creerlo. —Alessandra empezó a llorar de nuevo—. Lo estás diciendo porque quieres dejarme. Ahora que sabes la verdad entiendes por fin que jamás conseguiré superar esto y vas a buscarte una chica con la que puedas tener relaciones sexuales. Es normal, lo entiendo.

—No, Álex, Dios, no. —Se atrevió a cogerle las manos. En cuanto ella viese las pruebas, y él mismo iba a enseñárselas porque se negaba a mentirle, lo creería y lo echaría de su vida—. Te he dicho que me estoy enamorando de ti y eso en realidad es un eufemismo, ya me he enamorado de ti —ella se tensó, pero él no la soltó— y sé que conseguirás superar esto.

—Antes has dicho que lo superaríamos juntos... —Ella

se atrevió a darle un beso en los labios y él pensó que moriría allí mismo.

—Mi padre era Robert Hearst.

—¡Deja de decir eso! —Le golpeó en el torso— ¡Deja de decirlo!

Sean suspiró abatido y aceptó los golpes, podía soportarlos mejor que esos besos que lo perseguirían eternamente. Le cogió las muñecas y la apartó con cuidado para levantarse. Fue al tocador donde había dejado el reloj y también la placa.

Volvió a la cama y se sentó junto a Alessandra, retendría tantos recuerdos de ella como le fuese posible.

—Mi padre era Robert Hearst. Hearst es el apellido de mi familia, mira el reverso del reloj, ha pasado de generación en generación.

—«Un Hearst siempre tiene el corazón en el lugar correcto» —leyó Alessandra.

—Me lo regaló mi abuelo, es un juego de palabras con nuestro apellido, me dijo que mi padre no se lo merecía. Todos sabíamos que aceptaba sobornos de la Mafia. Pero te juro que nunca supimos nada del resto. Si hubiera sabido que era violento...

—Oh, Dios mío. Dios mío.

Ella empezaba a entenderlo y Sean no se detuvo. Después del infierno que había vivido Alessandra se merecía toda la verdad.

—Esta es mi placa de detective.

Alessandra la abrió y vio que efectivamente Sean se apellidaba Hearst.

—Mi bisabuelo fue policía en Irlanda en un pequeño pueblo que ahora ya no existe llamado Bradford —continuó Sean—. Cuando llegó aquí, insistió en que lo llamasen así. Él era una leyenda y mi abuelo también, mi padre, por desgracia es otra historia. Siempre me han llamado Bradford, creo que hay muy poca gente que no sabe que no es mi apellido. Me imagino que mi padre —sintió náuseas— lo utilizaba en Little Italy para evitar confusiones.

—No puede ser, tiene que haber una explicación.

—No la hay, daría mi vida a cambio de que la hubiese, Álex, pero no la hay. Mi padre te violó.

Robert Hearst volvía a arrebatarle la vida, pensó Alessandra en medio de tanto dolor, y esta vez era mucho peor que la primera porque entonces, cuando era pequeña en Little Italy casi se había resignado a no ser feliz, pero ahora había estado a punto de tocar la felicidad con Sean.

Con el hijo del hombre que la violó.

—Vete de aquí, Sean, por favor.

—Álex, yo... No me pidas que me vaya. No me lo pidas.

—Vete, vete. —Se puso en pie y salió de la cama—. No puedes estar aquí. No puedes.

—Álex, por favor. Por favor. Mírame, soy yo. Sean.

—Eres el hijo del hombre que me violó.

Y con esa frase el mundo de Sean desapareció.

SEGUNDA PARTE

«El gran pensamiento de mi vida es él.
»Si todo desapareciera y él quedara yo seguiría existiendo y si todo quedara y él desapareciera yo no podría vivir».

Cumbres borrascosas
Emily Brontë

CAPÍTULO 17

Dejar a Alessandra llorando en esa cama le rompió el corazón a Sean. A partir de ese instante, nada conseguiría hacerle daño, cualquier dolor le resbalaría como las gotas de agua que caían al Atlántico. Una gota, cien, mil se convertían en nada al entrar en la inmensidad del océano. El reloj, la placa, recogió sus cosas, no se dejaría nada allí para luego aprovechar la excusa de ir a buscarlo. Esperaría, le había prometido que lo haría y, aunque ella le había echado, esperaría igualmente.

Un paso tras otro, cerró los puños, se obligó a llegar a la puerta y salió.

Ella siguió llorando, él podía oírlo, pues se quedó allí inmóvil, incapaz de alejarse del todo porque «y si ella iba a buscarlo» «y si ella lo necesitaba». Tenía que estar allí, tenía que abrazarla y hacer que todo desapareciera, volver a ese instante en que los dos habían descubierto que se habían enamorado.

Empezó a torturarse con un pasado en el que él hacía algo, solo una cosa, y cambiaba para siempre el de Alessandra. Él podía señalar con casi absoluta seguridad el día exacto en que su padre aceptó el primer soborno, no era tan pequeño.

Sean tenía diez años cuando uno de los mejores amigos de su familia cambió de casa; su madre empezó a quejarse y su padre también, los celos y una envidia enfermiza los consumía y les amargaba. Él no lo entendió entonces y no lo entendía ahora. Las peleas mientras cenaban aumentaron, las ausencias de su padre también, hasta que un viernes llegó con la noticia de que ellos también iban a mudarse al mismo barrio. Había recibido un ascenso inesperado del que nadie, ni siquiera el abuelo, que en aquel entonces todavía pasaba por la comisaría, había oído hablar.

Nadie hizo preguntas. Si las hubiera hecho, ¿habría servido de algo?

A los dieciocho se alistó en la academia. Llevaba toda la vida queriendo ir, pero los últimos dos años esas ansias habían aumentado; ansias por irse de casa, por dejar de mirar al otro lado. La mudanza solo había sido el principio, nada era demasiado escandaloso, su madre no tenía joyas carísimas ni viajaban por el estado despilfarrando, pero cuando uno crecía en una familia de policías sabía perfectamente qué sueldo se llevaba un agente o un detective a final de mes. Aun así, tenía que reconocer que su padre en ese sentido había sido listo; había conseguido pasar inadvertido a sus superiores.

Excepto a William Anderson.

¿Por qué no había hecho algo antes? Si Anderson hubiese arrestado a su padre... ¡No! No era culpa de Anderson, ni de él, era culpa de su jodido padre.

Dios, ¿cómo iba a poder vivir con aquello? Mierda, era un jodido miserable por preocuparse por él, él iba a tener que aguantarse, que cargar con el sentimiento de culpa, la jodida responsabilidad o toda la mierda que fuera necesaria. La única que importaba era Alessandra.

¿Por qué el destino había sido tan cruel de permitir que se enamorasen sin saber la verdad el uno del otro? Sean se negaba a creer que Álex tuviera razón; ellos debían enamorarse y estar juntos, en lo más profundo de su ser sentía que ellos eran inevitables. Pero era demasiado pronto, apenas habían empezado a conocerse y... y sería menos doloroso estar separados. ¿Cómo podía mirarlo ella y no recordar el día más horrible de su vida?

Oyó que se abría la puerta de Verona, pero no se levantó de donde estaba, sentado en el suelo frente a la puerta de Alessandra.

—¿Bradford? —Valenti lo estaba llamando.

—Estoy aquí.

—¿Aquí dónde? —Ese fue Tabone.

Joder, precisamente hoy tenían que llegar los dos juntos. Supuso que el destino por fin le estaba dejando claro que iba a destrozarle la vida y le daba completamente igual, incluso estaba dispuesto a afirmar que le parecía justo.

—Arriba, en el portal de Alessandra.

Oyó los pasos, se imaginó las miradas de sorpresa.

—¿Qué estás haciendo aquí, Bradford?

Los dos amigos, lo más parecido a hermanos mayores que tenía Alessandra, se detuvieron frente a él y lo observaron cautelosos. Él podía imaginarse el aspecto que ofrecía con los ojos inyectados en sangre por las lágrimas de rabia y tristeza que había derramado, la mandíbula apretada para contener los gritos y las manos temblando.

—¿Qué ha pasado, dónde está Sandy?

—Dentro— respondió y se puso en pie. Valenti y Tabone intercambiaron una mirada y por el motivo que fuese decidieron darle unos segundos para que se explicase—. ¿Qué sabes de mi padre, Tabone?

Pensó que era la mejor manera de empezar, no quería traicionar la confianza de Alessandra.

—¿De tu padre? —El capitán lo miró confuso.

—¿Por qué va a saber Jack nada sobre tu padre, Bradford? ¿Qué está pasando aquí?

Jack se cruzó de brazos.

—Sé que tu padre era un policía corrupto y que se suicidó.

Nick enarcó una ceja.

—Entonces sabes cómo me llamo.

—¿Estás borracho? Por supuesto que sé cómo te llamas, Bradford.

—Mirad, vosotros dos podéis seguir jugando a esto, pero yo voy a ver a Sandy —los interrumpió Nick, pero Sean se mantuvo firme frente a la puerta.

—Dime quién soy.

—Está bien, Bradford, me rindo. —Jack suspiró exasperado—. Eres Sean Hearst, tu padre era Robert Hearst.

—Un momento. —La actitud de Nick cambió por completo—. ¿Tu padre es Robert Hearst? —Recorrió a Sean de arriba abajo con los puños cerrados. Los tres supieron que estaba a punto de pegarle.

—Lo era.

—Joder. Tengo que ver a Sandy.

—¿Tú sabes qué le pasó? —A Sean le dolió comprobar que no era el único, pero entonces recordó las lágrimas de Alessandra y comprendió que lo era.

—Sé que Hearst le pegó y que fue el último novio de su madre antes de que Sandy se fuera y ahora apártate.

—Un momento.

—¿¡Un momento!? Apártate ahora mismo y, dado que eres el hijo de ese malnacido, te aconsejo que te largues de aquí y no vuelvas.

Sean soltó el aliento y bajó la cabeza hasta que el mentón casi le rozó el torso.

—Yo voy a ir a ver a Sandy —intervino entonces Jack

con su voz de capitán—. Es evidente que vosotros dos tenéis que hablar, pues yo hasta hace unos segundos no tenía ni idea de que Hearst había aparecido por Little Italy. Apártate, Bradford, o te apartaré yo.

—Tienes que saber que odio que tú vayas a estar con ella y yo no, pero al mismo tiempo quiero darte las gracias por estar a su lado.

Jack entrecerró los ojos.

—Voy a entrar, después tú y yo hablaremos. —Sean se apartó, Jack dio un paso hacia delante—. Nick, recuerda que a ti y a mí jamás nos ha gustado que nos juzgasen por quiénes eran nuestros padres o por nuestro pasado.

—Joder, Jack, tú no sabes...

—Exacto, y tú en realidad tampoco. Escucha a Bradford y tú, Sean, no hagas que me arrepienta de esto.

Jack entró en el apartamento mientras Valenti seguía retando a Sean con la mirada, este lo aguantó con valentía.

—Vamos abajo. No quiero que Alessandra tenga más motivos para preocuparse.

—De acuerdo. Empieza a hablar.

Nick descendió primero y se dirigió al mostrador de Verona, abrió un armario que había bajo la caja registradora de metal dorado y volvió a levantarse con una vieja botella de whisky y dos vasos llenos de polvo. Los sacudió un poco boca abajo y decidió que servirían.

—Mi padre era Robert Hearst y era un poli corrupto. Yo lo supe desde el principio, tenía diez años cuando empezó a traer *sobres* a casa, pero... —vació el primer vaso—, era pequeño o estúpido. Lo irónico es que mi abuelo y mi bisabuelo también eran policías, ser policía es lo único que he querido ser toda la vida. Crecí rodeado de sermones sobre el bien, el honor, la justicia...

—¿Qué ha pasado esta noche?

—Quiero a Alessandra, me he enamorado de ella.

—Soltó el aliento, necesitaba que eso quedase claro antes de seguir con la historia—. Mi padre aceptó sobornos toda la vida, en casa las cosas parecían ir bien si nos veías por la calle, mi madre siempre ha sufrido más por las apariencias que por la verdad. —Se frotó el rostro—. No tenía ni idea de que mi padre había conocido a Alessandra y le había... hecho daño. Ni siquiera sabía que había frecuentado con tanta frecuencia Little Italy. —Tuvo que hacer un esfuerzo para contener las náuseas que volvieron a atacarlo—. Miraba hacia el otro lado, nunca me iba de la academia, ni siquiera en vacaciones. En mi segundo año estalló el escándalo, todos mis compañeros, chicos con los que había crecido, me dejaron de lado porque se decía que mi padre era un poli corrupto. Yo no podía defenderle, aun así me metí en más de una de pelea. Un día llegó otra clase de rumor sobre mi padre y él se suicidó unas semanas después.

—¿Qué clase de rumor?

—Eso tiene que decírtelo Alessandra. —Vació otro vaso, había perdido la cuenta—. Ahora te toca a ti, ¿qué sabes de Robert Hearst?

Le tocó el turno de beber a Nick.

—Joder, no puedo creerme que haya reaparecido en mi vida. Joder, el destino es un hijo de puta complicado.

—Dime lo que sabes.

—Conocí a Hearst cuando apareció en la vida de la madre de Sandy, ella lo llamaba «su novio», pero digamos que era un cliente que dejó de pagar.

Sean aguantó la mirada de Nick, esa información le asqueaba, pero no le sorprendía.

—Un día pegó a Sandy y ella le plantó cara, él la amenazó con hacerle daño a ella y a los niños.

—Dios santo. —Sean no podía dejar de temblar. Tenía ganas de ir a la tumba de su padre, abrirla con las manos, romper esa estúpida lápida irlandesa donde habían escrito una frase sobre el honor y la familia que todos sabían falsa en su caso (y después de encontrar a un cura que estuviese dispuesto) y sacudir su cuerpo putrefacto.

—¿Qué hiciste?

—Ayudé a Sandy a poner cerraduras nuevas en su piso y cerrojos en las puertas de su dormitorio y el de sus hermanos. También le planté cara a Hearst, no te pareces a él —declaró casi ofendido.

—No. Me parezco a un hermano de mi madre.

—Si te parecieras a él, te habría reconocido. Jamás olvidaré a Hearst.

—Si me pareciera a él, ahora mismo estaría desfigurándome el rostro. ¿Por qué dices que jamás le olvidarás? —Había detectado algo en la voz de ese otro hombre que le había inquietado.

—Doy por hecho que sabes qué sucedió la noche de la matanza de los irlandeses.

A Sean se le erizó el vello de la espalda. Esa jodida noche, la noche en que su padre violó a *su* Álex.

—Por supuesto.

—Joder —Nick sonrió con amargura—, no puedo creerme que vaya a volver a hablar de esto. Tu padre estaba en ese bar, yo también, y se suponía que tenía que matarlo. Tu padre había jodido al tipo equivocado, Silvio, y este me tenía cogido por los huevos por otro asunto —suspiró—, mi padre le debía mucho dinero. En pocas palabras, me dijo que si mataba a Hearst esa misma noche le perdonaría la deuda.

—¿Y por qué no lo hiciste?

Volvió a torturarse con la posibilidad de alterar el pasado. Si Valenti hubiese matado a su padre esa noche, él no habría ido al piso de Alessandra.

—Fui allí con intención de hacerlo. Desenfundé y disparé, iba a herirle y a llevármelo de allí para entregarlo a la policía. Era muy ingenuo en esa época, pensé que lo llevaría a la policía y les contaría lo que le había hecho a Sandy y ellos lo quitarían de nuestra vista.

—¿Qué sucedió?

—Disparé y otra persona se puso delante de Hearst, él ni siquiera resultó herido. Me vio, comprendió lo que estaba pasando y salió de allí disparando a diestro y siniestro. No había vuelto a saber de él hasta ahora, ni siquiera sabía que estaba muerto. Y te juro que me habría alegrado saberlo, no voy a mentirte. Esa misma noche conocí a Anderson, acabé encerrado en un calabozo de su comisaría y cuando vino a verme le hablé de Hearst. Estaba furioso porque la policía solo visitaba Little Italy para ganar dinero, para extorsionarnos o para acusarnos de algo y nunca para protegernos. Él debió de tomarme en serio porque una semana más tarde salí de esa celda y fui a ver a Sandy y ella me dijo que Anderson la ayudaría a irse. No me contó los detalles y yo... —bebió un poco—, en esa época nada me importaba demasiado.

—No pienso irme de aquí. No voy a dejar el caso y no quiero alejarme de Alessandra. Antes me has dicho que me fuera, pero, a no ser que me lo diga Anderson, aquí me quedo y...

—No, Jack tenía razón. Odio reconocerlo y Dios sabe que me lo restregará por las narices si se entera de que lo he dicho, pero tenía razón. A él y a mí nos juzgaron por nuestros padres, yo no voy a hacer lo mismo contigo.

—Gracias.

—Además, he visto en tus ojos un dolor que no me es nada ajeno. No sé lo que ha pasado entre Sandy y tú esta noche, pero sé que la clase de vacío y de rabia que sientes ahora no es fingida. Quédate, sigue con tu trabajo. Anderson no mentía, eres muy bueno desmontando pruebas y demostrando su solidez y eso es lo que necesitamos. Pero, en cuanto a Sandy, tienes que saber que siempre estaré de su lado. Si ella no quiere verte o me pide que te aleje de ella, lo haré.

—Yo mismo te pediré que lo hagas, llegado el caso.

Oyeron unas pisadas y la voz de Jack sonó por entre las estanterías.

—Sandy se ha quedado dormida.

—¿Cómo está?

—Triste, cansada, no lo sé —confesó Jack—. Joder, Nick, no tendría que haberme ido de aquí.

—Deja tu jodido complejo de héroe para otro día, Jack. Te alistaste en la academia y yo seguí a Cavalcanti. Los dos seguimos nuestro camino igual que Sandy.

—Alessandra es mucho más fuerte que vosotros dos o que yo —declaró Sean—, ha sobrevivido a algo que a nosotros nos habría matado. No hables de ella como si fuera una pieza del tablero de tu vida o de la tuya. —Miró primero a Jack y después a Nick—. Voy a irme. Tengo que... —se puso en pie— tengo que salir de aquí porque de lo contrario subiré arriba y le suplicaré a Alessandra que me deje verla. Y ella ahora no necesita eso. Adiós, volveré.

Caminó hasta la puerta. Le costó acertar con la manecilla porque no dejaba de verse allí de pie apenas unas horas antes, cuando ella le había pedido que se detuviera para decirle que no podía dejar de pensar en él.

«No quiero dejar de pensar en ti».

Se aferró a esa idea y salió.

Pensó que no tenía rumbo fijo, pero sus pies lo llevaron hasta Brooklyn y la casa en la que había crecido, el único lugar donde hasta esa madrugada había podido pensar en su padre con cierto respeto. Casar la imagen del hombre que le medía en el marco de la puerta con el monstruo que había violado a la mujer de su vida le resultó repugnante, sin embargo lo consiguió. En su trabajo había visto casos en los que la avaricia, el deseo por lo ajeno, la bebida, o incluso las apuestas se metían en la vida de un hombre hasta deformarlo y poseerlo por completo.

«Y hay monstruos que sencillamente tardan años en despertarse».

Ese monstruo había atacado a la chica equivocada, ella le había plantado cara y Sean, aunque le dolía pensarlo, no podía evitar sentirse profundamente orgulloso de Alessandra por haber negociado con Anderson su testimonio. Ella había testificado y su padre había quedado como el monstruo cobarde que era; se había suicidado porque siendo un policía como era estaba al corriente de lo que les sucedía a los violadores de niñas en la prisión.

No habría durado ni un día.

No lo había hecho solo por eso. Sean comprendió también que con el suicidio su padre impidió que la noticia de su juicio por la violación se extendiese como la pólvora. Había circulado el rumor, pero nunca se había confirmado. De no haberse suicidado, qué condena le habría caído, qué clase de pactos habría estado dispuesto a hacer con tal de librarse. La Mafia le habría matado, la italiana o la irlandesa. Joder, cuanto más lo pensaba más asco sentía.

Aún no sabía cómo había logrado su padre tener esos días de margen y volver a casa para suicidarse. ¿Le habían dejado solo? ¿Y si hubiera ido tras Alessandra? Anderson tendría que responderle muchas preguntas cuando volviese de su viaje a Chicago.

Recorrió Brooklyn. Se torturó con todos los recuerdos de él con su padre que fue capaz de soportar y poco a poco fue descubriendo señales, pero ¿para qué? No podía sacarlo de su tumba como macabramente había pensado antes y encerrarle en la cárcel. ¿De qué servía saber ahora que su padre nunca había sido un hombre bueno que había cometido un error, sino un monstruo, un hombre sin escrúpulos, que durante un tiempo había fingido ser honrado?

¿De qué servía?

«Porque necesito saber que no soy como él».

Tenía que encontrar esa prueba definitiva que demostrase que no era como su padre. Ni ahora ni nunca. Lo único que encontraba eran evidencias de que era un cobarde; había fingido ignorancia, se había quedado en la academia y durante años se había negado a investigar la verdad porque tenía miedo de lo que iba a encontrar. Sí, se había aferrado a la idea de una acusación injusta, a que si él hubiese llevado el caso de Robert Hearst habría encontrado la manera de *salvarlo*. Él en el fondo siempre había sabido que no habría podido. Había encontrado los suficientes monstruos en su vida para saber que no son salvables y que se alimentan del dolor de sus víctimas y de la cobardía de los demás.

Él había dado alas al animal que había violado a Alessandra y no podía hacer nada para cambiarlo. ¿Qué podía hacer?

«Puedo amarla».

«Pase lo que pase puedo amarla. Puedo amarla».

Siguió caminando, el descubrimiento de ese amor no le llenó de alegría como habría sucedido unas horas atrás sino de pesar. Las calles de Brooklyn ignoraron su profunda tristeza hasta que se abrió la puerta de un desvencijado pub.

—¿Sean? —un tipo canoso lo miró—, ¿eres tú, Sean?

—Tío Patrick.

CAPÍTULO 18

Faltaban pocos días para la boda de su sobrina con el capitán Jack Tabone y Luciano Cavalcanti aún no había encontrado la manera de hablar con Catalina. Bueno, la manera de hablar sí la había encontrado, lo que seguía negándosele era que ella lo escuchase.

Por fin se acercaba el final de la investigación de Anderson y con su ayuda y la de Nick el superintendente iba a encerrar a los miembros de las familias que habían intentado acabar con él después de su jubilación del Sindicato. Los que quedasen libres, porque alguno lograría escaparse, entenderían el mensaje y se mantendrían alejados durante el resto de su vida. Una vida que no iba a valer nada si Catalina no le perdonaba e iba a vivirse a otro estado.

Llamaron a la puerta.

—Adelante.

—Tiene una visita, señor Cavalcanti —le anunció Toni.

—No estoy para nadie. —¿A quién diablos se le había ocurrido ir a verlo? Acaso ya no servía de nada ser el jodido mafioso más temido del país. Retirado, obviamente—. A no ser que sea el jodido FBI en pleno o Anderson, no estoy para nadie. —No incluyó a Nick y a Siena porque ellos eran familia, incluso su futuro sobrino político, y eso que era policía. El resto del mundo bien podía esperar a que se le pasase el mal humor o a que se le ocurriese la manera de hacer entrar en razón a cierta profesora de violín.

«Todo esto es culpa tuya».

Pero estaba intentado disculparse. Lo único que necesitaba era tiempo y que Toni lo dejase a solas.

—¿Eso es todo?

—Es la señorita Moretti, pregunta si puede...

—Hazla entrar de inmediato.

—Por supuesto, señor.

Le pareció que Toni sonreía al cerrar la puerta. Estupendo, ahora no solo no era temido por nadie, sino que además sus hombres se burlaban de él. Seguro que Catalina había insistido en esperar aunque Toni la había dejado pasar. Todos tenían orden de hacerlo.

Se puso en pie y se colocó frente al escritorio. No tenía la menor intención de recibirla sentado.

—¡No puedes seguir mandándome libretos! —Catalina entró blandiendo en una mano los últimos libretos que él le había hecho entregar. Se trataba de *Rigoletto* y *Fausto*—. ¡No vas a ablandarme regalándome óperas!

Ablandarla quizá no, pensó Luciano, pero al menos había conseguido que ella fuera a verlo.

Era un avance y ella debería saber que él iba a aprovecharlo.

—¿Cómo van los preparativos para mudarte a Boston? —Se cruzó de brazos y estiró las piernas para aparentar una despreocupación que no sentía—. Tienes que darme tu dirección para que pueda seguir mandándotelos allí.

—Tú no vas a mandarme nada a ninguna parte, Cian.

Otro error, este muy grave, ella solo lo llamaba así cuando estaban juntos de verdad, aunque tal vez el error lo había sido para ambos porque Luciano se dio cuenta de que se le había acelerado el corazón como si se tratase de un adolescente.

No iba a tener un infarto ahora. Iba a domar ese maltrecho órgano ventricular como fuera.

—Está bien, Catalina, me doy por vencido. No seguiré mandándote libretos. Lo siento.

Ella se detuvo sin duda sorprendida por el cambio de actitud. Se acercó a él y dejó los susodichos libretos encima del escritorio.

—¿Sucede algo, Cian? —Lo miró a los ojos—. ¿Te encuentras bien?

—Sí, supongo que sí. No te preocupes por mí.

Tal vez había llegado el momento de rendirse, ¿qué podía ofrecerle él a ella, un hombre mayor con más enemigos de los que podía contar y que sin duda aumentarían en breve?

—Los libretos son preciosos —reconoció—, y sabes que yo nunca habría conseguido encontrar estas ediciones. Pero no puedo aceptarlos.

—De acuerdo.

—¿De verdad estás bien?

—De verdad.

—Bueno, entonces será mejor que me vaya.

—Está bien.

—Lamento haber entrado gritando, seguro que Toni piensa que estoy desquiciada, pero es que no puedes seguir mandándome regalos, Cian. Tú y yo ya no estamos juntos. Y aunque lo estuviéramos…

—No te gusta que te haga regalos, me lo dijiste. Y sé que no estamos juntos o creo que empiezo a saberlo. No te preocupes, no volveré a molestarte.

—Entonces me voy. —Se dio media vuelta—. Nos vemos en la boda de Siena.

—Por supuesto.
Ella caminó hasta la puerta. Allí se detuvo y dio media vuelta.
—Es culpa de esta maldita corbata —sentenció levantando las manos para aflojarle el nudo—. Te la aprietas demasiado. Además, ¿cómo es posible que a estas alturas no te salga el nudo recto?
Luciano se quedó petrificado. Había estado desnudo con esa mujer, habían hecho el amor y habían hecho locuras juntos, pero esa caricia le había convertido en un títere en manos de ella. Unas manos que tiraban ahora con firmeza del cuello de la camisa blanca para colocárselo bien.
—Yo...
—Y pareces cansado, demasiado cansado. Seguro que te duele la cabeza. —Satisfecha con la corbata, llevó las manos al pelo de él y lo peinó con los dedos—. Es como si cada vez tuvieras más pelo, no me extraña que tengas que afeitarte a diario.
—¿Qué estás haciendo, Catalina?
No lo estaba tocando como una amante clandestina ni como un chica atrapada en una relación solo física. Lo estaba tocando como solo pueden tocarse dos personas que se han pasado la vida amándose, conociéndose y sintiendo que cualquier excusa es buena para rozar la piel del otro.
—Yo...
Vio que una lágrima huía por una mejilla.
—Catalina...
—Prométeme que no vas a morirte. Prométemelo.
—*Santa Madonna*, no puedo prometerte eso, amor mío. Pídeme que te regale un diamante o que te lleve a París o a Egipto a enseñarte las pirámides. Pídeme un palco en la ópera o uno de esos violines tan caros, pídeme cientos.
—Ya tengo un violín y puedo ir a cualquier ópera, los

diamantes no me gustan. Lo único que quiero es que no te mueras. No puedes morirte, Cian.

Luciano agachó la cabeza y en un beso intentó decirle que la entendía y que sentía lo mismo que ella. Quiso que ese beso fuesen las declaraciones de amor de toda un vida.

—Voy a morirme, Catalina, pero duraré mucho tiempo. Eso te lo prometo. Si tú estás a mi lado, te prometo que viviré mucho tiempo.

—¿Te acuerdas del día que me dejaste?

—Cómo iba a olvidarlo, fui un estúpido.

—Sí, tal vez, pero yo iba a hacer lo mismo.

—¿Qué has dicho?

—Iba a dejarte. Me asusté al ver lo que le había pasado a Siena y después también a Nick. Pensé, Catalina, tú no podrás soportarlo, vete de aquí, sálvate mientras puedas.

—Jamás permitiré que te suceda algo —afirmó él con otro beso rotundo.

—No tenía miedo de que me pasase algo a mí —siguió en cuanto recuperó el aliento—, tenía miedo de que te pasase algo a ti, de que te pase algo a ti. Pensé que si te dejaba estaría a salvo, tú sabes que perdí a mi prometido...

Él volvió a besarla, odiaba oír a hablar de Don Perfecto.

—... y lo que siento por ti no puede compararse a lo que sentí por él. De tu muerte no me recuperaría, lo sé.

—Querría que lo hicieras.

Ella arqueó una ceja.

—No seas mentiroso —lo riñó—, te encanta saber que te quiero más que a él.

—Sí, eso lo reconozco, pero si me sucediera algo, y no va a sucederme nada, querría que siguieras adelante.

—Yo no. Por eso me asusté. Lo tenía todo pensado y entonces tú me dejaste a mí y me puse furiosa. Muy furiosa. Me hiciste mucho daño. Se suponía que tú siempre ibas a luchar por nosotros.

—Siempre, eso no lo dudes nunca.

—Sé que no puedo reprocharte nada, al fin y al cabo yo iba a hacer lo mismo. Acepté lo de Boston para huir, pero tú... tú... de ti no puedo escapar porque estás en todas las notas que toco —se puso de puntillas y le dio un beso—, en todas las óperas que escucho.

—Te quiero, Catalina, dime que esto significa que me perdonas y que por fin podemos estar juntos.

—Yo también te quiero. Te quiero mucho.

—Cásate conmigo.

—¿Casarnos? Estás loco.

—Me he dado cuenta de que antes lo de París no lo has negado. Casémonos y vayámonos a París.

Ella lo besó.

—Creo que prefiero quedarme aquí, pero lo de la boda no lo descarto, señor Cavalcanti.

Luciano pensó que definitivamente iba a tener un infarto y decidió que si iba a fallarle el corazón antes quería hacer el amor con la mujer que amaba.

En la cama descubrió que no corría ningún riesgo de morir, a no ser que fuese de felicidad.

—Te quiero, Catalina.

—Yo más, Cian.

—Tal vez, pero lo dudo muchísimo —le dijo cuando lo sabía imposible—, además, yo te quiero desde hace más tiempo.

—Yo te querré siempre.

En pocos días William Anderson cambiaría la ciudad de Chicago por la de Nueva York para asistir a la boda de uno de sus mejores hombres y sorprendentemente excelente amigo personal con la sobrina del mayor capo de la Mafia que había existido en la Gran Manzana. Como si eso de por sí no fuera yo lo bastante sorprendente, Luciano Cavalcanti, el capo en cuestión, había resultado ser una pieza fundamental para el caso que estaba analizando por enésima vez esa misma noche con el fiscal general de Chicago y su mejor amigo.

—Las pruebas no son lo que más preocupa, William —insistió Murphy.

—¿Qué es?

—Vuestra seguridad. En cuanto hagas el primer arresto correréis peligro. Aunque nos gusta creer lo contrario, todos estos hombres a los que vas a acusar y detener no son idiotas. Atarán cabos. Irán a por vosotros.

—No si lo hacemos bien.

—¿Bien?

—Tenemos que arrestar a los cargos más importantes, a los que llevan la voz cantante al mismo tiempo. El resto se dispersarán como ovejas asustadas.

—Sabes que cuentas con mi apoyo y con mis hombres de confianza, pero tienes que saber que esto es muy arriesgado.

—Lo sé.

—¿Qué tal Bradford, es tan duro como dicen?

—Peor, según me ha dicho Rourke.

—¿Y estás seguro de que puedes fiarte de él?

—Segurísimo.

—¿Tu famoso instinto otra vez? —se burló Murphy.

—Aún no me ha fallado.

—Espero que no te falle ahora porque de lo contrario le estarás pasando el trabajo de toda tu vida a un desconocido, a un traidor.

—Confío en Bradford.

—¿A pesar de su padre?

—Eh, no todos tenemos un padre perfecto como tú. Yo ni siquiera conocí al mío.

—Creo, Anderson, que esta es la primera vez que te oigo hacer un comentario personal.
—No digas estupideces, somos amigos desde hace años.
—Cierto, por eso puedo afirmar que es la primera vez que hablas de tu padre.
—No hay mucho de qué hablar. Era profesor, se enamoró de mi madre, se casaron, nací yo y un día murió asesinado mientras volvía a casa. Yo tenía cuatro años.
—Joder, William, lo siento mucho. ¿Dónde sucedió eso?
—En Little Italy.

Murphy tuvo la perspicacia de cambiar de tema y volver a centrar la atención de su amigo en el trabajo. En realidad este siempre había sido su refugio. William Anderson perdió a su padre cuando tenía cuatro años y al cumplir seis decidió que haría lo que fuera para evitar que esa clase de desgracia volviese a sucederle a alguien. No sabía aún si sería policía, juez o un hombre con una capa mágica, pero sabía que no permitiría que un profesor muriese por haber intentado evitar que unos tipos robasen a una anciana.

Eso era lo que había pasado.

El profesor volvía de la escuela en la que estaba destinado cuando oyó unos gritos y se acercó a ver qué sucedía. Dos minutos más tarde yacía desangrándose en el asfalto y todo porque unos matones de tres al cuarto habían decidido robarle el bolso a una señora de ochenta años. Un bolso con medio dólar y un paquete de caramelos de menta.

Anderson los odiaba desde entonces.

El policía que llevó el caso fue muy amable y honesto con él y su madre desde el principio; les dijo que era muy difícil que atrapasen a los culpables y aun en el caso de tener suerte saldrían de la cárcel. «Así funcionan las cosas».

«Así funcionan las cosas».

Pues bien, él lograría que funcionasen de otra manera.

Para consternación de su madre decidió hacerse policía. Le pareció más práctico y rápido que estudiar Derecho y pronto consiguió que lo trasladasen a la comisaría de Little Italy. Allí, siendo un cadete novato e inexperto tuvo la suerte de reencontrarse con ese policía, el que había llevado el caso de su padre, y este le enseñó el oficio. Anderson siempre lo recordaría con respeto. Era un buen hombre intentando hacer lo correcto con los medios que tenía.

Él les daría nuevos.

Anderson no tardó en comprender que los buenos policías existían porque existían los malos y los peores; estaban los burócratas y estaban los corruptos. Y el sistema que los permitía. Pensó que encontraría la manera de que el sistema fuese más eficiente y se apuntó a clases de Derecho.

Entonces la Mafia se asentó en la ciudad y se apoderó de ese barrio en el que en realidad llevaba años operando.

Anderson sabía ahora que había convertido a la Mafia en su Minotauro personal, en los molinos que tenía que abatir solo y a punto estuvo de rozar la locura. Hasta que un incidente extraño y en apariencia insignificante le salvó; conoció a Jack Tabone.

Jack Tabone y su historia de la moneda y de sus dos mejores amigos, Nick Valenti y Sandy Bonasera, era Little Italy. Ese chico, el chico de apenas dieciocho años que estaba encerrado en el calabozo de su comisaría representaba lo bueno de ese barrio, de cualquier barrio, justo antes de que se estropease. Qué pasaría si salvaba a Jack, ¿significaría eso que su proyecto no era tan descabellado, que de verdad valía la pena seguir luchando? Él estaba seguro de que sí, quería estarlo, y por eso le dio esa posibilidad a Jack.

Jack jamás sabría todo lo que él le había dado a cambio. Tenía sentido que fuese a su boda y que él le hubiese pedido que estuviese a su lado. Y en cierto modo supuso que también tenía mucho sentido que Jack se casase con Siena, la sobrina de Cavalcanti, porque Little Italy era eso, encontrar el amor y la esperanza en el lugar más insospechado y luchar para sacarlo adelante.

Cerró la carpeta del caso, él y Murphy habían trabajado suficiente para esa noche y charló con su amigo.

CAPÍTULO 19

Sean volvió a la librería a la mañana siguiente. No fue de madrugada como había hecho esa última semana porque sabía que ella no estaría esperándolo y no quería enfrentarse a esa realidad. Abrió la puerta y no le sorprendió encontrarse a Tabone esperándole. Supuso que el capitán y su amigo Valenti habían tenido ocasión de hablar durante la noche y el capitán iba a comunicarle su decisión, o su sentencia.

Si implicaba alejarse de Alessandra no pensaba aceptarla.

—¿Cómo está Alessandra?

No perdió el tiempo con un «buenos días» porque no lo eran.

—Dormida. Tú también deberías estarlo.

—No puedo dormir.

Tabone se levantó de la silla y se acercó a él.

—Tienes muy mal aspecto y estás rozando el límite de la conciencia. Tienes que dormir, Sean. No le servirás de nada a Sandy ni a nosotros en este estado.

—No puedo dormir —repitió—. Cierro los ojos y lo

único que veo son todas las cosas que podría haber hecho para que Alessandra no... —Apretó los labios—. No puedo dormir. Estaré aquí y descansaré un rato, pero no me iré a ninguna otra parte.

—Está bien. Siéntate en esa butaca. Tengo miedo de que te desplomes aquí mismo delante de mí.

—De acuerdo.

Sean se dejó caer en una butaca que había frente a la sección de literatura clásica, era la única de la librería, y dedujo que el propietario original la había puesto allí por algún motivo.

—Cierra los ojos —insistió Jack—. Sandy me ha contado qué sucedió—. Sean volvió a abrirlos, sabía que parecía un loco—. Cierra los ojos, Bradford, me imagino que vuestra conversación ha sido algo distinta, pero puedo asegurarte que lo que pasó no fue culpa tuya. Tú ni siquiera estabas allí. Sandy lo sabe y Nick y yo también.

—Eso no hace que sea más fácil, Jack.

—No, por supuesto que no, pero es un principio. —Jack cogió aire—. No sé qué haría en tu lugar, pero te diré qué voy a hacer yo en el mío. Voy a invitarte a mi boda. Es dentro de seis días. Ven.

—No puedo ir a tu boda, Tabone.

—Por supuesto que puedes. Siena insiste en que el novio tiene derecho a invitar a sus amigos y de momento mi lista incluye a Nick, Anderson y a Rourke. Ven.

—No...

—Tienes que darle tiempo a Sandy —le interrumpió—, tienes que darle tiempo y tienes que recordarle que estás aquí y que ni ella ni tú habéis cambiado. Ahora sabéis lo que pasó, pero seguís siendo tú y ella.

—Yo...

—Basta. No digas nada más y duerme un rato. Lo de ponerme filosófico no es lo mío, así que hazme un favor y si no duermes al menos cierra la boca y finge que descansas.

Sean obedeció en parte porque no quería tentar a la suerte. Había dado por hecho que Tabone le pediría que se fuera de allí y dejase el caso, y en parte porque tanto su mente como su cuerpo necesitaban un descanso. Esa noche había perdido algo precioso antes de tenerlo y le estaba resultando difícil resignarse.

Abrió los ojos una hora más tarde. No era suficiente descanso pero iba a tener que bastarle, y vio a Tabone hablando con Valenti y Rourke en círculo. Se puso en pie, algo le dijo que la seriedad de sus rostros se debía a Alessandra y no iba a permitir que le dejasen al margen.

—¿Qué ha sucedido?

Valenti y Tabone lo miraron. Quizá ellos no supieran qué hacer con él, pero Rourke sí:

—Esta mañana he mandado a uno de mis chicos al Plaza para que le pidiese a uno de los botones que llevase recado al Roxy de que la señorita Bonasera no iría hasta la tarde. El botones es de mi confianza, en ese sentido podemos estar tranquilos. Alessandra ha recibido otro ramo en su habitación.

—Otro ramo de rosas negras —especificó Valenti.

—¿Y lleva tarjeta? —preguntó Sean con cristales en la garganta.

—Sí, aquí está —Rourke se la ofreció—, las flores se han quedado en el Plaza. No quería correr el riesgo de que el enfermo que las manda estuviera observando fuera.

—Bien hecho, Rourke —lo felicitó Tabone.

—«Impaciente por tenerte cerca» —leyó Sean—. Mierda. Joder. Tenemos que averiguar quién es este tipo y cogerle antes de que estrenen la obra. Ahora podemos vigilarla, pero encima de un escenario estará muy expuesta. No pienso correr ese riesgo.

—Y nosotros tampoco, Bradford —dijo Nick quitándole la tarjeta antes de que la rompiese—. Pondremos a más hombres a preguntar por la calle. Esas rosas negras han salido de alguna parte o como mínimo encontraremos al chico que lleva los ramos al hotel. Hoy se nos ha escapado porque hemos llegado tarde, pero dejaré a uno de mis chicos en el Plaza día y noche. No volverá a suceder.

—Tengo un mal presentimiento.

—No te ofendas, Sean —Rourke le apoyó una mano en el hombro—, pero estás hecho una mierda y lo más probable es que aún estés afectado por lo de esta noche —al ver que a Sean le brillaban los ojos añadió—, me lo han contado, aunque hace tiempo que sospechaba que Alessandra era la chica que había testificado contra tu padre. Llevo años trabajando con Anderson.

—Mierda. ¿Por qué no me lo dijiste?

—Porque no estaba seguro y aunque lo hubiera estado no era mi secreto. No es mi estilo contar las historias de los demás. Hazme caso. En otras circunstancias me fiaría de tu instinto, pero hoy no. Hoy tienes que dejar que nosotros llevemos la voz cantante. Confía en nosotros. Queremos lo mejor para Alessandra —aguantó su mirada— y para ti.

Aunque iba en contra de todo lo que le definía como persona y como hombre pasar a un segundo plano y dejarles las riendas a los demás, Sean soltó el aliento y aceptó. Le sorprendió comprobar que en medio del dolor y de la confusión confiaba de verdad en esos tres hombres.

—Está bien. ¿Qué queréis hacer?

—Buscar a ese jodido hijo de puta, por supuesto. Tenemos que seguir como hasta ahora, Sandy tiene que seguir con su rutina normal —señaló Tabone—, no podemos hacer nada que le haga sospechar que estamos detrás de él.

—Los hombres de Cavalcanti están buscando las rosas negras.

—¿Cuántos ramos ha recibido ya Alessandra? —preguntó Sean, su mente era una niebla espesa de miedos y rabia, pero sabía que ese detalle era importante.

—Tres —contestó Jack.

—Tres ramos —siguió Sean— y con unas ¿veinte rosas negras cada uno?

—Más cerca de treinta que de veinte —puntualizó Rourke.

—Entonces el tipo que se las manda tiene que cultivarlas en alguna parte —dedujo Sean—. No las compra, comprar noventa rosas negras llamaría demasiado la atención, por no mencionar que dudo mucho que una floristería tenga tantas flores de esa variedad.

—Bien hecho, Sean. —Rourke le apretó el hombro.

—Yo buscaré qué diablos se necesita para cultivar esas flores —afirmó Sean—. Tengo que hacer algo, no puedo quedarme de brazos cruzados.

—Lo entiendo, todos lo entendemos, Bradford. Pero ten cuidado y no te olvides de que no estás solo en esto —Nick lo miró y Sean recordó entonces que la noche anterior, o en plena madrugada, ya no lo distinguía, Valenti le había dicho que entendía por lo que estaba pasando.

Sintió vértigo. Cuando estaba en la academia, el mero rumor de lo que había hecho su padre lo convirtió en un paria. Ahora, allí mismo, con la historia confirmada frente a ellos y con la víctima siendo quien era, esos hombres afirmaban rotundamente que estaban a su lado. Él se había convertido en quien era en medio de la soledad y de las críticas. Si se quedaba allí entre ese grupo tan dispar y a la vez tan unido de personas defectuosas pero dispuestas a ayudarlo, a apoyarlo y a arriesgar su vida por Alessandra, ¿quién sería?

«Tal vez un hombre bueno».

—No lo olvidaré.

La puerta del piso superior se abrió y unas suaves pisadas bajaron por la escalera. Sean cerró los puños y plantó con fuerza los pies en el suelo para no ir corriendo al encuentro de Alessandra. Le había prometido que esperaría y eso haría.

Por primera vez en la vida no estaba solo, no iba a huir, que era lo que en realidad había hecho siempre, y cumpliría hasta la última promesa que le había hecho a Alessandra. E intentaría hacerle muchas más, si ella llegaba a permitírselo.

—Hola —susurró ella al llegar. Ninguno de los cuatro se había movido—. No os quedéis allí plantados, soy la misma de siempre.

«Dios mío, es una mujer admirable», pensó Sean sintiendo un profundo orgullo por tener el honor de conocerla y tal vez, si tenía suerte, amarla.

—Pues claro que eres la de siempre, Sandy. —Jack fue el primero en reaccionar, pero con torpeza—. Rourke ha mandado un botones del Plaza al Roxy para decirles que irías más tarde.

—Gracias. No quería quedarme dormida, pero... —Se le rompió la voz y miró a Sean y él intentó acariciarla con la mirada, decirle de nuevo que estaba allí si ella le permitía acercarse—. Gracias. Le diré a Kazan que la cena me sentó mal y me disculparé.

—En el hotel había otro ramo de flores —siguió Nick.

—Oh, ¿y qué decía la tarjeta? —jugó nerviosa con las manos, Sean no podía entrelazar los dedos con los de ella, pero podía hacer otras cosas. Respondió a su pregunta.

—«Impaciente por tenerte cerca». No te preocupes, no dejaré que se acerque a ti. Confía en mí.

Ella asintió, Sean lo sintió como un avance a pesar de que ella apartó la mirada.

—Lo más probable es que solo sea un fan con un gusto algo macabro para las flores —dijo Alessandra.

—Tal vez, de todos modos vamos a averiguarlo —afirmó Nick—. ¿Estás lista para ir al teatro?

—Sí, estoy lista. Llegaré para el ensayo de la tarde. No quiero quedarme aquí sin hacer nada, me volveré loca. Y lo pasado, pasado está. Tengo que seguir adelante.

Esas frases arañaron a Sean por dentro. Tenía el horrible presagio de que él también estaba destinado a quedar relegado a una experiencia pasada.

—Vamos, te acompañaré al Roxy —sugirió Valenti.

Sean cerró los ojos un segundo y aguantó la respiración, los abriría en cuanto oyera cerrarse la puerta de Verona. No podía ver a Alessandra marcharse de allí sin él después de haber cruzado ese umbral juntos durante más de una semana.

—No te preocupes, Nick. Prefiero que me acompañe Sean, si no te importa.

Sean abrió los ojos atónito y buscó a Nick. Esa mujer le sorprendía siempre con su fuerza y honestidad.

—Por mí de acuerdo —declaró Valenti quitándose de en medio y cumpliendo así con lo que él y Tabone le habían dicho; si Alessandra quería estar con él, ellos no se interpondrían.

—¿Puedes acompañarme, Sean?

—¡Sí! —soltó el aliento—, por supuesto que sí.

Ella se acercó a Nick y a Jack un segundo y él farfulló que iba al baño y volvía enseguida. Se echó agua en la cara, había empezado a salirle la barba, el azul resaltaba en medio de los ojos vidriosos y con pequeños caminos rojos. Parecía un loco, pensó, o un hombre con nada que perder. Miró el reloj. Las agujas rozaban las tres de la tarde, él no recordaba la última vez que había comido o dormido como Dios manda. Ese reloj, ese estúpido reloj con la frase de la familia Hearst y su corazón. Él, si perdía definitivamente a Alessandra, dudaba mucho que recuperase el suyo.

Había oído en alguna parte que nadie puede perder lo que nunca ha tenido. Sin embargo él estaba aprendiendo que perder un sueño causaba una herida en el alma de la que jamás se recuperaría.

Salió del baño. Después de dejar a Alessandra en el Roxy iría al apartamento a cambiarse. Necesitaba estar presentable si pretendía ir al registro en busca de información sobre terrenos donde pudieran crecer esas peculiares rosas negras.

—¿Nos vamos?

Alessandra asintió y se dirigió hacia la puerta, Sean fue tras ella, pero la mano de Rourke en el hombro lo detuvo.

—Esta tarde iré yo a buscarla, tú aprovecha para descansar.

Sean quería decirle que no, que no tenía ni la más remota intención de descansar mientras pudiera estar haciendo algo para ayudar a Alessandra o para resolver el caso. Pero no lo hizo, reconoció en la mirada afable de Rourke que no se trataba de una petición. Se dijo que era porque efectivamente querían lo mejor para él, para ambos, pero durante unos segundos temió estar reviviendo el abandono que había sufrido en la academia.

Rourke se dio cuenta.

—Prometo ir a buscarte si sucede algo. —Le dio una palmada en el hombro—. Vamos, Alessandra te está esperando.

En la calle no la cogió de la mano como había hecho los últimos días, días que ahora parecían sacados de un sueño y no haber sido vividos nunca.

Cruzaron dos calles antes de que Alessandra hablase:

—Gracias por acompañarme.

Sean soltó una risa acongojada.

—Gracias por pedírmelo.

Ella suspiró.

—Quería hablar contigo. —No se detuvo, siguió caminando como si necesitase el movimiento para seguir hablando—. Siento mucho cómo reaccioné anoche.

—No te disculpes. Por favor. No te disculpes. No creo que pueda soportarlo, así que no te disculpes, por favor. Nada de lo que sucedió es culpa tuya.

—Y tuya tampoco, Sean.

—Podría haber hecho algo, podría haber acudido a uno de los amigos de mi padre, de mi abuelo, y decirles que sabía lo de los sobornos, que aceptaba un sueldo extra de la Mafia. Le habría arrestado y...

—Y nada. No sabes qué habría sucedido igual que yo tampoco sé qué habría pasado si esa noche mi madre hubiese estado en casa o si yo no hubiese salido del dormitorio. Créeme, no podemos torturarnos con modificar el pasado.

—¿Entonces qué? ¿Qué podemos hacer, mirar hacia delante? —preguntó sarcástico—. ¿Fingir que no pasa nada porque tú seas tú y yo... yo sea yo?

Alessandra bajó la cabeza, fijó la vista en el suelo.

—No, no podemos fingir. Tú eres tú y yo... —tragó saliva—, yo creo que es mejor que nos olvidemos de lo que pasó entre nosotros. Podemos ser amigos.

—No.

—¿No?

—No quiero olvidarme de lo que ha pasado entre nosotros, de lo que está pasando, Álex.

No pudo más, se detuvo y ella hizo lo mismo aunque no lo miraba.

—No sé qué hacer, Álex —le confesó Sean aterrorizado porque era verdad—. No sé qué necesitas de mí cuando antes creía saberlo. ¿Sabes que es lo más irónico de todo esto? Yo intuía que te había sucedido algo horrible, que algún hombre de tu pasado había abusado de ti o te había maltratado, y en mi mente había organizado una lista de las cosas que podía hacer para ayudarte. ¡Qué presuntuoso por mi parte!

—No, Sean, sé que intentabas ayudarme.

—No es eso, Álex, joder, no es eso. Tú... —levantó una mano muy despacio e intentó tocarle la mejilla, pero ella se apartó y él la retiró junto con un pedazo de su corazón que había ido a parar al suelo— tú eres extraordinaria y yo, aunque solo fuera por ser un hombre decente o por cumplir con mi trabajo tendría que ser capaz de ayudarte. Pero desde que sé que el culpable de hacerte tanto daño fue mi padre no, joder, no puedo reaccionar. Lo único que quiero hacer es gritar y pegarme con alguien y así no puedo ayudarte.

A ella le resbaló una lágrima por la mejilla.

—Oh, Sean, lo sé...

—¿Puedo tocarte? Por favor, dime que no me tienes miedo. Es lo único que te pido.

—No —se humedeció los labios—, no te tengo miedo, Sean. A ti jamás podría tenerte miedo. —Le cogió la mano que él tenía inerte en un costado y se la acercó al rostro. Él suspiró al notar la piel de ella—. Pero no puedo estar contigo. No puedo.

Él cerró los ojos un instante y pensó. Pensó de verdad, como no había pensado nunca, tenía que encontrar la manera de superar esto.

«No puedo, ella ha dicho "no puedo"».

—Si pudieras, ¿estarías conmigo?

—Si pudiera, seguiría yendo al cine contigo, a la feria, leería libros contigo, te escucharía hablar de tu trabajo y seguiría enamorándome de ti hasta que un día ese amor llenaría todos y cada uno de los rincones de mi vida. Pero no puedo, Sean. Piensa en lo que sucedió anoche.

—Anoche todo fue maravilloso hasta que yo cometí la estupidez de comportarme como un animal en celo.

—No, no dejaré que te conviertas en el malo de esta historia, no lo eres. No hiciste nada malo, Sean, no me forzaste ni me pegaste ni me manipulaste. Te dejaste llevar y yo daría lo que fuese por poder responder a esa clase de abandono, pero no puedo.

—Me da igual.

—No digas tonterías, Sean. No puede darte igual.

—Me da igual.

—No me estás tomando en serio —dijo entonces ella enfadada. Intentó apartarse, pero él le tocó el mentón y la detuvo unos segundos más.

—Te estoy tomando en serio, Álex, y entiendo lo que dices y sé que lo crees de verdad, así que créeme tú a mí también cuando te digo que no me importa.

—No estamos hablando de lo mismo.

—¿Quieres comprobarlo? A ti te preocupa no poder acostarte conmigo y no me crees cuando te digo que no me importa. Es verdad, no me importa. Ahora mismo lo único que me preocupa es tenerte a mi lado, seguir conociéndote.

—Pero...

—Tú tienes razón al decir que el pasado está en el pasado, pero lo mismo vale para el futuro. Está allí delante, aún no lo conocemos así que no trates de adelantarte. Tú y yo estamos aquí, en el presente.

—Sean.

—Dime una cosa. Si yo ahora mismo te dijera que me marcho a Washington esta tarde para no volver, ¿te alegrarías?

Ella abrió los ojos de par en par y buscó los de él.

—¿Te vas?

Alessandra no pudo ocultar los sentimientos que le provocaba esa noticia y el abatido corazón de Sean se recuperó un poco.

—No, no me voy a ninguna parte. ¿Vamos? Te esperan en el Roxy.

A no ser que ella se lo pidiese, Sean no pensaba irse nunca.

Se quedaría hasta encontrar al hombre que le mandaba esas flores, hasta que el caso de Anderson llegase al final, buscaría el modo de estar cerca de Alessandra y de amarla, aunque ese amor nunca pudiera salir a la luz. Se lo quedaría dentro y sería la única compañía que tendría durante el resto de su vida. Él no importaba, esa noche había aprendido eso, él no importaba. Él podía soportarlo todo si sabía que ella estaba bien y era feliz. Eso era el amor, al menos para él, lo había encontrado tarde y le había provocado mucho dolor y sin embargo no cambiaría ni un segundo de los que había compartido con Alessandra por nada del mundo.

CAPÍTULO 20

El ensayo fue bien. Esa tarde actuar fue el refugio preferido de Alessandra. Mientras representaba a Catherine Earnshaw y Cathy Linton no pensaba en ella ni en Sean ni en lo que había pasado la noche anterior. Pero cuando llegó el momento de representar la que probablemente era la conversación más romántica entre Heathcliff y Catherine le resultó imposible no recordar que durante unos segundos, unos maravillosos segundos, le había gustado sentir el cuerpo de Sean tan cerca del de ella y esos besos... esos besos no dejaban de rozarle los párpados cuando se atrevía a cerrarlos.

Utilizó esa emoción tan desconocida para ella para crear la voz de Catherine, intuía que lo que estaba pasando a ella, los nudos que le trenzaban el estómago cuando veía a Sean y las alas que aparecían en sus tobillos o en su espalda cuando él la besaba eran lo mismo que le pasaba a Catherine con Heathcliff. Igual que el miedo que la invadía y no podía contener cuando recordaba el dolor de esa noche, la horrible sensación de indefensión. Ella sabía que Sean no era Robert Hearst, lo sabía, pero no podía evitar preguntarse si ese vínculo, el que Robert y Sean fuesen padre e hijo, era lo que la había hecho sentirse unida a él desde el principio.

Era una idea enfermiza, le provocaba náuseas y quería arrancársela del cerebro, pero no podía. Por eso le había dicho antes que lo mejor para los dos sería no seguir adelante, conformarse con una insulsa amistad y fingir que ninguno se daba cuenta de lo que sucedía cuando se miraban. Él no estaba de acuerdo. Sonrió y se le encogió el corazón al revivir en su mente la breve conversación de antes en la calle.

Ella no quería creer que su atracción inicial por Sean, esa intimidad que había nacido entre ellos a lo largo de esas conversaciones de madrugada, ese primer beso tan dulce, la paciencia de él, la pasión que él le había enseñado envuelta en ternura, tuvieran que ver con que él fuera el hijo del hombre que la había violado. Alessandra quería desvincular totalmente a Sean de Robert Hearst, pero no podía y le dolía muchísimo no poder.

¿Era eso lo que le había pasado a Catherine en *Cumbres borrascosas*? ¿Y de qué le había servido no olvidar ni perdonar jamás el vínculo de Heathcliff con su padre? Había acabado vacía, sin alma de verdad y presa de una extraña melancolía.

—¡Bravo! ¡Bravo! —Los aplausos de Kazan la sacaron de sus pensamientos—. Sabía que podías hacerlo, Alessandra. Has estado magnífica.

—Felicidades, Alessandra, ha sido increíble —secundó Monty—. Gracias.

Ella se sonrojó incómoda. ¿Qué había pasado? Ella había estado tan absorta pensando en Sean y en lo que había empezado a sentir por él que prácticamente el espíritu de Catherine se había metido dentro de ella y su cuerpo había actuado sin su cerebro.

—Oh, gracias a ti, Montgomery. Gracias, Eric —Miró

al director que estaba eufórico y no paraba de decir que la obra sería un éxito.

Faltaban pocas semanas para el estreno, le alegraba ver que había conseguido emocionar a su impresionante compañero de reparto y a Kazan, pero no sabía si sería capaz de repetirlo. Aún no entendía de dónde había salido esa Catherine y, si había nacido del dolor que le causaba perder a Sean antes de tenerlo, no podría reproducirla porque de ningún modo podría vivir con esa angustia eternamente.

«Quizá no tengas más remedio».

Siguió dándole vueltas mientras se vestía y cuando salió a la calle y encontró a Rourke esperándola procuró no sentirse decepcionada. Ella le había dicho a Sean que lo suyo no podía seguir. Sentía como si hubiera arrancado de cuajo cualquier emoción que hubiese podido existir entre ellos y entendía que él hubiese decidido aceptar ese destino. Al fin y al cabo, ella se lo había pedido. Aun así se le encogió el estómago al no verlo allí.

—Sean me ha pedido que te diga que más tarde estará en Verona —Rourke la saludó con estas palabras.

—Gracias.

—De nada.

Se alejaron del Roxy y recorrieron las calles de Nueva York hablando de Hollywood. Alessandra adivinó que Rourke pretendía alejar su mente de los sucesos de los últimos días y lo adoró por ello. Cuando llegaron a Verona, Nick los estaba esperando. Alessandra subió al apartamento un rato, los ensayos la dejaban exhausta y descansó un poco. Se preparó una infusión de menta y se quitó los zapatos de tacón. Un rato más tarde, Nick subió a preguntarle si le apetecía ir a cenar a su casa, Juliet había preparado uno de sus platos preferidos y les encantaría contar con su compañía. Ella declinó, le dijo que esa noche no sería muy buena compañía.

—Vamos, ven, últimamente no te hemos visto demasiado.

No la habían visto porque había pasado las noches de la última semana paseando con Sean, el recordatorio fue suficiente para que sintiera el escozor de las lágrimas.

—Está bien. —Aceptó ir a cenar. Si se quedaba allí, la casa y los recuerdos de la noche anterior se le caerían encima—. Dame unos minutos.

Nick sonrió igual que cuando eran pequeños.

—Te espero abajo.

La sonrisa de Nick le dio ánimos, le recordó que todo pasaba y que a veces, en contadas ocasiones, los finales felices existen. A ella no le había tocado... «o tienes miedo de ir tras él». No, miedo no tenía, sencillamente era consciente de que se había reconstruido demasiadas veces. ¿Qué quedaba de ella? Nada, esa era la respuesta y, aunque no disfrutaba haciéndole daño a Sean ni quería castigarle por ser hijo de quien era, sabía que él sí se recuperaría de aquello, algo que no había llegado ni a existir, y algún día le daría las gracias por ello.

Ella se conformaba con que Sean, si la recordaba en el futuro, lo hiciera con cariño y no con amargura.

Se pintó los labios de un favorecedor rojo anaranjado, algo había aprendido de las maquilladoras de Hollywood, y tras coger su abrigo bajó en busca de su amigo, ser testigo de la felicidad de Nick con Juliet le iría bien para el alma.

Sean saludó como de costumbre a los hombres que había apostados cerca de Verona, esa noche eran de Anderson, y entró en la librería, que estaba sumida en una completa y fría oscuridad. Era curioso que ahora la oscuridad le pareciera fría cuando antes no le había otorgado ninguna percepción calórica a la falta de luz. No era la ausencia de claridad lo que le producía frío, sino la de Alessandra. Ella no estaba por ningún lado y llevaba allí más de una hora sin haber oído pisadas en el piso de arriba.

Sabía que ella estaba en casa, de lo contrario el coche de vigilancia no habría estado allí apostado. Lo que pasaba era que ella o estaba completamente dormida o no quería verlo. Supuso que la segunda opción era la correcta, después de la conversación de esa mañana no debería sorprenderle, pero deseó que fuese la primera.

Ocupó su lugar habitual e intentó concentrarse en el trabajo. Tenía la sensación de que hacía una eternidad que no lo hacía. A él, que siempre había antepuesto el trabajo a todo, ahora se le ocurrían mil cosas que hacer antes de comprobar la solidez de las pruebas de Anderson. Encontró una hoja con anotaciones que había hecho días atrás sobre el caso de su padre y la arrugó entre los dedos como si fuera el corazón de su progenitor. Ojalá pudiera hacerlo. No paró hasta notar que le temblaba la mano.

Buscó la libreta en la que Alessandra había estado apuntando los números de placa, torturarse con la caligrafía de ella le pareció apropiado, y después sacó los informes que tenía sobre distintos altos cargos que aparecían en la lista. Fue una tarea ardua y pesada, pero al final consiguió casar los importes que aparecían en el libro de cuentas de la familia de la Mafia con los gastos de esos policías; una casa en Miami, una boda en un hotel de cinco estrellas. Habían sido unos estúpidos.

Aunque estaba concentrado en los papeles que tenía delante oyó el instante exacto en que se abrió la puerta del apartamento. No se movió, tal vez ella no bajaría y no quería asustarla ni hacerse ilusiones. Cada vez le costaba más acallarlas.

Es lo que tenía la esperanza, que una vez había empezado a sentirla ya no sabía cómo pararla. Y tampoco quería, la esperanza, igual que dicen los reos, era lo único que tenía e iba a aferrarse a ella hasta que pudiera sustituirla por algo mejor como el amor.

Oyó unos pasos descalzos y se le aceleró la respiración. Dejó de fingir que estaba leyendo, aunque siguió mirando hacia delante y sin darse la vuelta.

—Hola, Sean. No iba a venir.

Sean giró, no podía estar más rato sin verla.

—Y aquí estás.

—Sí, aquí estoy. —Ella le sonrió con tristeza, o así se lo pareció—. Aún no sé si debería volver a arriba.

—¿Por qué?

Sean no se había levantado de la silla y ella se había sentado en el primer escalón.

—Porque antes te he dicho que no deberíamos seguir con esto y... —levantó las manos— y aquí me tienes.

Ojalá te tuviera, pensó Sean, pero respiró despacio y se obligó a seguir donde y como estaba.

—Te dije que podías hacer lo que quisieras. Lo dije en serio.

—No es justo para ti, Sean.

—No te preocupes por mí, Álex.

Ella desvió la mirada hacia las estanterías de la librería en un intento de contener las lágrimas. Él lo vio y clavó los dedos en el respaldo de la silla.

—Esta mañana o madrugada —intentó sonreír—, no estoy seguro de qué hora era, Jack me ha invitado a su boda.

—Oh, no lo sabía.

—Si prefieres que no vaya, dímelo.

—No, no, no pasa nada. Es la boda de Jack y Siena. Si Jack te quiere allí, tienes que ir. No se le da muy bien hacer amigos.

Respiró mejor al ver que ella volvía a bromear con él.

—Sí, eso me ha dicho. Es este sábado. Si cambias de opinión, dímelo. No tienes que justificarte.

—No cambiaré de opinión, Sean.

Ella sabía que a Jack no se le daba bien hacer amigos e intuía que Sean era incluso peor. Los dos eran hombres extraordinarios, de eso ella no tenía ninguna duda, y no iba a ser tan egoísta como para impedir que se comportasen como tales.

—De acuerdo. Gracias.

Alessandra soltó el aliento. Era injusto que no pudiese responder a la ternura y a la comprensión de Sean como quería, porque ella quería acercarse a él y apartarle ese mechón de pelo que le caía en la frente o incluso acariciarle la mejilla que a esa hora debía de rascar por la barba. Quería todo eso y más, mucho más, pero el miedo la convertía en prisionera del pasado y por mucho que lo negara o le doliera reconocerlo en su cabeza no paraba de oír «es el hijo de Robert Hearst».

Se puso en pie y vaciló nerviosa.

—Creo que debería volver arriba.

Sean no iba a moverse. Se arriesgó de otra manera.

—Yo tampoco puedo dejar de pensarlo, que soy el hijo del hombre que te hizo tanto daño.

Ella lo miró.

—No quiero relacionarle contigo. No puedo. —Alessandra se sujetó de la barandilla—. Pero no puedo evitarlo.

—Lo sé. Lo entiendo. —Apretó los dientes—. No te preocupes.

—No te pareces a él.

—No. Supongo que de eso debo sentirme afortunado. —Miró los papeles, giró el rostro para darle a ella la oportunidad de irse, pero al no oír ningún ruido se animó a seguir adelante—: Iba a repasar las fotografías del caso, ¿te apetece ayudarme? Es un trabajo aburrido, tengo que comprobar que las personas que aparecen son las que Anderson, Nick, Jack o Rourke dicen que son.

—Claro.

Ella caminó hacia él. Tal vez, pensó Sean, necesitaba una excusa para quedarse, no que le hiciera falta.

—¿Qué tengo que hacer exactamente?

Alessandra se sentó en la silla que quedaba justo enfrente a la de Sean y lo miró a los ojos. A él le latió el corazón de un modo distinto, más pleno, al ver que ella llevaba ese pijama y la trenza de las otras noches.

Le pasó una caja de fotografías y una lupa.

—En principio Jack o Nick o alguien de su equipo ha escrito detrás de cada fotografía el nombre de las personas que aparecen y el día en que se tomó, ¿lo ves? —Giró una para demostrárselo—. Estas son las fichas de la policía, están confeccionadas a base de permisos de conducir, licencias de restaurantes, artículos de periódicos, etc. Básicamente se trata de certificar que no colocamos a nadie en el lugar equivocado.

—Es muy meticuloso. ¿Tu trabajo siempre es así?

—¿Así de aburrido, quieres decir?

—No —ella volvió a sonreírle y él le guiñó el ojo—, no quería decir eso. Quería decir si siempre es tan exhaustivo.

—Sí. Cuando era pequeño en mi casa se hablaba del honor, de la justicia, del valor, a mí siempre me parecieron conceptos demasiado etéreos. Las pruebas, sin embargo, son reales, puedes tocarlas y si son sólidas te llevan a la verdad. Es muy difícil que una prueba fiable te traicione. Por eso hay que mirarlas desde todos los ángulos posibles.

—Yo hago algo parecido cuando leo un guion —se sonrojó—, intento estudiar la historia desde el punto de vista de todos los personajes, no solo desde el que voy a interpretar yo. No estoy insinuando que tu trabajo se parezca al mío. El tuyo es mucho más importante.

—¿Por qué dices eso? No es verdad.

—Claro que lo es, tú eres policía.

Él enarcó una ceja.

—Sí, lo sé —ella apartó la mirada un segundo, pero enseguida se la devolvió—. No todos los policías son como tú, pero tú haces que todas esas frases sobre el honor, la justicia y el valor que dices que oías en casa tengan sentido para la gente como yo. En cambio yo… hago películas. Eso ahora, porque hace unos años hacía de corista.

—Tú haces soñar a la gente como yo, Álex.

—Gracias —Jugó con el extremo de la trenza y bajó la vista hacia la fotografía.

Sean la observó durante unos segundos y después se centró en la suya.

Sí, pensó, la esperanza era algo muy peligroso porque ahora que había empezado a sentirla no iba a renunciar a ella.

Vaciaron esa caja de fotografías en una hora. La hoja en la que había escrito Alessandra estaba llena de datos ordenados y en fila, la de Sean no, pero él ya estaba acostumbrado. Se la veía cansada, había bostezado en dos ocasiones y se había frotado la nuca otras tantas.

—Deberías acostarte, Álex.

Ella parpadeó y después centró la mirada en él.

—¿Por qué me crees, Sean?

—¿Qué?

—¿Por qué no has dudado de mí ni un segundo? —Él entrecerró los ojos, sabía de qué le estaba hablando aunque su mente se negaba a hacerse a la idea. ¿Qué clase de vida había vivido Alessandra? ¿Cómo era posible que no la hubiera destruido y que en su interior retuviera aún tanta dulzura y ganas de amar?—. ¿Por qué no me has acusado de mentir? Cuando nos conocimos me dijiste que tu padre era un policía corrupto al que habían acusado injustamente de una violación y…

—No sigas. Por favor. Tienes razón, eso fue lo que te dije

y supongo que quería creérmelo. Pero lo cierto es que acepté este caso porque Anderson me dijo o insinuó, mejor dicho, que así tendría acceso a información sobre mi padre. No me gusta reconocerlo, no dice nada bueno de mí mismo, pero si de verdad hubiera creído en la inocencia de mi padre habría encontrado la manera de demostrarla hace años.

—No puedo hacerme a la idea de que era tu padre.

Sean alargó una mano y cogió la de ella, que estaba temblando. Alessandra no la apartó sino que entrelazó los dedos con los de él y a Sean le falló la voz durante unos segundos.

—Quería que fuera inocente de algo tan horrible igual que de pequeño quería creer que el dinero para la casa nueva había salido de un ascenso. Recuerdo a mi padre en esa época, le vi unas semanas antes de la matanza del bar de los irlandeses —fue incapaz de citar esa noche de otra manera—; yo aún estaba en la academia, si hubiera estado aquí... —Alessandra le apretó los dedos—. Le vi en un acto que se realizó allí, una entrega de premios o de galardones por una jubilación, no lo recuerdo. —Se frotó la frente con la otra mano—. Mi padre estaba borracho, no lo suficiente para caerse al suelo pero lo bastante para estar insultante. Discutimos, le dije que bebía demasiado y que era un vergüenza para la placa que representaba y para nuestra familia. Él me insultó, me dijo que no sabía cómo funcionaba el mundo real y desapareció. Se pasó el resto de la noche hablando con dos superiores. Los nombres también están en esa lista.

—Lo siento mucho, Sean.

—No lo sientas, tú no. Por favor. Te creo porque te vi los ojos, Álex, porque nadie puede fingir esa clase de reacción. Te creo porque sé que es verdad, porque aunque durante años he intentado convencerme de lo contrario sé que mi padre era capaz de eso. —Se tragó las náuseas—. Y te creo porque siento dentro de mí que no mientes, lo he sentido desde el primer día.

—Yo también he sentido algo especial por ti desde el primer día. —La cara de tristeza de Alessandra impidió que a Sean se le acelerará el corazón tras oír esa afirmación—. ¿Tú crees que... —ella tragó saliva— crees que lo que me hizo tu padre tiene algo que ver?

—¿¡Qué!? ¡No! —Sean le soltó la mano y se puso en pie, necesitaba caminar—. No. Por supuesto que no, Álex. Lo que hace que me sienta atraído hacia ti no tiene nada que ver con mi padre, tiene que ver contigo y conmigo y nadie más. Y no es solo atracción. Dios —se pasó las manos por el pelo—, no sé si deberíamos mantener ahora esta conversación, cariño, pero la atracción puedo controlarla. Si solo me sintiera atraído por ti y tú me dijeras que no quieres seguir adelante con nuestra relación, te dejaría ir y te desearía toda la felicidad del mundo con otro hombre.

—¿Y ahora no me deseas eso?

—No... —rio agotado—, me gustaría decir que sí, pero lo cierto es que quiero más que nada en este mundo que nos des una oportunidad. Y no tiene nada que ver con mi padre o con un sentimiento de culpabilidad o de lo que sea. Tiene que ver con los paseos que hemos dado cada mañana de camino al Roxy, con estas madrugadas que pasamos juntos, con que contigo no sé fingir y no puedo mantenerme indiferente. Tiene que ver con los pocos besos que nos hemos dado y que, Dios, se han convertido en los más importantes de mi vida. Tiene que ver con todo esto y con muchísimas cosas más, con tu pijama, con tu talento, con que, joder, tengo ganas de ser mejor hombre desde que te conozco. Pero no tiene que ver con Robert Hearst.

—Sean, yo...

—No digas que no. No me pidas que te deje ir y que además te desee que seas feliz con otro.

Alessandra se puso en pie y caminó decidida hasta él.

—No iba a pedirte nada de eso. Iba a decirte que yo tampoco te deseo toda la felicidad del mundo con otra mujer.

Sean se rio, se rio y el sonido fue tan sincero y repentino que le sacudió el torso. Reía, lloraba, el alivio que sentía amenazaba con ponerle de rodillas si ella no lo tocaba pronto.

—Oh, Álex, ven aquí. Por favor.

Ella sonrió al ver que él se enjugaba una lágrima de la risa y separaba los brazos para abrazarla.

—Lo lograremos, lo sé —juró él besándole el pelo—. Deja que lo intentemos. Por favor.

Alessandra se acurrucó en el pecho de Sean y ni un solo maravilloso segundo pensó en otro hombre que no fuera él.

—De acuerdo.

CAPÍTULO 21

La actividad frenética de los dos días siguientes provocada tanto por la inminente boda de Jack Tabone y Siena Cavalcanti, como por la próxima llegada del superintendente Anderson y los pocos días que faltaban para el estreno de *Cumbres borrascosas* hizo que Sean y Alessandra solo pudieran compartir esos paseos por la mañana de la librería Verona al teatro Roxy y esas horas que le robaban a la noche cada madrugada.

Alessandra hablaba con Sean sin reservas, estaba dispuesta a contarle cualquier secreto de su vida, pues sentía que con él estaba a salvo. Sean se mostraba paciente con ella y al mismo tiempo generoso, no le ocultaba nada sobre su pasado y hablaba de sí mismo y de las decisiones que había tomado con tanta sinceridad que ella sentía que recibía un regalo que nadie había visto antes. Tenía el presentimiento de que él jamás había compartido nada con nadie y eso la hacía sentirse honrada y también algo culpable porque ella de momento no podía darle tanto. Quizá nunca. Y él se lo merecía todo. Él era un gran hombre que insistía en llevar sobre sus hombros una carga abrumadora que no le correspondía. Ella sabía que conocer a Sean pasaría a ser lo mejor de su vida, tanto si pasaba con él el resto de la misma como si se separaban al día siguiente.

Los ensayos habían seguido adelante, Kazan estaba entusiasmado con ella, Monty no cesaba de halagarla y de decirle que esa obra marcaría un antes y un después en su carrera y Alessandra estaba segura de que su Catherine y su Cathy estaban unidas a los sentimientos que Sean había logrado despertar en ella. Había aprendido a disfrutar de cada escena de la obra, pues a su manera la hacían sentirse cerca de Sean sin correr ningún riesgo. Fuera del teatro, él le cogía la mano y días atrás la había abrazado, pero aparte de eso y de algún que otro beso en los nudillos y en la frente —que a ella le aceleraban el corazón, el pulso y la alejaban varios metros del suelo— mantenía las distancias.

Esa noche había ido a cenar con Jack y Siena a casa de Cavalcanti y había sonreído al ver que su anfitrión tenía a su lado a una hermosa y elegante mujer, Catalina Moretti; la antigua profesora de violín de Siena y el único amor de Luciano Cavalcanti, según reconoció él mismo al presentársela.

—Veo, señor Cavalcanti, que la otra noche no fue del todo sincero conmigo —le dijo Alessandra cuando se sentaron en el salón para disfrutar de un delicioso café.

—No todo el mundo se atrevería a decirme algo así, señorita Bonasera —le respondió con una sonrisa.

—Llámeme Alessandra.

—Si usted me llama Luciano.

—De acuerdo, Luciano. El otro día no me dijiste que tenías motivos para confiar en el amor. —Señaló con la taza a la señorita Moretti.

—Cierto. —El amor era evidente—. Aunque en mi defensa diré que esa noche creía haberlo perdido.

—Me alegro de que estuvieses equivocado.

—Yo también, Alessandra, yo también.

Jack la llevó de regreso a Verona y se despidió de ella en la puerta. Alessandra iba a ponerse el pijama, había sido un día muy largo, pero la cena y la conversación habían sido muy agradables y no tenía ganas de que acabase la noche. Oyó ruido en la librería y bajo sin pensárselo dos veces.

—¿Álex?

La voz de Sean le hizo acelerar el paso hasta que de repente se detuvo en el penúltimo escalón. Tenía ganas de verlo, tenía muchísimas ganas de verlo y si fuera una chica normal correría hacia él y le rodearía el cuello con los brazos para besarlo.

«Soy una chica normal».

El corazón amenazó con dejarle una marca en la piel de lo fuerte que latía, los tacones que no había llegado a quitarse repetían el mismo ritmo en el suelo de madera. Llegó al último escalón y lo vio allí de pie, frente a la entrada. Desde esa noche él siempre se esperaba allí unos segundos por si ella le pedía que se marchara. Él no se lo había dicho, pero ella sabía que ese era el motivo y le dolía. Y al mismo tiempo le parecía un milagro haber encontrado a un chico así y que él la hubiese encontrado a ella.

—¡Sean!

Corrió hacia él, los ojos de Sean en aquel instante quedarían grabados en la memoria de Alessandra, y no se paró hasta que quedó pegada a él y sus fuertes brazos la rodearon por la cintura. A Sean le temblaban las manos cuando le acarició la espalda y el pelo.

—Hola —susurró algo inseguro.

—Hola. Tenía ganas de verte.

—Yo también a ti, por eso he venido antes.

Él no la soltó, pero a través de su postura le dijo a Alessandra que podía apartarse cuando quisiera, que él no haría nada para retenerla.

—Tendrías que haber venido a cenar con nosotros.

Ella sabía que Jack le había invitado y que Sean había declinado. Suponía que era el modo que tenía Sean de darle tiempo y espacio y en cierto modo también de protegerse y podía entenderlo. Tras esa conversación habían quedado atrapados en lo que parecía el entreacto y no podían seguir así. Él, tarde o temprano, iba a tener que volver a Asuntos Internos y ella, a Los Ángeles. Si su relación no había avanzado entonces, ¿qué sucedería?

La absurda idea de perder a Sean y no volver a verlo la hizo estremecerse.

—¿Tienes frío?

—No.

Alessandra se apartó y depositó un único beso justo en los botones de la camisa. Lo sintió aflojar los brazos.

—Tenía ganas de verte —repitió Sean guardándose las manos en los bolsillos— porque quería proponerte algo.

—¿Ah, sí? —Sonrió ilusionada. Desde esa noche no habían vuelto al cine ni a la feria, solo iban de Verona al Roxy y volvían, si tenía suerte y no iba a buscarla Rourke o Nick o Jack.

—Sí. —Él también sonrió, a ella le pareció que él estaba inseguro, pero eso era imposible—. Hace unos días me encontré con mi tío Patrick. Bueno —paseó por la librería, sí, estaba nervioso, ese detalle hizo brotar en Alessandra una fuerte ternura—, en realidad no es mi tío. Era uno de los amigos de mi padre, uno de los pocos que le plantó cara. Discutieron años antes de que mi padre muriese.

—¿Y has vuelto a verle?

Alessandra no entendía nada.

—Sí, la otra noche, fue por casualidad. Era policía, pero ahora tiene un gimnasio en Brooklyn, el Brothers in Arms. He pensado que podríamos ir, me gustaría enseñarte algo.

—¿Ir? ¿Ahora?

—Sí, o cuando tú quieras.

—¿A un gimnasio?

Sean soltó el aliento y le cogió las manos. La sonrisa que había mantenido hasta entonces perdió algo de fuerza.

—No puedo quitarme de la cabeza lo que me dijiste esa noche, que te sentiste indefensa. —Alessandra palideció y él siguió adelante—: Deja que haga esto por ti. Puedo enseñarte a defenderte. En la academia hice de profesor suplente el último año y durante mi primer año en el cuerpo visité varios hospitales impartiendo esta clase a enfermeras y víctimas de violación.

—Por eso eras tan cuidadoso desde el principio —adivinó Alessandra.

—Tal vez mi profesión me permitió ver ciertas cosas antes de que estuvieras dispuesta a contármelas, Álex, pero fui y soy como soy contigo porque me importas. Mucho.

Alessandra dudaba que él pudiese hacer nada por ella en ese sentido, pero en sus ojos vio que necesitaba hacerlo y asintió.

—De acuerdo. ¿Nos vamos ahora?

—Sí, aún es pronto, así que si nos damos prisa podrás volver a tiempo de acostarte y descansar un rato para mañana. Mañana es el ensayo con luces, ¿no?

—Sí. —Sonrió, le emocionaba que él recordase esos detalles de su vida—. Iré a buscar algo de ropa y bajo enseguida.

No tenía ni idea de qué hacía falta para esa clase que Sean quería darle, pero seguro que no podía ir con tacones. Encontraría algo que le sirviera.

—No es necesario. He estado con el tío Patrick esta mañana, supongo que debería dejar de llamarlo así y limitarme al Patrick. Le he pedido que se ocupase de ello y tenemos dos uniformes esperándonos.

—Está bien. De acuerdo —repitió—. Vámonos.

—No estés nerviosa, te prometo que no es tan malo como crees.

Fueron al Brothers in Arms en taxi. Sean se aseguró de saludar a los hombres que estaban esa noche vigilando Verona para que supieran que salían un rato. Durante el trayecto Alessandra le preguntó si ese gimnasio era al lugar donde había desaparecido las últimas tardes.

—Durante un rato sí, necesitaba hacer ejercicio. Pero Patrick también me ha estado ayudando a buscar información.

—¿Sobre qué?

—Sobre el caso.

Alessandra tuvo el presentimiento de que Sean le estaba ocultando algo, pero el vehículo se detuvo y no pudo preguntárselo. Supuso que eran imaginaciones suyas.

—Patrick me ha prestado una llave —le explicó Sean al abrir la puerta—. A estas horas estaremos solos.

La condujo a través de una pequeña entrada que estaba llena de fotografías en blanco y negro de boxeadores, unos cuantos llevaban el nombre del gimnasio bordado en el albornoz. En varias de ellas salía un hombre calvo de aspecto robusto y mofletes contundentes y dedujo que ese debía de ser Patrick.

—¿Ese es tu tío? —Lo señaló.

—No es mi tío, pero sí, ese es Patrick. Está muy enfadado conmigo porque no he mantenido el contacto con él durante todo este tiempo, y la verdad es que tiene razón. Tendría que haberlo hecho, tal vez así habría reaccionado antes.

—Creo que eres demasiado duro contigo mismo, Sean.

—Yo creo que no. Vamos, es por aquí.

Encendió las luces y Alessandra se encontró frente a un gimnasio. Gran parte del suelo de madera estaba cubierto por un tatami verde, en una esquina había un cuadrilátero donde entrenarían los boxeadores de las fotografías y en la pared del fondo había unas espalderas. El local entero se veía funcional y gastado por el uso de sus visitantes, aunque también era evidente que el propietario lo cuidaba con esmero.

—Tras esa puerta están los vestuarios, dentro encontrarás una bolsa con tu ropa. Yo me cambiaré aquí. No hay vestuarios para chicas —intentó bromear Sean, pero Alessandra se dio cuenta de que le costaba hacerlo.

Todo aquello tenía que ser muy difícil para él. Lo que le había pasado a ella la había marcado, pero al menos ella sabía quién era. Sean sin embargo acababa de perder por segunda vez el respeto hacia su padre y en esta ocasión había descubierto algo tan horrible de él que le hacía dudar incluso de sí mismo. Y solo le preocupaba si ella estaba bien. Nunca pensaba en él, dedujo Alessandra con el corazón encogido.

«Ya va siendo hora de que alguien lo haga».

—Gracias. Volveré enseguida —farfulló. Sean se merecía que alguien cuidase de él, que lo antepusiera a todo lo demás. Ella quería ser ese alguien, lo quería con todas sus fuerzas y si para conseguirlo tenía que enfrentarse a sus temores lo haría.

En el vestuario encontró efectivamente una bolsa de deporte en cuyo interior había un pantalón de algodón azul marino similar al que utilizaban los cadetes de la academia, una camiseta blanca que le llegaba hasta la rodilla y unos calcetines gruesos del mismo color. Se vistió, tuvo que doblarse el bajo del pantalón dos veces, y se trenzó el pelo como hacía cada noche. Volvió al gimnasio y cuando vio a Sean con el mismo atuendo que ella se quedó sin aliento.

A él la camiseta se le pegaba al cuerpo y los pantalones le marcaban los músculos de las piernas. Sean se giró al oírla y le sonrió y tal vez fue la camiseta o la luz de ese gimnasio, pero fuera lo que fuese logró que ella se hundiera en el azul de los ojos de él y no quisiera salir jamás.

—Estás preciosa.

Él pareció arrepentirse de esas palabras al instante y Alessandra lamentó de nuevo que las cosas entre ellos no fueran de otra manera, deseó que él no tuviera que ser tan cauto y que ella no tuviese tanto miedo.

«Voy a perderlo».

—Gracias. Tú también estás muy guapo.

Él se rio, Alessandra decidió que haría cualquier cosa con tal de escuchar ese sonido más a menudo. A diario a poder ser.

—Vamos, acércate.

Estaba de pie en el centro del tatami, ella caminó, notó que la colchoneta se hundía bajo su peso, y llegó hasta donde estaba él.

—¿Qué tengo que hacer?

—Voy a enseñarte unos cuantos trucos para defenderte. Voy a tener que tocarte, que sujetarte, ¿de acuerdo?

—De acuerdo.

—Si quieres que te suelte, solo tienes que decírmelo. Lo entiendes, ¿no?

—Sí, lo entiendo.

—Repítemelo, necesito saber que entiendes lo que vamos a hacer. No quiero asustarte, es lo último que deseo.

—Vas a sujetarme y si quiero que me sueltes solo tengo que decírtelo, ¿contento?

—Aún no. —Le guiñó el ojo, le gustaba ver que ella tenía carácter—. Imagínate que vas por la calle y un tipo te sujeta así cuando giras por un callejón —le colocó las manos en los hombros—, ¿qué harías? —Alessandra empezó a temblar, pero no le pidió que la soltara—. Piensa, Álex, puedes hacerlo.

—¿Empujarle?
—No es mala idea, pero fíjate. Mis manos te están bloqueando los hombros, así que has perdido fuerza en los brazos. Ya lo verás, trata de empujarme. —Lo intentó y vio que él tenía razón—. Sin embargo tus piernas están libres. Si levantas la rodilla... —ella iba a hacerlo y él la detuvo—, todavía no, tengo que poder seguir con la clase, pero veo que me has entendido.
—¿Esto siempre funciona?
—Siempre. Créeme.
—¿Qué más?
Los dos estaban sudando y tenían la respiración entrecortada. Sean tardó más que ella en reaccionar.
—Eh... —carraspeó—. Sí, veamos. Imagínate que el ladrón no es un completo inepto y además de sujetarte las manos así —le retuvo ambas muñecas con una sola mano detrás de la espalda—, coloca una pierna entre las tuyas para que no puedas golpearle donde más duele.
—No puedo hacer nada —farfulló Alessandra. El miedo que siempre la asaltaba cuando se imaginaba tan cerca de un hombre no la estaba acechando ahora, lo que sí tenía era mucho calor porque estaba pegada a Sean y podía oler su perfume y ver los poros de su piel en el cuello, y su aliento le hacía cosquillas. No podía pensar, la única duda que tenía en la mente era si la piel de él sabría tan bien como se imaginaba. Tembló al darse cuenta que por primera vez en la vida una imagen de esa clase se formaba en su mente.
—Claro que puedes —insistió él ajeno al verdadero estado de Alessandra—. No tengas miedo y piensa. Tu inteligencia puede salvarte la vida.
Intentó forcejear y empujar a Sean con las caderas, pero solo sirvió para que ambos perdieran el aliento.
—No puedo.
—Tu error ha sido intentar soltarte, Álex. Deja de for-

cejear, deja que tu cuerpo caiga muerto. —Ella le hizo caso y vio que la postura de él cambiaba—. Y ahora echa la cabeza hacia atrás y mírame. —Los dos tenían las pupilas dilatadas—. Si yo te estuviera atacando ahora, tendrías que golpearme la cabeza con la tuya, ¿lo entiendes?

Ella se humedeció el labio y notó que él le apretaba con más fuerza las muñecas.

—Lo entiendo.

—No te asustes —le advirtió justo antes de mover una pierna detrás de las de ella y precipitarlos al suelo. Él quedó tumbado encima—. Mírame, Álex, soy yo, ¿de acuerdo?

A ella le costaba respirar.

—De acuerdo.

—Solo será un segundo y después me apartaré. Si quieres que me aparte ahora, dímelo.

Ella cerró los ojos un segundo.

—No, quédate. —Los abrió—. Quiero saber qué hacer si… Quiero saber qué hacer.

Sean le sujetó las manos por encima de la cabeza, se odió por estar haciendo eso, pero creía en lo más profundo de su ser que Alessandra necesitaba dejar de sentirse indefensa para recuperarse.

—Tu atacante te sujeta las manos, ¿qué haces tú?

—Intento darle una patada en la entrepierna.

Él se colocó de tal manera que le bloqueó ambas piernas.

—¿Y ahora?

—Dejo de forcejar para que él también se relaje e intento darle un golpe en la cabeza con la mía.

—Apunta siempre a la nariz, ¿de acuerdo?

—La nariz, hecho. ¿Ya está?

—Solo falta una cosa. —Sean soltó el aliento—. Siento lo que voy a hacer, Álex.

Alessandra abrió los ojos como platos al ver que Sean

manipulaba una navaja con la mano que tenía libre y la acercaba a su cuello.

—¿Qué estás haciendo?

—Dime qué harías si tu asaltante te apunta con una navaja. —La colocó cerca del cuello, no lo bastante como para cortarla pero sí para que la notase—. O si amenaza con hacer daño a tus hermanos.

—Apártate.

—¿De verdad quieres que me aparte? Contéstame antes, Álex. Dime qué harías.

—¡No lo sé! —gritó ella— ¡No lo sé! ¿Es eso lo que quieres oír? No lo sé...

—Sobrevivir. Eso es lo único que tienes que hacer, cariño, lo que hiciste. Lo hiciste muy bien.

—No... —Notó las lágrimas antes de comprender que estaba llorando—. No...

—Sí. —La navaja cayó de los dedos de Sean y también aflojó los dedos que retenían las muñecas de ella. Le acarició el pelo—. Sí, Álex. Si alguna vez estoy lejos de ti y te sucede algo, lo único que tienes que pensar es que tienes que sobrevivir. Pase lo que pase, tienes que sobrevivir.

—¿Por qué?

—Porque no puedo imaginarme un mundo sin ti.

Él se humedeció los labios y fijó la vista en los de ella, seguía tumbado encima y fue acercando lentamente la cabeza a la de ella. Sus bocas casi se rozaron, pero de repente él se apartó y se tumbó junto a ella en el tatami tras soltar una maldición.

—Joder. Lo siento, Álex, no pretendía llegar tan lejos.

Alessandra giró la cabeza hacia él y vio que se estaba tapando los ojos con el antebrazo. Tenía la respiración acelerada y el torso le subía y bajaba erráticamente. Gotas de sudor le cubrían los brazos y también el cuello.

Se sentó. Él no la vio, y aprovechó para seguir observándole. Levantó una mano y pasó los dedos por entre el pelo negro de Sean también empapado de sudor. La respiración de él se detuvo por completo para reanudarse tras unos segundos. Sean se mantuvo quieto. Quizá no quería moverse o quizá pensó que ella necesitaba explorar a su ritmo y en silencio.

Alessandra le apartó el antebrazo porque quería verlo, el cuerpo de Sean era impresionante, pero su rostro era lo que siempre tendría grabado en el alma. Pasó unos dedos por el tabique de la nariz y después por los pómulos. Recorrió la forma de los labios y dejó que la respiración ahora entrecortada de él le hiciera cosquillas en los dedos. Y cuando esas cosquillas subieron por la mano, el brazo y le llegaron a los labios, Alessandra se agachó y buscó los de Sean para ver si así lograba calmar esa sed que solo él había despertado en ella.

El cuerpo entero de Sean se tensó al notar los suaves labios de Alessandra y se obligó a no reaccionar. Hundió los dedos en el tatami, le compraría uno nuevo a Patrick si lo agujereaba. Pensó que Alessandra mantendría la caricia inocente y cuando sintió la lengua de ella buscando entrar en su boca casi gimió de placer.

La erección que había intentado dominar desde que la había visto esa noche se rebeló en su contra y maldijo esos estúpidos pantalones de deporte que no ocultaban nada.

—Álex —suspiró.

—¿Puedo besarte, Sean?

Él respondió colocándole una mano en la nuca y tirando de ella con cuidado. Las mitades superiores de sus cuerpos estaban en contacto mientras las inferiores seguían alejadas y la de él le prometía odiarle durante el resto de su existencia.

Alessandra apoyó una mano en el tatami y la otra en el torso de Sean y exploró la boca de él con detenimiento y curiosidad. Quería aprender qué clase de caricias conseguían que Sean gimiera, qué lugares de su boca retenían mejor su sabor y qué podía hacer para que él flexionase los dedos de esa manera y le acariciase el pelo.

Quería que esos besos se convirtieran en un pozo infinito de caricias, de besos que empezaban y no acababan nunca y de noches que se alargaban hasta la madrugada. Quería descubrir la pasión con él, sentir esas manos que él ahora retenía recorriendo su cuerpo sin ninguna restricción.

Quería que ese beso significase un principio, cientos de ellos, miles, y ningún final.

Quería todo eso con él y, aunque sabía que el camino iba a estar lleno de obstáculos, quería empezar a recorrerlo con él. Porque si él estaba a su lado, si él la besaba y no la soltaba, lo conseguirían.

—Sean...
—Dios santo, Álex, vas a matarme.
—Quiero estar contigo —dijo ella apresuradamente.
Él abrió los ojos de golpe.
—¿Qué has dicho?
—Quiero estar contigo. —En esta ocasión consiguió pronunciar todas las sílabas.
—Álex... —Levantó una mano para acariciarle el rostro—... vuelve a besarme.

Ella sonrió e hizo lo que él le pedía. En medio del beso, él movió la mano que tenía en el suelo y la colocó en la cintura de Alessandra, justo por debajo de la camiseta y ella aguantó la respiración un segundo. Después, cuando la soltó, suspiró en los labios de él y la piel de su cuerpo se incendió al notar la de Sean, aunque solo fuera en esa parte.

Atrevida, intrigada por ver si era capaz de conseguir la misma reacción en Sean, guio la mano que tenía en su torso hasta la cinturilla del pantalón y levantó la camiseta para tocarlo.

Él la retuvo por la muñeca.

Ella se habría quejado, tocarle era como tocar una estatua pero caliente en vez de fría. No lo hizo porque él levantó la cabeza del suelo y se apoderó de sus labios para darle otro beso. Cuando se apartó, le rozó el inferior con los dientes y Alessandra se prometió que recordaría eso para hacérselo después a él.

—Nada me gustaría más que tener tus manos sobre mí, cariño. Pero aquí no. Aún no.

Ella intentó soltarse, sabía que era torpe, que sus caricias...

—Y no pienses que no te deseo —adivinó él—. Dios, mira. Siéntelo tú misma. —Le colocó la mano encima del pantalón y su erección tembló al notar la presión—. Dios. Voy a volverme loco.

Se apartó de golpe, se quedó sentado en el suelo y se pasó las manos por el pelo. Alessandra seguía en silencio. Una parte de ella no podía creerse que hubiese reducido a Sean a ese estado y otra se sentía inmensamente orgullosa de haberlo conseguido. Él se puso en pie, fue a beber un vaso de agua —ella observó fascinada cómo la nuez subía y bajaba de su garganta— y después volvió para ayudar a levantarla. En cuanto Alessandra estuvo en pie, Sean tiró de ella y la besó apasionadamente una vez más.

—Vámonos. Tú tienes que acostarte y yo tengo que ir a mi maldito apartamento a golpearme contra la pared, ¿de acuerdo?

Alessandra sonrió. Él no la estaba tratando como si estuviese rota por dentro o como si la creyese frágil, la estaba tratando como si fuera una chica normal que lo había vuelto loco de deseo. Se puso de puntillas y le dio un suave beso en los labios. Y hacía todo eso después de haberle demostrado algo que ella en el fondo ya sabía, pero había olvidado; había luchado y había sobrevivido.

—De acuerdo.

CAPÍTULO 22

La boda de Jack y Siena empezaba a las doce.
Anderson había llegado a Nueva York dos días antes y se había reunido con sus hombres. La conversación que había mantenido con Sean había sido la más tensa. El superintendente aguantó la falta de respeto de Sean cuando este amenazó con matarle por haber puesto en peligro a Alessandra y respondió al resto de sus preguntas.

—Aún no puedo creerme que Sandy esté aquí —le dijo a Rourke unas horas más tarde de haber dejado a Sean más o menos satisfecho con sus respuestas.

Estaban en un bar, uno que por casualidades del destino pertenecía a Nick.

—¿Qué, pensabas que el destino no tenía sentido del humor? Ella llegó aquí pocos días después de que te fueras.

—¿Y dices que los dos están al corriente de lo que hizo Robert Hearst?

—Así es.

—Dios, este jodido barrio tiene complejo de Cupido sanguinario —Anderson no podía creerse que Bradford y

Alessandra se hubiesen encontrado y enamorado a juzgar por lo que acababa de contarle Rourke.

—El barrio o tú, amigo mío. Por lo que yo sé, has jugado un papel muy importante en las historias de amor de los miembros de tu equipo. Suerte que yo ya estoy casado, tiemblo solo de pensar en lo que tendrías preparado para mí.

—Cállate, Rourke.

Rourke se rio.

—Vamos, termínate esta copa. Vamos a llegar tarde a una de tus bodas.

—Cállate.

La boda empezó a la hora debida en una pequeña iglesia de Little Italy: la novia había tocado allí y la pareja había compartido algún que otro momento, que se negaron a explicar, en ese lugar. Ni los novios ni los poquísimos invitados habían informado a nadie de lo que iba a suceder allí. Era un acto íntimo. A pesar de todo, dada la naturaleza de dichos invitados, tanto Luciano Cavalcanti como William Anderson se aseguraron de que su hombres de confianza actuasen al unísono y la zona estuviese bien protegida; ninguno de los dos quería correr el riesgo de que volviera a suceder algo similar a lo de Chicago.

Todos los presentes se colocaron cerca del altar y cuando el párroco declaró a Jack y a Siena marido y mujer y estos se besaron una luz especial iluminó la pequeña iglesia. Pudo haber sido un rayo de sol que se colaría por una ventana, pero Alessandra decretó más tarde que era el amor.

Ella se había arreglado en Verona a pesar de que tanto Juliet, la esposa de Nick, como Siena le ofrecieron que fuera a sus casas a vestirse. Ella prefería estar allí porque Sean le había preguntado si podía ir a buscarla e ir juntos a la boda.

—Gracias por pedirme que te acompañase —susurró

mientras el párroco los despedía y acarició los nudillos de Sean con el reverso de su mano. Él la atrapó y entrelazó los dedos.

—Gracias por decir que sí.

Sean giró la cabeza y le dio un beso en la frente. Le habría gustado besarla como Jack había besado a su flamante esposa o como Nick había besado a la suya. Incluso Rourke había obtenido un beso de su esposa, una mujer elegante que encajaba a la perfección con el gigante. Pero se contuvo porque no sabía si Alessandra estaba dispuesta a dejar que su relación saliera finalmente a la luz. Él sabía que ella no lo guardaba en secreto, sencillamente los dos estaban disfrutando de ese nuevo principio que habían tenido la suerte de encontrar entre ambos y no querían estropearlo.

Fueron todos a casa de Cavalcanti. El banquete iba a celebrarse allí. Sean no soltó la mano de Alessandra durante el trayecto que realizaron en el coche de Rourke y cuando bajaron su compañero le dio una palmada en la espalda.

—Bien hecho, Sean, sabía que lo lograrías. Me alegro.

—¿A qué ha venido eso? —le preguntó Alessandra a Sean sonriendo.

—Creo que eso ha sido la bendición de Rourke.

Una vez en el interior de la casa, Sean tardó unos minutos en acostumbrarse a la idea de que realmente estaba en casa de Luciano Cavalcanti. Había hablado con él en varias ocasiones y sabía que sin él y sin su ayuda el caso de Anderson jamás habría terminado —esa tarde habían decidido que al cabo de tres días llevarían a cabo los arrestos— o que sería mucho menor. Aun así no dejaba de ser extraño.

Ese día nadie habló del caso ni de la Mafia, las conversaciones giraron en torno al amor y la amistad y la suerte que tenían ellos por haber encontrado ambos. Sean era consciente de que había llegado tarde al grupo y en ciertos momentos seguía sintiéndose un extraño que estaba de paso, pero Alessandra parecía detectar esos instantes y le hacía volver con una mirada o una sonrisa. Tanto Tabone como Valenti habían sido muy generosos con él, le habían ofrecido su amistad sin reservas aun sabiendo toda la verdad sobre su padre y él. Rourke prácticamente le había adoptado.

—Abruma un poco al principio.

Sean se dio media vuelta y se encontró con Anderson. Alessandra estaba hablando con Siena y la recién casada le enseñaba un detalle del vestido.

—¿El qué?

—Esto, tener amigos. Y esos tres —señaló a Nick, Jack y Alessandra con la copa— aún más. No te preocupes, te acostumbrarás. Encajas.

Sean se rio.

—Ya me advirtieron que le gustaba jugar a ser Dios.

—Creo que deberías tratarme de tú.

—Lo hago según me conviene.

Le tocó el turno de reírse a Anderson.

—Me parece bien. Relájate, Bradford, estás con la gente que debes. Ellos no te darán la espalda.

—¿Sucede algo? —Apareció Alessandra y le cogió de la mano y Sean tuvo que contener, otra vez, las ganas de besarla.

—No, nada. Me alegra verte de nuevo, Alessandra —le dijo Anderson—. No me pierdo ninguna de tus películas.

—Gracias. —Lo miró a los ojos—. Por todo.

El superintendente la entendió.

—No, gracias a ti. Y, ahora, si me disculpáis, voy a felicitar a los novios.

—¿Estás contenta? —le preguntó Sean a Alessandra en cuanto se quedaron a solas.

—Sí. Mucho. —Lo miró a los ojos—. ¿Puedo preguntarte algo?

—Claro. Lo que tú quieras.

—¿Por qué no me has besado? Jack ha besado a Siena, Nick a...

No la dejó terminar, le sujetó el rostro con las manos y la besó allí mismo como había deseado hacer desde que esa mañana la había visto descender por la escalera con ese precioso vestido verde, el delicado collar de perlas anudado a la altura del pecho y el pelo pelirrojo recogido.

Le separó los labios con la fuerza de los suyos, movió la lengua en busca de la de ella. No era un beso delicado, esos seguían existiendo entre ellos, pero en ese momento no era el tipo de beso que necesitaban. Sean quería que ella supiera que él la deseaba igual o más, seguro que muchísimo más, que el resto de los hombres del mundo a sus mujeres.

Ese beso fue para tranquilizarlo a él, pues llevaba todo el día alterado, sintiéndose como si le faltara un órgano vital de su cuerpo y para que ella supiera que él lo quería todo de ella y quería darle aún más a cambio. El beso empezó en sus labios, pero propagó por ambos cuerpos la necesidad, la pasión y también el amor que Sean y Alessandra estaban viviendo.

Sean bajó una mano al cuello de ella y la otra descendió hasta enredar los dedos en el collar.

—Por eso no te había besado —susurró besándole el cuello—, porque sabía que con un beso no iba a bastarme.

Alessandra tembló.

—Sean...

—Nunca me basta con un beso.

—A mí tampoco —confesó ella.

Él se apartó y la miró a los ojos. No dijo nada, se quedó mirándola y le acarició el rostro sin importarle quién pudiera verlos. Esa chica le había despojado de todas las barreras y ya no quedaba nada del chico que había preferido quedarse solo en un rincón a enfrentarse a los demás.

Por ella intentaría derrotar cualquier monstruo y por ella dejaría de ser un solitario y se arriesgaría a necesitar a otra persona para vivir.

—¿Recuerdas que te dije que me estaba enamorando de ti?

—Sí —suspiró Alessandra.

—Pues ya no lo estoy. —Ella agachó la cabeza, no quería que él viera la herida que esa frase acababa de causarle. Él le sujetó el mentón y volvió a levantársela—. Eh, no. No. Dios, lo siento. No me estoy enamorando de ti porque ya no hay vuelta atrás, Álex. Estoy perdido, aunque la verdad siento que me has encontrado. Siento que por primera vez en mi vida he encontrado lo que necesito. Te quiero, Álex. *Estoy* enamorado de ti.

—¿De verdad?

—De verdad, de todas las maneras que se te ocurra. Irrevocablemente y para siempre.

—Yo...

—No, no te lo he dicho para que me lo digas, cariño. No quiero presionarte. Dímelo cuando estés segura, cuando lo sientas aquí —le señaló el corazón con un dedo, sintió la piel de ella cálida bajo la yema— y aquí. —Y después le acarició una ceja y la otra—. No quiero que te quede ni una duda cuando pronuncies esas palabras. Puedo esperar.

Alessandra le dio un beso en los labios, cada vez que ella iniciaba uno él sentía más cerca ese día en el que ella ya no temería el pasado.

—Perdonad que os interrumpa —la voz de Rourke los separó, pero Sean mantuvo a Alessandra cogida de la mano—, los novios van a despedirse.

Jack y Siena no se iban de viaje de novios, los dos habían decidido posponerlo hasta que la operación de Anderson hubiese concluido. Iban a pasar dos días en una casa que Cavalcanti tenía en las montañas, nadie conocía la localización exacta, y volverían para que Jack se ocupase de dirigir la parte de la operación que le correspondía. Nadie había hablado de ello durante la boda y sin embargo todos sabían que esa bien podía ser la última noche que estuviesen todos juntos.

—Nunca se me han dado bien las palabras —Jack carraspeó sin disimular que estaba emocionado—, pero sé que a veces son necesarias. Y yo hoy necesito daros las gracias. Gracias, Siena, por ser el amor de mi vida, por quererme. —Ella estaba a su lado con los ojos brillantes y él se agachó para darle un beso—. Gracias, Nick y Sandy, por salvarme cuando era pequeño y por ser mis amigos. Gracias por no daros por vencidos conmigo y por haberme mandado siempre de vuelta la moneda —sonrió—, estaba convencido de que un día dejaría de recibirla. —Nick se acercó y le dio un abrazo, intercambiaron unos cuantos afectuosos insultos, y Sandy también lo abrazó, aunque fue incapaz de decirle nada. Después, Sean se acercó a ella, la cogió de la mano y le dio un beso—. Gracias Anderson por obligarme a luchar, no creí que llegaría este día, pero ha llegado. Gracias. Me considero muy afortunado de ser tu amigo.

—Lo mismo digo, capitán.

Todos aplaudieron y Jack vació la copa de champán que tenía en la mano para después besar apasionadamente a su mujer.

—Ha sido muy bonito —susurró Alessandra mientras Sean le acariciaba el interior de la muñeca con el pulgar.

—Sí. Son muy especiales.

Se quedaron en silencio, Sean era feliz así, con ella a su lado y rodeado de esos amigos nuevos pero sinceros.

—¿Sean?

—¿Sí?

—Esta noche, ¿puedo ir a tu casa?

CAPÍTULO 23

Sean tardó varios segundos en reaccionar y cuando lo hizo no se permitió asumir nada.

—Quieres ir a mi apartamento.

—Sí —repitió ella con voz firme, quería que él supiera que estaba segura.

—Si tienes miedo de estar sola, puedo quedarme a dormir en Verona, no sería la primera vez.

—No tengo miedo. No más que de costumbre. —Sonrió porque sería absurdo negarlo—. Quiero ir a tu apartamento porque quiero estar contigo. No quiero bajar la escalera de Verona con mi pijama y buscar una excusa para verte y hablar contigo —levantó una mano hacia el rostro de él— o para tocarte.

—Álex.

—No sé qué sucederá —se apresuró ella—. Tal vez no suceda nada y mañana no quieras volver a verme.

—Álex —la riñó cariñoso.

—No sé qué sucederá, pero...

—Yo tampoco, Álex.

—Pero quiero estar contigo.

—De acuerdo. —Él se agachó, no podía no marcar ese momento con un beso—. Espérame aquí. Enseguida vuelvo.

Alessandra asintió y cuando Sean se alejó soltó el aire que había retenido en los pulmones mientras le hacía esa petición. Había sido sincera, quería estar con él. Desde esa primera madrugada en Verona sus días empezaban y terminaban con Sean y, después de ver la felicidad que habían conseguido Jack y Nick como recompensa por haber sido valientes, ella también quería serlo. Sabía que podía serlo gracias a Sean. Lo vio intercambiar unas palabras con el señor Cavalcanti; aún no había logrado borrarse de la mente —tampoco lo había intentado demasiado— la imagen de Sean vestido con ropa de deporte en el suelo de ese gimnasio.

La esposa de Rourke fue a hacerle compañía y unos minutos más tarde la señorita Moretti también se unió a la conversación. Le gustó que ninguna de ellas le preguntase por Hollywood y sí por sus hermanos o su trabajo así sin más, como si fuera secretaria o peluquera.

—Ya estoy aquí —las interrumpió Sean y la sorprendió dándole un beso en la mejilla—. Podemos irnos cuando quieras.

Alessandra se sonrojó, sabía que si ella elegía quedarse o si cambiaba de opinión al llegar a la puerta Sean no se lo cuestionaría. Los nervios que sentía en el estómago no eran del todo desagradables, el problema era que se habían extendido por el resto del cuerpo; notaba la garganta seca y sus ojos parecían incapaces de mirar otra cosa que no fuesen los labios de Sean.

Se despidió de esas dos encantadoras mujeres, ellas le sonrieron. ¿Sabían adónde iba? No, imposible. Sean la cogió de la mano y juntos fueron también a despedirse del señor Cavalcanti y de Nick y su esposa Juliet.

Ese fin de semana Nick también iba a pasarlo a solas

con su esposa. Nadie lo había dicho en voz alta, pero todos eran conscientes de que existía la posibilidad de que uno de ellos resultase herido o muerto durante los arrestos del lunes. Fingían no saberlo, hablaban constantemente del estreno de *Cumbres borrascosas* que tendría lugar el viernes siguiente, pero lo sabían.

Un vehículo negro estaba esperándolos en la puerta y el conductor, uno de los empleados de la familia Cavalcanti, esperó a que se acomodasen. Les condujo por la ciudad sin preguntar adónde se dirigían.

—No vamos a mi apartamento —explicó Sean tras el levantamiento de cejas de Alessandra al pasar por delante del Roxy—, y tampoco vamos a Verona. Quiero llevarte a un lugar especial.

—¿Un lugar especial?

Sintió una aguda y profunda punzada de celos al imaginarse a Sean con otra mujer yendo a un lugar especial.

—No es así como quería que sonase. —Le había bastado con ver el rostro de Alessandra—. El apartamento no es mi casa. Es solo un apartamento que Anderson me consiguió, apenas estoy por allí y... y no quiero que, si vamos a estar juntos, aunque sea solo para dormir, estemos allí. Y Verona era la casa de Emmett Belcastro y aunque yo no lo conocí siento como si lo hubiera hecho, al menos un poco, tanto Tabone como Nick y Cavalcanti y tú habláis mucho de él. No quiero ser irrespetuoso y menos después...

«Después de lo que pasó la última vez», terminó Alessandra en su mente. No quería pensar en eso ahora. Quería pensar en lo nervioso que parecía Sean y en lo mucho que a ella le gustaba verle así.

—¿Adónde vamos?

Él sonrió y la sonrisa la transportó a esa feria que visitaron juntos porque la cabeza le dio vueltas igual que subida en la noria.

—Hace años llevé un caso y una de las pistas me llevó a un hotel. Me dije que si algún día tenía algo que celebrar iría allí.

La anécdota era cierta, pero lo que de verdad había pensado Sean era que pasaría allí su noche de bodas.

—Oh.

—No he estado allí con nadie.

—Yo... sé que no tengo derecho a estar celosa de tu pasado.

Él le cogió las manos, estaban temblando.

—Escúchame bien, Álex, esta es la última vez que vamos a hablar del pasado durante el fin de semana, ¿me lo prometes?

—¿El fin de semana?

—Sí. Puedes irte cuando quieras, ahora mismo, pero he reservado la suite para el fin de semana.

La idea de estar dos días a solas con él era muy tentadora, tanto que se le erizó el vello de la espalda.

—No quiero irme.

—Prométeme que cuando salgamos del coche solo seremos Álex y Sean. Nada de pasado.

—Te lo prometo.

Él la premió con un beso, uno de esos que él no se daba cuenta que le daba cuando bajaba la guardia.

—Y para que conste —le dijo al terminar con la frente apoyada en la de ella—, daría lo que fuera porque ni tú ni yo tuviéramos pasado. Lo que fuera por ser solo tú y yo.

El coche se detuvo en la entrada del hotel y el conductor le abrió la puerta a Alessandra. El hotel Pierre era precioso, estaba a pocos metros del Plaza pero pertenecía a un universo aparte. Estaba casi escondido, mientras el Plaza gritaba a los cuatro vientos su presencia, pero cuando te fijabas en él ya no podías dejar de mirarlo.

Sean apareció a su lado con una bolsa de cuero negro.

—Sé que te parecerá presuntuoso y te pido disculpas, pero le pedí a la esposa de Nick que me ayudase y mientras tú estabas hablando con la señora Rourke ella fue a Verona y recogió las cosas que le pedí.

—Oh, qué vergüenza. ¿Nick lo sabe?

Él se detuvo.

—¿Qué importancia tiene que Valenti lo sepa? —Los celos le devoraron.

—Ninguna en el sentido que te estás imaginando, tonto, pero Nick y Jack son lo más parecido a unos hermanos mayores que tengo y si te han dejado estar aquí conmigo es que tienen planes para ti.

—Bueno, deja que los tengan. —Levantó una ceja y ladeó el gesto—. ¿Me has llamado tonto?

—Sí, lo eres por tener celos de Nick o de Jack. No existe ningún hombre del que debas tener celos. Para mí solo existes tú.

—No deberías decirme estas cosas en la calle, Álex.

—Pues entremos.

Sean le pidió a Alessandra que esperase en el vestíbulo y él se dirigió a recepción. Había llamado antes por teléfono y había reservado una suite a nombre del señor y la señora Bradford, unos recién casados de Connecticut que estaban de visita en la ciudad. A él no le hubiera importado dar sus verdaderos nombres, pero quería proteger la reputación de Alessandra tanto como pudiese. A ella aún no la reconocían abiertamente por la calle, sin embargo ese día no tardaría en llegar y no quería hacer nada que pudiese perjudicarla.

Un botones los acompañó arriba, Sean acarició la mano de Alessandra en el ascensor y le gustó ver que a ella le temblaba el pulso y que se mordía el labio inferior.

—Es precioso, Sean —susurró ella al entrar en el dormitorio—. Gracias por traerme aquí.

—No me des las gracias, Álex, sabes que haría cualquier cosa por ti. —Se acercó a ella—. Me alegro de que te guste.

Él aún llevaba el traje tan impecable como por la mañana mientras ella tenía la sensación de que la falda de su vestido estaba arrugada de tanto retorcerla y que era un milagro que el collar que llevaba no se hubiese roto de tanto jugar con él. Sentía que él era perfecto y ella tenía un grave defecto.

«No».

Por primera vez en la vida se riñó a sí misma. Ella no tenía ningún defecto, a ella le habían hecho daño y había sobrevivido, si acaso lo que tenía eran agallas y sí, quizá algún que otro arañazo por dentro, pero era perfecta.

«Sean».

Pensar eso, llegar a esa conclusión, era mérito de ella. Era ella la que llevaba años luchando contra sus pesadillas, pero sin Sean quizá no habría encontrado el camino.

—No sé cómo empezar —le confesó.

Él levantó las manos, le estaban temblando, y empezó a quitarle una a una las horquillas que le retenían el pelo. Caían al suelo, mudas sobre la alfombra, y las pupilas de los dos se extendían con cada mechón que quedaba libre y él deslizaba por entre los dedos.

Ella soltó el aliento despacio y levantó una mano para imitarle y tocarle también el pelo. Sean suspiró.

El corazón de Sean latía tan fuerte que estaba seguro de que ella podía oírlo y le parecía bien. No quería ocultarle nada. Él había estado con mujeres, había empezado pronto y durante los años que siguieron a ese descubrimiento básicamente lo había hecho todo. Supuso que tener experiencia la iría bien, pues en ese momento era incapaz de recordar nada, ni siquiera cómo se desabrochaba un maldito collar.

Ella le había dejado en blanco, Alessandra había borrado esos recuerdos con un beso, una mirada, una sonrisa y lo había convertido en una *tabula rasa* donde ella era la única que podía escribir.

Le quitó el collar por la cabeza y Álex acercó los dedos al nudo de la corbata negra que él llevaba, le temblaban demasiado para poder aflojarlo. Él colocó los suyos encima.

—Tranquila.

Ella suspiró, levantó la cabeza y le sonrió.

—Es que... —se humedeció los labios— es que tengo ganas de verte desnudo.

La piel de Sean ardió, quemó tanto que estaba seguro de que la camisa empezaría a desaparecer en cuestión de segundos y quedaría solo su cuerpo humeante.

Tuvo que tragar saliva dos veces para encontrar su voz.

—¿Quieres que me quite la camisa?

La americana se la había quitado al entrar, había aprovechado esos segundos para tranquilizarse y había confiado en ofrecer así un aspecto más relajado. Dudaba que lo hubiese conseguido.

—Sí, por favor.

¿Podía alguien morir de deseo? Sean temía estar a punto de ser el primero.

—Está bien —farfulló—. De acuerdo.

Alessandra apartó las manos de la corbata y dejó que él deshiciera el nudo y tirarse de la cinta de tela. Sean la dejó colgando del cuello y después procedió a desabrocharse los botones de la camisa. Tardó muchísimo más que de costumbre y, si no hubiese tenido miedo de asustar a Alessandra, habría arrancado los malditos botones de golpe.

Se quitó la camisa, la dejó caer al suelo incapaz de apartarse de ella.

Alessandra nunca había visto nada tan hermoso como el torso de Sean, no sabía dónde detener los ojos, cada centímetro era perfecto con sus imperfecciones, una cicatriz, una peca. Apoyó la frente en el esternón y respiró profundamente.

Oyó cómo le latía el corazón, sintió el temblor que le recorrió el cuerpo.

—Sean —susurró antes de depositar un beso.

Él le acarició el pelo.

—Álex. Dime qué quieres que haga.

—¿Podemos quedarnos así, de pie?

—Claro, cariño.

Ella se apartó y se puso de puntillas para besarlo. El beso fue dulce al principio, después se contagió del fuego que corría por las venas de Sean e hizo arder también a Alessandra. Era una sensación abrumadora. Por mucho que intentaba respirar no parecía llegarle suficiente aire a los pulmones. Daba igual, pensó, viviría solo de los besos de Sean.

Él lo interrumpió. A ella la cabeza le daba vueltas y cuando abrió los ojos descubrió sus manos aferradas a los hombros de Sean, le quedarían marcas de lo fuerte que había hundido las uñas.

—Lo siento —farfulló.

—Yo no. —Él le sonrió besándole el cuello—. Puedes hacerme lo que quieras, Álex.

Ella se prometió que algún día sacaría verdadero provecho de ese ofrecimiento.

Volvió a besarle y bajó las manos por el torso de él muy despacio. Si su piel se erizaba, la de ella también. Sean mantenía las manos en el rostro y el cuello de ella y ya no podía más, estaba tan excitado que tenía miedo de correrse si ella seguía tocándolo con tanta ternura y curiosidad. Fuera como fuese, iba a encontrar la manera de controlarse. Por ella.

—Sean —Alessandra se apartó del beso—, ¿puedes... puedes ayudarme con el vestido?

Iba a decir que sí, las manos le temblaban de las ganas que tenía de tocar su piel, iba a tirar de la prenda hasta romperla. Se obligó a soltar el aliento despacio.

—¿Estás segura?

—Sí. —Para demostrárselo se quitó el collar de perlas y dejó que se deslizase al suelo por entre sus dedos. Después se dio media vuelta para mostrarle la espalda a Sean.

—Eres tan bonita, Álex.

Él le apartó la melena pelirroja y le besó la nuca. Bajó los nudillos por la parte de la espalda que quedaba al descubierto y al llegar a los botones de madreperla se detuvo. No estaba exagerando, no podía más, su erección incluso le dolía y estaba tan tenso que cualquiera de los besos de Alessandra podría romperlo con solo rozarlo. No le importaba quedar hecho pedazos si Álex, su Álex, se enamoraba de uno de ellos por pequeño que fuese.

—Dios, Álex —suspiró, tembló, y apoyó la frente en el hombro de ella.

—Sean...

Él jamás había escuchado su nombre pronunciado con tanta emoción.

Desabrochó los botones, al llegar al último se apartó un poco y la cogió de la mano. Besó los nudillos, la muñeca, subió por el brazo y al llegar la codo hizo que Alessandra se diese media vuelta. Volvían a mirarse, a perderse el uno en los ojos del otro.

Ella le tocó el rostro, él le besó la palma.

Ella apartó la mano y se bajó los tirantes del vestido de seda verde, la prenda resbaló por su cuerpo hasta el suelo. Alessandra llevaba una sencilla combinación de encaje blanco que contrastaba con la sofisticada prenda que la había cubierto durante horas. Sean no podía respirar, el corazón iba a salírsele del pecho de un momento a otro, pero logró descifrar que esa combinación, sofisticada por fuera y dulce e inocente por dentro, era Alessandra.

La piel blanca a juego con el pelo pelirrojo se fue sonrojando, era como ver amanecer. Sean sintió que estaba recibiendo un regalo que probablemente no merecía, pero que iba a defender hasta su último aliento.

Se acercó a ella y apartó la tira del sujetador para besar solo esa piel de cerámica. Durante un horrible segundo la imagen de su padre desgarrando esa maravilla se cruzó en su mente y quiso gritar. Notó incluso que perdía la visión de lo fuerte que fue el ataque de odio. Se obligó a echarlo de allí, él le había dicho que el pasado no tenía cabida en esa noche ni entre ellos dos y lo creía realmente. Nada iba a estropear ese momento para Álex, ni siquiera él.

La besó, entró en su boca igual que quería entrar en el resto de su cuerpo y en su corazón. No podía negar que palabras como «poseer» no cesaban de repetirse dentro de él, pero sabía que nadie jamás posee a una criatura tan hermosa y perfecta como Álex a no ser que ella quiera. Eso era lo que él más ansiaba, quería que ella se entregase a él libremente y que lo hiciera porque la posibilidad de pasar un segundo separados fuera insoportable.

Sean no quería solo el deseo de Álex, aunque estaba dispuesto a todo para tenerlo. No quería su curiosidad aunque sabía que era el hombre más afortunado del universo por haber logrado despertarla. La quería a ella de los pies a la cabeza, su corazón, su alma, su mente, su doloroso pasado, su magnífico presente y un futuro que compartir juntos.

Ella bajó una mano hasta la cintura del pantalón de él y la mente de Sean se nubló. Desapareció el espacio que le quedaba al raciocinio y solo quedó piel, pasión, fuego.

—¿Puedes ayudarme?

Sean le sujetó la cabeza y la besó apasionadamente. Era

él el que debería de estar suplicándole ayuda. Se desabrochó el cinturón y el botón y se quitó los zapatos. Después los pantalones y los calcetines.

—¿Puedo tocarte? —le pidió ella.

Él solo fue capaz de asentir y cuando sintió de nuevo la mano de Álex en su estómago a punto estuvo de tirar de ella y tumbarla en el suelo.

—Dime que yo también puedo tocarte a ti... por favor.
—Sí...
—Gracias a Dios.

Sean la tocó con toda la delicadeza de la que fue capaz en ese estado y dejó que ella lo explorase por encima de los calzoncillos. Si llegaba a tocarlo sin la barrera de la ropa, eyacularía.

Ella estaba temblando. Se sujetaba a él como si quisiera metérsele dentro y Sean deseó que fuera posible.

—Quiero más, Sean.
—Dios.

Ella lo besó y le acarició el rostro. Al apartarse él abrió los ojos y descubrió los de ella llenos de lágrimas.

—Álex.
—Te quiero, Sean.

Alessandra había descubierto días atrás que amaba a Sean y había buscado el momento perfecto para decírselo. No quería que Sean pensara que se lo decía por algún sentimiento parecido a la gratitud o fruto del momento. Quería decírselo mirándole a los ojos y ese momento, ahora, era el momento perfecto.

—Álex...
—Te quiero, Sean —repitió—. Te quiero muchísimo.

A él también le brillaron los ojos y se agachó para besarla.

—Te quiero, Álex.

Otro beso y la levantó en brazos para llevarla a la cama,

la notó sonreír pegada a sus labios y en ese instante sintió que juntos eran invencibles.

Iban a superar eso, iban a lograrlo.

Tumbó a Álex encima de las sábanas, apartó unos cuantos cojines, había muchísimos, y se tumbó a su lado. Iba a evitar como fuera ponérsele encima, tenían toda la vida para hacer todo lo que quisieran. Las normas de los demás no se aplicaban a ellos, ellos y solo ellos escribían su historia de amor.

La besó, le acarició los hombros y guio las manos hasta los pechos. Los acarició y ella gimió suavemente y arqueó la espalda en busca de la caricia. Sean bajó los labios por el cuello de ella y después los acercó al lugar donde estaban sus manos. Seguía tumbado a su lado y desde allí, sin presionarla, le besó los pechos por encima del sujetador.

—Sean. —Ella suspiraba su nombre y se humedecía los labios. Cada suspiro llevaba a Sean un paso más cerca de la locura.

—Álex, cariño. —Bajó la mano por el estómago de ella, podría pasarse la eternidad perdido en su piel, y la detuvo encima de su entrepierna—. Dime qué sientes.

—No sé... no sé explicarlo. Es como tener frío y calor al mismo tiempo y necesito... necesito.

—¿A mí? —le preguntó esperanzado.

Ella abrió los ojos.

—Sí, a ti.

Satisfecho con esa respuesta, Sean la besó y apartó la mano para acariciarle las piernas, deslizó los dedos por la parte interior del muslo y cuando llegó al lugar que más deseaba y lo sintió húmedo tuvo que detenerse y coger aire. Dios, iba a morir de verdad. Álex lo deseaba.

Sean se incorporó hasta sentarse y tiró de ella hasta dejarla en la misma postura.

—Voy a desnudarme —le dijo con la voz ronca. No sabía cómo lo había conseguido, el deseo le cerraba la garganta—. Y voy a desnudarte a ti.

Alessandra abrió los ojos como platos y al ver solo pasión y fuego en ellos Sean cerró los suyos unos segundos para asimilar el impacto.

Empezó con ella, le desabrochó el sujetador y al apartarlo acarició suavemente los pechos. Eran tan preciosos como el resto de ella. Después bajó las manos hasta la cintura y tiró despacio de la ropa interior, temblaba tanto que tenía miedo de romperla.

Ella volvió a sonrojarse, pero no intentó cubrirse, una prueba más de la mujer tan extraordinaria que era. Él tuvo que apartarse, salir de la cama, o se le habría echado encima. Algún día le contaría la dolorosa y maravillosa tortura que había significado para el esa noche. Algún día.

Se quitó los calzoncillos, ella apartó la mirada un segundo y después, aún más sonrojada que antes, volvió a mirarlo.

Por primera vez en su vida Sean deseó tener un físico menos intimidante.

Volvió a la cama, de nada servía desear ser otra persona y lo cierto es que ahora mismo no se cambiaría por nadie. Se tumbó junto a ella y la besó apasionadamente, quería que Alessandra no pensase en nada excepto el dulce y fuerte deseo que creaban sus cuerpos cuando se encontraban.

Aunque le resultó muy difícil, casi imposible, interrumpió el beso y ante la mirada atónita de ella se echó hacia atrás y apoyó la espalda en el cabezal de la cama. Cogió a Alessandra por la cintura y la colocó a horcajadas encima de él.

—¿Sean?

La inocencia de ella estuvo a punto de matarlo.

—Así tú estás al mando —intentó bromear.

A Alessandra volvieron a brillarle los ojos y le tocó la mejilla antes de besarlo.

—Yo no sé qué hacer, *amore*.

Él tiró de ella enredando los dedos en la melena para besarla apasionadamente. Que ella hubiese elegido llamarlo de esa manera era más de lo que podía soportar.

—Haz lo que quieras.

Ella sonrió y volvió a besarlo, adivinó qué era lo que había provocado esa reacción en él y lo torturó.

—Gracias, *amore*.

Besó a Sean en la mandíbula, en el cuello, en el torso. Él le acarició la espalda y las nalgas. Pronto sus torsos se pegaron y sus labios se negaron a separarse.

—Dios santo, Álex.

La erección temblaba bajo el cuerpo de ella suplicando el modo de estar donde tanto necesitaba.

—Ayúdame, Sean. —Ella quizá no supiera qué hacer pero sus instintos sí y movía las caderas en busca de él.

Sean la sujetó por los hombros unos segundos para detenerla.

—¿Estás segura?

—Estoy segura.

Sean colocó una mano entre los dos y sujetó la erección para guiarla hasta la entrada del cuerpo de ella. Nunca había hecho algo así, nunca había estado con una mujer como ella, nunca había hecho el amor por primera vez a la mujer que amaba.

—Te amo, Álex.

Entró en su interior, no sabía si hacía lo correcto, si habría sido mejor ir despacio, pero sus agallas le dijeron que tenía que ser así. Ahora se detendría, no se movería hasta que ella le dijera que podía hacerlo, pero el momento que ella más temía ya había pasado.

—Sean...

Alessandra le estaba clavando las uñas en la espalda, estaba temblando, pero Sean podía sentir cómo el sexo de ella envolvía el de él con su calor. No había intentado apartarle y tampoco había gritado ni le había pedido que parase. Aun así, no iba a moverse.

—¿Estás bien? —Le acarició la espalda y se obligó a mantener la mitad inferior de su cuerpo completamente inmóvil. El sudor le pegaba a ella, pero no se movería—. Dios, dime que estás bien.

Ella había temido ese instante durante años, había tenido un miedo atroz de no ser capaz de dejar que un hombre entrase en su cuerpo. Había llorado hasta quedarse sin lágrimas por el temor a estar rota por dentro.

No lo estaba.

Su cuerpo le pertenecía. Robert Hearst la había obligado a encerrarse dentro de ella para sobrevivir y ahora Sean, con su ternura, su paciencia y su amor le había dado motivos para abrir esa coraza y no solo sobrevivir, sino vivir. Vivir de verdad.

Era maravilloso sentirlo dentro de ella, sentir el calor y la fuerza que desprendía su sexo y cómo temblaba en su interior.

—Estoy bien.

El alivio sacudió a Sean y la abrazó con fuerza. Alessandra comprendió entonces que él también había pasado mucho miedo, miedo de perderla, de perderse el uno al otro antes de encontrarse. Le acarició el pelo, sentía la necesidad de reconfortarlo.

—Estoy bien —repitió—. Te quiero, *amore*.

Sean entonces se apartó y sonrió, sonrió como ella nunca le había visto sonreír, quizá como él nunca había sonreído, y la besó. La besó frenéticamente, apasionadamente. La besó y volvió a apoyarse en el cabezal.

Alessandra vio que él no iba a moverse, aunque la tensión dominaba su cuerpo y era evidente que estaba haciendo un gran esfuerzo para contenerse, iba a dejar que ella hiciese con él lo que quisiera. Decidió intentarlo, si él confiaba tanto en ella no podía defraudarlo.

Levantó las caderas tentativamente y los dos gimieron.

Volvió a bajarlas y Sean gritó su nombre y apartó las manos de las sábanas para detenerlas en la cintura de ella.

Besos, caricias torpes por parte de ella y expertas por la de él, manos que temblaban, palabras de amor y susurros llenos de pasión. Alessandra notó que perdía el control de su cuerpo, que los miedos del pasado ardían uno a uno bajo el fuego que prendía el amor de Sean. Quería estar más cerca de él, retenerlo dentro de ella para siempre, y de repente su sexo pareció encontrar la manera y se apretó alrededor de su erección.

—Álex, Álex... —gimió él besándola.

Ella recordó entonces un beso en concreto, uno en que él le mordió el labio inferior y lo hizo. Sean gritó, la abrazó con muchísima fuerza y su cuerpo empezó a temblar. El de ella estalló, Alessandra sintió que todo su ser desaparecía en medio de ese nuevo universo que había creado Sean.

—*Amore.*

CAPÍTULO 24

Durmieron abrazados. Alessandra se despertó unas horas más tarde y vio que él seguía con los ojos cerrados y respirando profundamente. Le acarició el pelo, observó durante minutos, no supo cuántos, aquel cuerpo tan formidable que encerraba en su interior el corazón más fiero y tierno del mundo.

No podía creerse que se hubiesen encontrado. Después de anoche sabía sin lugar a ninguna duda que su pasado no tenía nada que ver con ellos. Tal vez el destino había decidido enviarle a Sean para compensarle, pero ella no creía que un hombre como él actuase como emisario de nadie.

Le amaba, le amaba con toda el alma. Ellos no habían hablado de qué harían cuando la operación de Anderson concluyese, pero sabía que encontrarían la manera de estar juntos.

Salió de la cama desnuda y caminó hasta la bolsa que él había pedido a Juliet que le preparase. Había avanzado mucho, pero aún no se sentía cómoda durmiendo desnuda. En la bolsa encontró efectivamente su pijama y lo sacó, lo tuvo colgando de sus dedos durante un rato y al final lo dejó caer.

Fue a recoger la ropa del suelo. Se sonrojó al tocar cada prenda y cuando tocó la camisa de él se cubrió con ella y volvió a la cama.

Ver a Alessandra durmiendo con su camisa casi acaba de nuevo con él. Sean no podía dejar de mirarla, notaba una abrumadora presión en el pecho y tenía que morderse la lengua para no empezar a decirle lo mucho que la quería. Ella parecía cansada, aunque la sonrisa que dibujaban sus labios la guardaría para siempre en su memoria.

Agachó la cabeza y la besó en los labios. Ella los movió despacio saliendo del sueño. Se besaron lentamente, sin el miedo de antes y Sean tembló al acariciarle los pechos por entre la apertura de la camisa.

—¿Estás bien? —le preguntó.

—Muy bien, ¿y tú?

—Nunca he estado mejor. Voy a besarte, Álex.

Ella separó los labios y él se perdió en ellos. Manteniéndose a su lado, le besó el cuello, los pechos. La noche anterior se había vuelto loco acariciándolos por encima del sujetador y ahora por fin podía sentir su piel. Ella suspiró, gimió y él pensó que nunca se cansaría de oírla.

Necesitaba más, los dos lo necesitaban, pero no sabía si sería demasiado pronto para ella. Antes ella había estado muy apretada y al final la pasión había llevado a Sean a entregarse con todas sus fuerzas. Había intentado contenerse, él era un hombre muy corpulento, pero no sabía si ella necesitaba un poco más de tiempo para recuperarse. Solo de pensar en cómo ella le había apretado se estremeció y a punto estuvo de correrse.

Se sentó en la cama, no podía comportarse como un animal en celo, y se colocó entre las piernas de ella.

—Quiero besarte, Álex, ¿puedo?

Ella lo miró confusa.

—Claro que puedes. —Empezó a sentarse, desde donde estaba él no podía besarla.

—No —él la empujó con suavidad hasta que volvió a quedar tumbada—, tú quédate allí. Por favor.

Le levantó una pierna y le beso el tobillo y la pantorrilla.

—Sean...

—Si no te gusta, pararé, ¿de acuerdo?

—De acuerdo —repitió aunque los besos de él le borraban el sentido.

Sean le besó las piernas, las acarició, buscó todas y cada una de las pecas de ella y las reclamó como propias. Era un explorador conquistando un nuevo mundo que haría suyo y que no abandonaría jamás. Ella iba desnuda bajo su camisa. *Su* camisa.

Le besó el estómago y deslizó la lengua hacia la entrepierna.

—¿Sean?

Él besó su sexo, le hizo el amor con los labios y ella aflojó las piernas y susurró de nuevo su nombre ahora con la voz llena de pasión. Borraría cualquier recuerdo doloroso de esa parte de su cuerpo. La besó, recorrió despacio esa parte de ella, dejó que el cuerpo de Alessandra le hablase, que le dijese qué le gustaba y cómo y obedeció esas órdenes cual esclavo entregado que era.

Quizá ella nunca le pertenecería, pero él sí que era irrevocablemente de Álex.

Los dedos de Alessandra temblaron en su pelo y después bajaron indecisos hacia su mejilla. Sean gimió pegado al sexo de ella y ella alcanzó el orgasmo. Sean se sintió como si estuviese observando una obra de arte y se le hinchó el pecho de orgullo al pensar que él la había llevado hasta allí. Se tumbó a su lado para acariciarle el rostro y abrazarla.

—*Amore*.

Ella le acarició el torso y lo besó. Sean estaba tan preso de aquel beso que no se dio cuenta de que ella se sentaba encima de él.

—¿Así está bien? —le preguntó ella insegura.

—Está perfecto.

Sean guio la erección hacia el interior de Alessandra e hicieron el amor. Él le acarició los pechos con suavidad y cuando temió estar a punto de descontrolarse apartó las manos y hundió los dedos en las sábanas.

—No —le pidió ella—, tócame a mí. Por favor, Sean. No voy a romperme. No te tengo miedo —añadió—. Quiero... —gimió pues él levantó las caderas— te quiero.

Sean le lamió el cuello y subió hasta el oído.

—Yo también te quiero, Álex.

Ella se estremeció. Él notó hasta el último temblor en su sexo y dejó de contenerse. Él le había pedido a ella que confiase en él, que bajase la guardia y se mostrase tal como era, era injusto y muy cobarde de su parte no hacer lo mismo.

Además, Alessandra era una mujer increíble, su mujer, ella entendería su pasión, se la devolvería con creces y probablemente le aniquilaría en el proceso.

Cada segundo valdría la pena.

Sean la besó sin contenerse, le mordió el labio y no le pidió perdón y levantó las caderas una y otra vez al ritmo que necesitaba. Ella se sujetó a él, le besó también el cuello y le hizo enloquecer con sus gemidos y todas sus reacciones.

Pasaron el fin de semana en esa habitación de hotel, durmieron abrazados. Ella tuvo una pesadilla de la que no se despertó porque él la abrazó y le besó el pelo hasta que se tranquilizó. Hablaron sentados como indios en la cama, no se ocultaron nada, ni las partes más bonitas de su pasado, el de ella con Nick y Jack y sus hermanos pequeños y el de él con los chicos de Brooklyn o incluso en la academia hasta que empezaron los rumores de su padre. Ni tampoco las partes más oscuras o desagradables; él le contó que estaba convencido de que antes de ella él sencillamente huía cuando algo le hacía daño o no le gustaba, ella le había vuelto valiente. Pidieron comida, que degustaron fría y les pareció deliciosa.

La última noche Sean se atrevió a hablar del futuro.

—Mañana todo puede cambiar.

—Prométeme que tendrás cuidado —le pidió ella apretándole la mano.

—Te lo prometo, cariño, pero a veces no basta con eso.

—No puedo perderte, Sean. Puedo perderlo todo, absolutamente todo excepto a ti, ¿está claro?

Estaban desnudos en la cama, ella estaba acurrucada a su lado y Sean le levantó la cabeza para besarla.

—Clarísimo. Yo tampoco puedo perderte.

—¿Qué sucederá mañana?

—Anderson irá con sus hombres, ha elegido a unos cuantos miembros del FBI para que le acompañen, creo que lleva años preparándose, e irá a Little Italy con ellos y con Nick Valenti. Si la información que tenemos es correcta, y lo es, los principales miembros de la familia Clemenza y Sivero se reunirán en un restaurante. Son los que intentaron asesinar a Nick y también los que más oposición presentaron frente a Cavalcanti cuando él estaba al mando del Sindicato. Tenemos pruebas para arrestarles durante cuatro o cinco vidas. Anderson y Cavalcanti están convencidos de que con ellos fuera de circulación los demás se retirarán e irán desapareciendo con el tiempo.

—¿Y tú dónde estarás?

—Yo iré con Jack y el resto de agentes del FBI a arrestar a los principales policías que están en nómina de la Mafia. Rourke irá a por un par de jueces.

—Es muy peligroso, Sean.

—Lo es —no iba a mentirle—, pero estamos preparados. Llevaremos chalecos y tenemos a nuestro favor el efecto sorpresa. Todo saldrá bien, ya lo verás. No pienso perderme tu estreno por nada del mundo, cariño.

Estuvieron en silencio unos minutos, ninguno se atrevió a decir que él no podía hacer tal promesa. Sus manos rondaron el cuerpo del otro con suavidad, el deseo seguía allí, no había desaparecido sino aumentado, era un río sin retorno en el que ahora nadarían los dos para siempre.

—¿Y qué pasará después? —susurró Alessandra—, cuando termine de representar *Cumbres borrascosas* en Nueva York.

—¿Qué quieres que suceda?

Tal vez había sido una cobardía preguntárselo así, pero Sean necesitaba saber que no la estaba presionando.

—Quiero estar contigo.

—Mi abuelo murió hace unos años —empezó Sean y Alessandra lo miró confusa—. ¿Te he hablado de él, no?

—Era policía.

—Sí, exacto, pero no solo eso. El abuelo tenía tierras en Irlanda, las guardaba porque estaba convencido de que tarde o temprano volveríamos allí. Cuando mi padre se suicidó —sintió asco de nombrarlo, así que se apresuró a pasar esa parte del relato—, sintió una profunda vergüenza. Fue cuando me regaló el reloj. Vendió esas tierras, al parecer el abuelo, en contra de su naturaleza irlandesa, no había exagerado al hablar de ellas. Tengo dinero —suspiró incómodo—. Demasiado. Nunca lo he tocado porque nunca me ha hecho falta y en realidad nunca he sentido que me perteneciera.

—No lo entiendo.

—Después de la muerte del abuelo y de perder a mis amigos y a todos esos policías a los que yo consideraba mi familia quería estar solo. Nada más. Mi madre se fue a Florida y prácticamente finge que allí ha empezado una nueva vida.

—Oh, lo siento mucho, *amore*.

—No digas eso. Todo ha valido la pena si ha sido para llevarme hasta ti. —La besó—. Lo que estoy intentado decirte es que tengo dinero y puedo hacer lo que quiera. Puedo pedir a Asuntos Internos que me trasladen a Los Ángeles o puedo dimitir y abrir una agencia de detectives en cualquier parte. Lo único que quiero es estar contigo, así que decide tú qué quieres hacer y dime que puedo acompañarte.

Ella lo besó, descansó una mano en su torso y siguió el ritmo de los latidos de su corazón.

—Te quiero, Sean.

—Dios, y yo a ti.

Se besaron apasionadamente hasta que ella se apartó.

—Prométeme que no te sucederá nada mañana. Júramelo.

—No me sucederá nada. —A Alessandra no le pasó por alto que no le hacía ningún juramento—. Pero si me sucediera algo tienes que saber que te amo, Álex. Cuando vi este hotel por primera vez —le confesó— pensé que aquí pasaría mi noche de bodas. Y para mí eso es lo que he hecho, Álex.

Ella no supo cómo responder a eso excepto con otro beso, enredó los dedos en el pelo de la nuca de Sean y tiró de él para que quedase encima de ella. Sean reaccionó al instante, apoyó las manos en la cama para apartar su peso del de ella y evitar que se sintiera prisionera.

—Quiero hacer el amor contigo, Sean, no te apartes.

—¿Estás segura?

—No quiero que nada nos separe, *amore*, ni siquiera su recuerdo. —Le brillaron los ojos y él descendió despacio hasta quedar encima de ella.

—Te amo, Álex.

Guio la erección hasta el sexo de ella y se detuvo, antes de penetrarla buscó las manos de ella y entrelazó los dedos con los de él, colocó ambas manos al lado de la cabeza de Alessandra y empujó despacio.

—Mírame, Alessandra —le pidió con la voz ronca—. No dejes de mirarme.

Ella abrió los ojos, no podía ocultarle que durante un segundo su cuerpo se había tensado, pero, a medida que él iba entrando en ella, los malos recuerdos se iban desplomando como una débil torre de naipes. Cuando por fin Sean estuvo del todo en su interior solo existía él.

—Te quiero, Sean.

Él le sonrió y se agachó para besarla y ella le devolvió el beso con toda la pasión y el amor que sentía. Y con toda la libertad que él le había dado al romper los grilletes del pasado.

Fue lento, fue maravilloso. Él se movió al ritmo que le pedía el cuerpo de ella. Sean se sintió como si fuera la primera vez, nada había existido antes de ella y si Alessandra desapareciera nada existiría después. Su cuerpo solo sentía cuando tocaba el de ella, sus labios solo tenían sentido para besarla. En su vida solo la necesitaba a ella. Al día siguiente no moriría, no iba a permitir que el destino le gastase esa broma de tan mal gusto. Los dos habían sobrevivido al pasado, el de ella sin duda más difícil que el de él, y ahora que estaban juntos no permitiría que nada los separase.

—Álex, te quiero.

Ella susurró que también y se besaron, y los dos dejaron

de hablar para perderse en un orgasmo que los unió para siempre.

Unas horas más tarde abandonaron el Pierre, Sean tuvo la sensación de que alguien los observaba en la calle, pero tras mirar a ambos lados decidió que estaba paranoico. Después de haber pasado el fin de semana en los brazos de Alessandra el mundo real le molestaba. Fueron a Verona, subieron a un taxi y durante el trayecto no se soltaron de la mano. Habían quedado que se reunirían allí, ellos fueron los primeros en llegar y fueron al apartamento de Belcastro.

—Hoy no iré a ensayar.

—¿Por qué no? ¿Te he hecho daño? ¿Te encuentras mal?

—No. —Se acercó a él y lo abrazó por la cintura—. ¿Cómo quieres que ensaye mientras tú te estás jugando la vida, Sean?

—Tienes que ir, te prometo que estaré bien. Hazlo por mí.

Ella se soltó de mala gana y fue a cambiarse. Sean hizo lo mismo. Le temblaban las manos cuando se abrochó la camisa limpia y se colocó el arma bajo la americana.

Oyeron ruido en el piso inferior y sin decirse nada se acercaron el uno al otro y volvieron a besarse. No se censuraron, Sean la pegó a él con fuerza para que ella sintiera el alcance de sus besos, cómo su cuerpo reaccionaba siempre que ella estaba cerca y lo tocaba.

—Te quiero, no lo olvides.

—Tú tampoco.

Sean sonrió. Le gustaba cuando ella sacaba a relucir su carácter, y la cogió de la mano para ir hacia abajo.

El ambiente era solemne, Anderson estaba allí hablando con Jack, repasando los últimos detalles. Encima de la mesa en la que había trabajado Sean estaban los chalecos y los rifles y también las listas con las fotografías de los hombres que iban a ser arrestados.

Sus vidas iban a cambiar en cuestión de horas. La policía de Nueva York acusaría un duro golpe y todos sabrían quiénes habían sido los culpables y la Mafia probablemente quedaría sentenciada a muerte después de esa mañana.

Nick apareció a su lado.

—Si no quieres ir hoy al Roxy, puedes ir a mi casa, Juliet está allí con su madre.

Sean observó a Alessandra.

—No, sí que iré a ensayar. —Tragó saliva—. Os veré a todos esta noche.

El orgullo que sintió Sean casi le hace caer de rodillas, él sabía que Nick y Jack querían a Alessandra como a una hermana, pero siempre habían subestimado su valor. Le gustaba saber que él no había cometido el mismo error; él la veía como la increíble y valiente mujer que era y la amaba por ello. Ella le amaba a él por el mismo motivo; porque le veía de verdad.

—Está bien, de acuerdo. —Nick observó a la pareja, comprendió que él no pintaba nada allí y se alegró—. Le pediré a uno de mis hombres que te acompañe.

—De acuerdo. Gracias.

Sean se puso el chaleco como los demás y fue a despedirse de ella.

La besó allí mismo sin importarle que no estuvieran a solas, la abrazó con todas sus fuerzas y por primera vez en muchísimos años rezó y le pidió a Dios que no le dejase morir ese día. Tenía que estar vivo para estar con ella.

—Ten cuidado, Sean, por favor.

—Lo tendré.

Salió de allí y se fue con Tabone.

CAPÍTULO 25

Kazan estaba de un pésimo humor a pesar de que tanto Alessandra como Montgomery ofrecieron lo mejor de sí mismos durante el ensayo. Los vestidos eran perfectos y el escenógrafo lo tenía todo bajo control. Las luces del Roxy reproducían el ambiente de los peñascos de *Cumbres borrascosas* y el decorado estaría listo para la noche del estreno.

Alessandra intentó no sobresaltarse cada vez que alguien abría la puerta de la sala, temía la llegada de malas noticias. Intentó perderse en el texto de la obra, en el personaje de Catherine igual que hacía siempre. Buscó refugio en ser ella, otra persona, pero se dio cuenta de que ahora que Sean estaba en su interior no le resultaba tan fácil.

No quería ser otra persona, quería ser ella porque era de ella de quien se había enamorado ese hombre tan maravilloso.

Fue Catherine y Cathy durante todo el día y rezó por volver a ver a Sean esa noche.

Anderson lideró el equipo que se dirigió al restaurante Luna Nera de Little Italy. Allí estaban reunidos los máximos representantes de las familias que ostentaban el poder en la Mafia. Tras la retirada de Cavalcanti, el lado más duro del Sindicato luchaba para hacerse con el mando, renegaban de los negocios lícitos que solo utilizaban como tapaderas y aspiraban a extender sus redes por todo el país. Tal vez Cavalcanti no hubiese cumplido siempre la ley al pie de la letra, seguro que no lo había hecho, pero a lo largo del último año había conocido a ese hombre y podía afirmar que poseía un código del honor similar al suyo. Por eso habían decidido unir fuerzas; los dos querían salvar Little Italy, la consideraban el alma de Nueva York, los dos se sentían culpables por su pasado y los dos querían concluir su vida haciendo las paces con su conciencia. Cavalcanti estaba ausente ese día, ellos lo había decidido así porque eran conscientes de que tanto la opinión popular como los jueces que juzgasen los casos malinterpretarían su presencia. El hombre que ocupaba la derecha de Anderson y al que este había llegado a respetar y admirar desde que lo conoció cuando apenas era un chico era Nick Valenti. Nick nunca había formado parte de la Mafia, aunque sin duda era el hijo adoptivo de Luciano Cavalcanti. Ese chico, ahora un hombre, poseía una mente privilegiada y sus análisis le habían ahorrado a Anderson años de investigación. Poseía además un profundo respeto hacia la muerte y el destino, pues ambos habían estado a punto de arrebatarle la mujer a la que amaba. Anderson sabía que ese hecho convertía a Nick en un hombre valiente sin ser temerario y que llegaría hasta el final en su búsqueda por la justicia; él quería dejar un mundo mejor para sus hijos. Esa frase años atrás le habría parecido una cursilada, sin embargo ahora era capaz de reconocer que ese y no otro era el objetivo que había perseguido durante todos esos años.

—¿Está listo, Anderson? —le preguntó precisamente Nick. Estaban dentro del vehículo que los había llevado hasta allí. Habían logrado mantener la operación en secreto, pero aunque no les estaban esperando no tenía ninguna duda de que los hombres que había en ese restaurante iban armados.

—Lo estoy, ¿y tú, Valenti?

Él soltó el aliento y esperó. No habría sido propio de Nick precipitarse.

—Sí, lo estoy.

—Después de hoy, ya no habrá vuelta atrás —le recordó Anderson.

—Mejor, yo soy de los que creen que el futuro está siempre delante.

—Entonces vamos.

Bajaron del coche, tiraron de las cintas de los chalecos, solo les protegerían el pecho y de un disparo de un revólver, serían inútiles contra un rifle. Los agentes del FBI los siguieron, Nick no era agente de la ley, pero gracias a Anderson y al fiscal Murphy, quien además era el suegro de Nick, tenía autorización para participar en esa operación. Él no tenía ni la menor intención de repetir la hazaña. Después de eso, le había prometido a su esposa que se dedicaría a sus planos y a sus inversiones.

Y a su familia.

Anderson abrió la puerta. El silencio fue tan pesado durante un segundo que su amargura se pegó a los labios de Nick.

—¡FBI, están todos arrestados!

Las sillas fueron a parar al suelo, aparecieron rifles de debajo las mesas y la barra y todos dispararon. Nick ya había sobrevivido a una experiencia así años atrás, en otra vida, la noche de la matanza de los irlandeses, y también Anderson. Ninguno de los dos iba a morir tampoco en esta ocasión.

Rourke entró con sus hombres, un equipo también formado por unos pocos policías de Nueva York y varios agentes del FBI, en los juzgados de la ciudad. Cruzaron los pasillos armados con rifles y protegidos por los chalecos, la gente se apartaba a su paso y ellos les pedían que se encerrasen en los despachos y no saliesen hasta que todo eso hubiese terminado. Su objetivo eran tres jueces, los que más casos de la Mafia habían juzgado y curiosamente mejores propiedades tenían en la ciudad y en otros estados. Solo uno de ellos opuso resistencia, sacó un revólver del cajón de la mesa y al verse superado se voló la cabeza delante de ellos. Los otros dos salieron esposados y maldiciéndoles. En la calle los esperaba un coche con varios hombres armados. Se habían enterado de su presencia allí y no pensaban dejar salir a esos jueces con vida. Rourke protegió a esos jueces. Aunque le asqueaba lo que habían hecho sabía que los necesitaban vivos para que testificasen. Recibió un disparo en el hombro, soltó varias maldiciones en gaélico y devolvió los disparos. No iba a morir en la escalinata del juzgado. Sus hombres, todos excelentes tiradores, lograron abatir el coche y sus ocupantes.

Salieron de allí heridos, pero con el objetivo conseguido y Rourke rezó para que sus amigos tuvieran la misma suerte.

Jack Tabone iba con Sean en el último vehículo. Iban solos, el capitán lo había pedido así. En el otro vehículo iban los agentes del FBI que los acompañaban hacia la comisaría donde iban a arrestar a dos tenientes, tres sargentos y un capitán. Uno bajo cuyas órdenes había servido Jack.

—Si me sucede algo —empezó Sean.

—No lo digas, no pienso permitir que me des un mensaje para Sandy. Procura seguir con vida y díselo tú mismo esta noche.

Sean no se dejó amedrentar.

—Si me sucede algo, quiero que le recuerdes que la amo. Ya se lo he dicho —afirmó orgulloso—, pero quiero que se lo recuerdes y que la obligues a vivir. No dejes que vuelva a encerrarse en sí misma, Alessandra tiene que ver mundo, tiene que vivir. ¿De acuerdo?

—Joder, Bradford, de acuerdo. Pero asegúrate de que no te maten. Ya hice llorar a Sandy una vez y no quiero volver a hacerlo.

—Haré lo que pueda. Al principio tenía celos de ti y de Nick.

Le pareció que era el momento más adecuado para hacer esa confesión, quizá no tuviera otro.

—¿Celos? Estás loco. Ni Nick ni yo nos hemos sentido nunca atraídos por Sandy.

—Ahora lo sé.

—Y aun en el caso de que lo hubiéramos estado, ni él ni yo somos el hombre adecuado para ella. ¿Acaso no has visto cómo te mira? Alessandra no solo te quiere, Bradford, quiere hacerte feliz y quiere ser feliz por ti. Eso, amigo mío, nunca lo ha sentido por nosotros.

—Lo sé.

—¿Qué vas a hacer cuando todo esto acabe?

—Lo que sea necesario.

—Buena respuesta. —Cruzó los dedos encima del rifle que sujetaba—. Yo estoy dispuesto a todo por Siena, así que...

—¿Estás listo para sustituir a Anderson?

—¿Qué?

—Vamos, no me digas que te sorprende. Después de esto se jubilará y tú le sustituirás. La verdad es que eres el candidato perfecto, capitán.

Jack sacudió la cabeza estupefacto, realmente no se había planteado esa opción. Él era muy joven, más incluso que Bradford.

—Yo aún estoy haciéndome a la idea de que soy capitán.

—Recuerdo ese día en la academia, Jack —confesó Sean—, cuando entraste cuando esos otros cadetes me pegaban. La ciudad de Nueva York no podría tener mejor líder que tú.

—Bueno —carraspeó—, de momento será mejor que tanto tú como yo nos aseguremos de que no nos matan esta noche.

—Tienes razón.

El vehículo se detuvo y Jack y Sean descendieron conscientes de que iban a enfrentarse a sus iguales, a compañeros de academia, a sus superiores, a hombres que sabían disparar y que estaban dentro de una comisaría llena de armas.

Jack abrió la puerta, Sean lo siguió y el resto de agentes que los acompañaban. Cerró a su espalda, se aseguró de echar el cerrojo para que nadie inocente entrase y nadie pudiese escapar. Se hizo el silencio, las máquinas de escribir se detuvieron. Una silla cayó al suelo.

—Soy el capitán Tabone —alzó la voz—, vengo en representación de la policía de Nueva York y del FBI. —Todos los miraron y recitó los nombres de los hombres a los que iba a detener—. Entregaos.

Empezaron los disparos.

—¿Por qué será que temía que esto fuera a suceder así?

Varios policías se pusieron de inmediato de parte de Jack y Sean, otros se apresuraron a esconderse bajo sus mesas probablemente a la espera de ver qué bando resultaba vencedor. Murió gente, varios miembros del equipo de Jack resultaron heridos. Sean recibió un puñetazo, una bala le atravesó el hombro sin dejarlo fuera de combate. Jack también recibió un disparo en un costado, sangraba bastante pero él sabía que no era grave, tenía experiencia en eso. Consiguieron arrestar a los sospechosos. Sus carreras cambiaron en aquel instante, cuando abrieron la puerta de la comisaría y fuera había esperándolos varios coches policiales.

—Ha sido un placer conocerte, Bradford —le dijo Jack a Sean convencido de que había llegado el final.

—Lo mismo digo, capitán, un verdadero honor.

Los policías bajaron de los coches con las armas, pero no les apuntaron. Las dejaron en el suelo y se pusieron firmes mientras Jack, Sean y el resto de su equipo abandonaba el edificio con los detenidos.

Sean sintió cómo el orgullo por su profesión, por su vocación, resurgía con fuerza en su pecho.

Tal vez ni él ni Jack cumplían con la definición del perfecto policía, pero su instinto le decía que los dos eran dos hombres buenos. Y a él le bastaba con eso.

Con eso y con saber que Alessandra lo estaba esperando.

Los tres equipos se reunieron en la sede del FBI, Verona ya no tenía cabida en esa parte del proceso aunque todos sabían que en algún momento encontrarían la manera de encontrarse de nuevo en la vieja librería y despedirse como debían.

El fiscal Murphy, el padre de Juliet, los estaba esperando junto con otros fiscales de distintos estados. Tenía en su poder una disposición especial del mismísimo presidente que los autorizaba a procesar a esos sospechosos y a dictaminar dónde encerrarlos para garantizar tanto la seguridad de los arrestados como del caso.

—Veo que sigues vivo, William. —Saludó a Anderson con unas palmadas en la espalda—. Me alegro.

—Lo mismo digo, Niall, lo mismo digo.

Después Murphy saludó también afectuosamente a su

yerno al que había aprendido a respetar muchísimo desde que le salvó la vida.

Jack y Nick se dieron un tosco abrazo y después, para sorpresa de Sean, lo incluyeron en él. Y cuando llegó Rourke con esos brazos que parecían dos troncos los engulló a los tres.

—Estáis hechos una mierda, chicos.

—Mira quién habla.

—Vamos, será mejor que acabemos con el papeleo y que nos curemos un poco antes de ir a por nuestras chicas.

Sean probablemente podría catalogar todas las partes del cuerpo que le dolían, se había peleado con varios hombres, la herida aún le sangraba y estaba exhausto por la tensión, pero era feliz y estaba ansioso por serlo más. A lo largo del día, mientras estaba encerrado en esa comisaría algún que otro policía le había recordado que era igual que su padre, un policía corrupto, una rata rastrera. Los insultos no le habían afectado porque ahora sabía toda la verdad sobre su padre y podía afirmar sin lugar a dudas que no se parecía en nada a él.

Él tenía el corazón donde debía, en manos de su Álex, y por fin había comprendido que un buen hombre se equivoca y rectifica y lucha por proteger y defender a la gente que ama. Un buen hombre era el que tenía sentido del honor llevase o no llevase placa. Un buen hombre sabía reconocer a sus amigos estuvieran donde estuviesen y sabía amar a la mujer que lo amaba.

Él era un buen hombre.

CAPÍTULO 26

Alessandra salió del teatro a la hora de siempre y murió un poco —mucho— al no encontrar a Sean ni a Rourke ni a Nick ni a Jack.

—¿Sucede algo? —La pregunta de Kazan le puso el vello de punta.

—No, nada —se apresuró a contestar. Recordó que Sean le había recalcado que no le contase a nadie qué estaban haciendo. No quería que la relacionasen con ellos si algo salía mal. Se le encogió el corazón y se obligó a sonreír—. Solo estaba observando a la gente —improvisó—, estrenamos dentro de muy pocos días y me preguntó quién vendrá a vernos y si les gustará.

—Les apasionará, Alessandra. Esta ciudad hablará de tu Catherine durante años.

—No es mi Catherine, es la Catherine de Heathcliff —añadió para quitarle escozor a la corrección.

—Cierto —Eric le sonrió—, pero tú la has hecho tuya. ¿Te acompaño a alguna parte?

—No es necesario, me imagino que estarás exhausto después del ensayo de hoy.

—Me he comportado como un divo malcriado y excéntrico, lo sé. Te pido disculpas, es que hay ciertos asuntos que no están saliendo como tenía previsto.

—Oh, lo siento.

—Lo arreglaré, no te preocupes.

—Estoy segura de ello.

—Bueno, viendo que hoy no ha venido nadie a buscarte, ¿puedo atreverme a invitarte a cenar, Alessandra?

Quería decir que no, pero la voz de Sean antes de abandonar el Pierre resonó en su mente.

«Te prometo que volveré, te lo prometo, pero no dejes que nadie sepa que estás preocupada. No podemos confiar en nadie».

Alessandra había rechazado las invitaciones de Kazan hasta ahora y esa tarde no tenía ningún argumento para volver a hacerlo.

—Si estás seguro de que no estás cansado, estaré encantada de cenar contigo —asumió el papel que representaba en Hollywood cuando se veía en situaciones como esa.

El rostro de Kazan se iluminó, parecía un niño pequeño. Le ofreció el brazo y cuando ella colocó la mano encima la acompañó hasta un taxi.

—Al Plaza —le dijo al conductor—, cenaremos en tu hotel. Me han asegurado que el restaurante es muy agradable y así no te retirarás tarde.

Tenía unos modales almibarados, pero Alessandra le sonrió y disimuló el nudo que se le había formado en el estómago al oír el nombre del hotel en el que supuestamente se alojaba. Sean le había explicado que tanto Nick como Jack se habían asegurado de tener hombres vigilando el hotel día y noche por si volvía a recibir un ramo de rosas negras, cosa que no había sucedido. Rezó para que siguieran allí y alguno pudiera decirle qué había pasado con la operación, si ellos seguían vivos.

«Sean está bien. Sean está bien. Sean está bien».

Ella sabía que seguía vivo, podía sentirlo en cada bocanada de aire que tomaba y en el modo en que la sangre seguía corriendo por sus venas. Si Sean hubiera muerto, ella también habría dejado de respirar. Él le había prometido que volvería e iba a volver y mientras ella cenaría con Kazan y no permitiría que el director de teatro ni nadie que la viera supiera lo que verdaderamente le estaba pasando por dentro.

Llegaron al Plaza y el botones que les abrió la puerta del taxi la saludó.

—Bienvenida de nuevo al Plaza, señorita Bonasera.

Alessandra habría podido abrazar a ese chico allí mismo, Rourke le había dicho que tenía allí a un botones de confianza. Ese chico se merecía su escuálido peso en oro.

—Gracias.

Kazan la cogió por la espalda. En esta ocasión ella se lo permitió porque gracias a Sean, si bien solo quería las manos de él cerca de su cuerpo, ya no quedaba paralizada de miedo si alguien la tocaba.

Cenaron, él le contó cómo había sido la huida de Rusia, el daño que según él —y medio Hollywood— el comunismo estaba haciendo a su amada madre patria. Alessandra le escuchó solícita igual que había escuchado a decenas de hombres antes de él, era actriz al fin y al cabo.

—Lamento haberte retenido hasta tan tarde —se disculpó él al percatarse de que estaban solos en el restaurante—. Te acompañaré a tu habitación.

—No es necesario. —Se le aceleró el pulso. Escuchar podía escucharle, pero no iba a permitir que Kazan, por muy director suyo que fuera, intentase algo con ella—. Solo tengo que entrar en el ascensor.

Él insistió.

—Entonces permíteme que te acompañe hasta el ascensor, Alessandra, mi madre se retorcería en la tumba si no me comportase como un caballero.

—De acuerdo.

Entraría en el ascensor, subiría a un piso cualquiera y pasados unos minutos volvería a bajar y se iría a Verona. El botones de antes apareció junto a ellos mientras abandonaban la mesa y Kazan le ofrecía de nuevo el brazo.

—Aquí tiene la llave de su dormitorio, señorita Bonasera, el servicio de lavandería ha dejado la cesta en la cama.

—Gracias.

—No se merecen. Buenas noches, señorita, señor.

Alessandra comprendió que ese chico le estaba entregando un mensaje, dedujo que tenía que ir a ese dormitorio o como mínimo aparentar que lo hacía. Tal vez ese botones o uno de los hombres de Jack habían visto que si ella no tenía llave se delataría ante Kazan y solo estaban intentando protegerla. Al principio, la mañana que dejó el hotel, se dijo que más adelante les contaría la verdad a Kazan, Beny y al productor. Pero ahora se alegraba de no haberlo hecho.

Apretó la llave entre los dedos y dejó que Kazan la acompañase al ascensor.

—Gracias por la cena, Eric.

—Ha sido un placer, Alessandra, y espero que podamos repetirlo pronto. ¿Quizá después del estreno para celebrar nuestro éxito?

El ascensor se detuvo y el ascensorista le abrió la puerta.

—Quizá. Buenas noches, Eric. Hasta mañana.

Entró cuando él le daba las buenas noches y suspiró aliviada cuando las puertas se cerraron.

—¿Se encuentra usted bien, señorita?

—Sí.

—¿A qué piso va?

Ella miró la llave, era incapaz de recordarlo.

—Al quinto.

El ascensorista movió la palanca y le sonrió. Ella lo intentó, pero no pudo devolverle la sonrisa. El ascensor volvió a detenerse y Alessandra salió. Esperaría allí un rato, no quería correr ningún riesgo, y después se iría.

Alguien la cogió de la mano y tiró de ella. Su espalda topó con la pared, iba a gritar y a levantar la rodilla.

—Soy yo. —Sean la detuvo—. Me alegra ver que recuerdas mis clase, Álex.

—¡Sean! —Le rodeó el cuello con los brazos y lo besó.

Sean separó los labios y le devolvió el beso y mucho más. Había querido gritar de rabia cuando el médico insistió en coserle la herida, eso significaba llegar tarde a buscar a Alessandra y los demás estaban en el mismo estado. Decidió mandar a uno de los hombres de confianza de Jack, pero cuando el agente llegó allí la vio subirse a un taxi con otro hombre. Menos mal que había escuchado adónde se dirigían porque de lo contrario le habría arrancado la cabeza a ese pobre chico. Buscó a Rourke por le enfermería donde los estaban atendiendo y él mandó a un policía, uno de los buenos, al Plaza para poner sobre aviso a ese botones que solía darle chivatazos.

Sean había llegado al hotel justo cuando Kazan estaba levantándose de la mesa y ofreciéndole el brazo a Alessandra. Había tenido que apretar los dientes y esperar, no podía entrar allí y montar una escena, no cuando ella había hecho exactamente lo que él le había pedido, así que subió los cinco pisos a pie y esperó a que ella llegase.

Hasta que no pudo esperar más y la cogió como un bruto cuando la vio y empezó a besarla. Que ella hubiese recordado ese movimiento de defensa le hizo sentirse muy orgulloso y por estúpido que sonase también le había excitado. Estaba enamorado de una mujer increíble.

—Lo siento. —Se apartó. La tenía aprisionada contra la

pared, tenía una mano en su cintura y la otra en al lado de la cabeza—. Lo siento —repitió y volvió a besarla con la misma pasión.

—No lo sientas. Estás aquí. Estás aquí.

No podía dejar de tocarlo y de besarlo; Sean estaba allí y estaba bien.

—Álex, te quiero.

—Y yo a ti. —Lo apartó un poco—. Dios mío, estás herido.

—No es nada, no te preocupes.

—¿Cómo sabías que estaba aquí?

—Mandé a uno de nuestros hombres a buscarte al Roxy, te vio salir con Kazan y subirte a un taxi.

—No quería irme con él.

—Has hecho bien, cielo. No pasa nada. Dios, pero cuando le he visto contigo no me ha gustado. Lo siento.

—No creo que a mí me gustase verte cenando con otra.

Sean sonrió y volvió a besarla, esta vez despacio y a conciencia, presionando ligeramente su cuerpo con el de ella.

Alessandra colocó una mano encima del corazón de Sean, le encantaba notar cómo latía. Le devolvió el beso, le acarició el pelo con la otra mano y dejó que su cuerpo respondiese al de él.

—Dame la llave de la habitación —susurró Sean.

El pulso de Alessandra se aceleró y le entregó la llave. Sean abrió la puerta y tiró de Alessandra. Ella lo besó, lo despeinó y empezó a quitarle la americana. Él le soltó el pelo. Ella desabrochó la camisa de él y él la blusa de ella. La ropa caía al suelo a medida que ellos iban acercándose a la cama.

La herida de Sean quedó al descubierto.

—Dios mío, Sean, podrías haber muerto. —Lo abrazó asustada.

—No, eso jamás. Yo moriré viejo y feliz a tu lado, ¿de acuerdo?

Ella se secó una única lágrima que era fruto del alivio.
—De acuerdo.
—Nick, Jack, Rourke y Anderson también están bien.
—Oh, qué vergüenza, ni siquiera había pensado en ellos. Solo pensaba en ti.

Sean perdió el control con esa frase. Necesitaba a Alessandra. La había necesitado desde que había salido de esa maldita enfermería y verla con Kazan había sido muy doloroso. La cogió en brazos y la tumbó en la cama, quería estar con ella, quería perderse de nuevo en su piel, en sus pecas, en sus besos, en esos gemidos que escapaban de sus labios cuando él se movía dentro de ella. Él se tumbó a su lado y la acarició y besó hasta que pensó que el cuerpo de ella estaría para siempre grabado en las yemas de sus dedos y en las curvas de sus labios. Después ella le empujó hasta tumbarlo en la cama y lo imitó. Los besos de Alessandra no eran tan atrevidos como los de él, pero que ella lo besase así, que quisiera tocarlo de arriba abajo, demolía hasta la última defensa de Sean. No era que le quedasen muchas en lo que a ella se refería.

Cuando su cuerpo no pudo más, cuando pensó que moriría si no entraba dentro de ella, se sentó en la cama y apoyó la espalda en el cabezal.

Ella sonrió al recordar su primera vez, apenas habían trascurrido unos días pero dudaba que fuera a olvidarla nunca, y se sentó encima de él. Sean dobló entonces las rodillas hacia arriba creando así una especie de «V» en la que Alessandra encajaba a la perfección. Entró en ella, los dos se miraron a los ojos, él la besó, recorrió los laberintos de su melena con los dedos, la sujetó cuando los dos se destruyeron y le susurró «Te amo, Álex» cuando resurgieron juntos.

A la mañana siguiente Alessandra y Sean abandonaron el Plaza y fueron a Verona, confiaban en encontrar allí a

Jack y a Nick y a Rourke y así fue. Los arrestos eran solo el principio del fin de la operación de Anderson, ahora que los sospechosos estaban en la cárcel empezarían los juicios y se demostraría si Sean había sido de verdad exhaustivo examinando las pruebas en las que se fundamentaba el caso.

Ahora empezarían los ataques y tenían que decidir cuál iba a ser su defensa. Era patético que ellos también tuvieran que defenderse, pero Sean había aprendido tiempo atrás que eso formaba parte del proceso y estaba preparado.

No estaba preparado para que esos ataques se dirigiesen a Alessandra.

—Tenemos los primeros periódicos —anunció Anderson—. De momento salimos muy bien parados, somos héroes, chicos.

—Espera a la edición de la tarde —señaló Rourke—, los abogados del sindicato de policías y de la Mafia habrán tenido más tiempo.

—Cierto —convino Jack.

Sean había acompañado a Alessandra al Roxy, ella se había abrazado a sus amigos y también a Rourke y a Anderson y había ido a cambiarse para enfrentarse al nuevo día. Hacía poco que había vuelto y se había unido a sus compañeros en seguir preparando el caso. Él opinaba lo mismo que Rourke, los periódicos que salían por la tarde iban a ser peores, los arrestos habían sacudido tanto la ciudad y el país entero que todos sacarían una edición vespertina.

—Voy a ir a buscarlos —dijo Rourke—, hay un quiosco en la esquina.

Ellos seguían armados, dudaban que alguien fuera a atacarlos tan pronto, pero querían estar preparados. Rourke salió como si nada y volvió unos minutos más tarde con un montón de periódicos.

—Empieza la fiesta, chicos, creo que hay mierda para todos.

Sean cogió uno de los periódicos y empezó a leer. Rourke no exageraba. El artículo decía que los «valientes de Nueva York», así los habían apodado por la mañana, estaban liderados por un hombre, Anderson, que había manipulado a medio departamento de policía para conseguir su objetivo que era, según el periodista, un cargo político. Después citaba a Jack del que sacaba a relucir su pasado violento y que estaba casado con la sobrina del gánster más famoso de la ciudad, cosa que evidentemente ponía en duda la imparcialidad de Jack, ¿acaso no había arrestado a esos mafiosos para aplanarle el camino al tío de su esposa?. El siguiente era Nick, al que tildaban de gánster directamente y después añadían que su suegro, el fiscal Murphy, curiosamente había salido ileso de esa caza de brujas. Era curioso, mencionaba el texto, que un fiscal en principio estricto hubiese permitido que su hija se casase con un delincuente que además era la mano derecha de Cavalcanti. Y después le tocaba el turno a Sean, cuando Sean vio su nombre no se asustó, daba por hecho que mencionarían a su padre. Pero no fue eso lo que vio:

—«Sean Hearst, detective de Asuntos Internos, está relacionado sentimentalmente con Alessandra Bonasera. La actriz de Hollywood se encuentra en nuestra ciudad, donde estrenará una obra de teatro en breve. En el caso de Bonasera, es repulsivo que se relacione con el hijo del hombre que la violó pues el agente Robert Hearst, padre del detective Hearst, violó a Alessandra Bonasera hace años. Caso que sorprendentemente no salió a la luz y en el que también estaba vinculado Anderson. ¿Hasta dónde están dispuestos a llegar nuestros "valientes" que son capaces de emparejar al hijo de un violador con su víctima para que guarde silencio? ¿Hasta dónde, pueblo de Nueva York, son de verdad unos héroes?»

—Dios santo, tengo que ir a buscar a Alessandra —farfulló Sean lleno de furia. Rezó para no encontrarse con el periodista que había escrito eso porque dudaba mucho que fuese capaz de dejarlo con vida. No era lo correcto, pero ahora mismo era lo que sentía.

—No sé cómo ha salido a la luz, Bradford —le aseguró Anderson.

—Lo sé. —Apretó los puños—. Sabíamos que esto iba a pasar. Creía que irían a por mí, que sacarían la historia de mi padre.

—Iré a hablar con alguien de ese periódico —dijo Nick—. Seguro que les hace ilusión conocer a un gánster.

—Contrólate, Nick —le pidió Jack.

—Lo haré, capitán.

—Yo voy al Roxy. No quiero que esto le haga daño a Alessandra.

Jack lo miró.

—Ve y confía en ella. Tú mismo lo dijiste.

—Tienes razón. Nos vemos más tarde.

CAPÍTULO 27

El artículo enfureció a Alessandra porque convertía su preciosa historia de amor en algo rebuscado y macabro, morboso, y para ella lo que le había sucedido con Sean era lo más hermoso del mundo. No le molestó que se supiera la verdad sobre su pasado, no le gustó, eso tampoco, pero no le molestó e incluso pensó que quizá sus vivencias podían ayudar a alguien. Ella sabía que a menudo la gente se fijaba en la vida de los actores y actrices de Hollywood como si fuesen especiales, no lo eran, pero, si la historia de su violación y de su supervivencia ayudaban a alguien, le parecía bien.

Sean fue a buscarla al teatro y la abrazó en cuanto la vio sin importarle que Kazan o quien fuera los viera. Hablaron del artículo de camino a Verona.

—Lo siento mucho, Álex.
—¿Por qué? No es culpa tuya, tú no lo has escrito.
—Siento haberte involucrado en esto.
—No lo sientas, si al final me quedo contigo todo vale la pena.
—Eso espero, de momento solo te estoy dando problemas.

Alessandra se detuvo en medio de la calle.

—Sean, te quiero, pero cuando dices tonterías como esta te sacudiría, *amore*.

Sean se rio, la levantó por la cintura en medio de la calle y volvió a besarla.

—Te quiero, Álex. Muchísimo.

—Y yo. Voy a tener que llamar a mis hermanos y también a Beny. No quiero que la noticia les coja desprevenidos.

—¿Tus hermanos, Luke y Derek, saben lo que sucedió? —La cogió de la mano y siguieron caminando.

—Al principio no se acordaban de todos los detalles, supongo que esa noche pasaron miedo y que esa era su manera de afrontarlo. —Él le apretó los dedos y ella notó que a Sean le temblaba todo el brazo.

—No te preocupes por mí, Álex. Si tú puedes vivir con la verdad, yo también. Sigue. Por favor.

—Está bien. Me planteé no contárselo nunca, pero tenía pesadillas y me despertaba gritando por la noche.

—Dios, Álex, lo siento tanto. No, deja que te lo diga, sé que no puedo hacer nada para corregir el pasado, pero, joder, daría mi vida por poder hacerlo.

—Yo no te dejaría, Sean, te quiero a mi lado. —Se puso de puntillas y le dio un beso—. Les fui contando la verdad a medida que se hicieron mayores. Saben lo que me sucedió y saben quién me lo hizo y que ese hombre se suicidó. También recuerdan haber visto a Anderson y que él vino a visitarnos a Chicago, allí es donde fuimos al principio.

—Van a odiarme.

—No, *amore*, van a quererte. Odian a Robert Hearst y a mi madre por habernos dejado en esa situación tan indefensa, pero a ti no van a odiarte. Estoy segura. Pero quiero contárselo antes, no quiero que lean esa noticia u otra que se le parezca. Vendrán a Nueva York dentro de una semana. Querían venir la noche del estreno, pero les convencí para que esperasen.

—¿Crees que podré conocerlos entonces?

—Tú intenta evitarlo, Sean.

Él sonrió. El dolor de las heridas se desvaneció, ahora le quedaba la rabia por ese maldito artículo, pero con Alessandra a su lado podía soportarlo.

Esa noche cenaron en casa de Cavalcanti junto con Nick, Jack y sus esposas. Les pareció importante reunirse y hablar juntos de las repercusiones de los arrestos; el artículo era una, pero Siena y Juliet habían notado que alguien las seguía. Las dos tenían experiencia en eso y sus preocupaciones fueron tomadas muy en serio.

—No vas a salir de casa —exageró Jack.

—De acuerdo, pues tú tampoco —le respondió su esposa—. Me encantará pasar los próximos cincuenta años encerrada contigo, amor mío.

—No digas tonterías, Siena, yo tengo que salir.

—Yo también.

—Maldita sea, si no fuera porque te quiero tanto te estrangularía ahora mismo, Siena.

—No estás siendo razonable, Jack. —Ella le acarició el rostro, Jack reaccionó como una enorme pantera negra en manos de su cuidador—. Seré cuidadosa y acepto que mandes a un par de policías conmigo a todas partes, pero no voy a quedarme en casa.

—Está bien.

Ella lo premió con un beso.

La conversación entre Nick y Juliet no fue mucho mejor, en realidad fue peor porque en el caso de ellos dos Nick ya había sobrevivido a un grave atentado contra su vida.

—No voy a correr el riesgo de perderte otra vez, Nicholas —le dijo Juliet—. Deberíamos irnos de viaje...

Nick besó a Juliet delante de todos.

—No me pasará nada, Juliet. No permitiré que nos pase nada. Nueva York es nuestra ciudad, aquí nos conocimos. ¿Recuerdas el día que te llevé al puente de Brooklyn? —Ella asintió y le acarició la mejilla—. No vamos a irnos a ninguna parte. No vamos a permitir que nos echen de aquí por hacer lo correcto.

—De acuerdo. Pero si te matan no te lo perdonaré.

—Yo tampoco, Juliet.

Alessandra no se atrevió a hacer público lo preocupada que estaba por Sean ni a exigirle allí mismo que se fuese a Washington, donde probablemente correría mucho menos peligro. Le cogió la mano y la apretó muy fuerte y rezó para que él entendiera lo que le estaba diciendo.

Sean acababa de descubrir lo que era el miedo y la rabia de verdad y su mente aún se estaba haciendo a la idea. Él creía conocer ambas emociones. Creía que había sentido rabia cuando esos chicos de Brooklyn o de la academia que consideraba sus amigos lo abandonaron tras enterarse de los rumores sobre su padre. Creía que la rabia era lo que había sentido cuando su padre se suicidó. Creía que era lo que había cerrado la garganta cuando descubrió qué le había pasado a Alessandra. Quizá la rabia fuese eso último, pero cuando pensaba que ahora ella corría peligro por culpa de él lo embargaba un sentimiento mucho peor. Álex estaba en peligro por culpa suya, su carrera podía salir maltrecha por estar con él.

Con él.

Miedo era lo que sentía ahora al pensar que la Mafia o cualquiera de los policías corruptos que habían arrestado podía buscar vengarse de él haciéndole daño a ella, como si la vida no le hubiese hecho ya bastante. Miedo era pensar en Alessandra herida o en peligro por culpa de haberle dado una oportunidad a él. La miró durante la cena, la miraba siempre, y supo que aunque su instinto le gritara lo contrario él no podía pedirle a Alessandra que se escondiese o que se marchase. No podía pedirle que volviese a huir. Ella era fuerte, la persona más fuerte que él tenía el privilegio de conocer y amar, pero eso no implicaba que una parte de él no quisiera comportarse como Nick o Jack y encerrarla en una caja fuerte hasta que todo eso hubiese acabado.

«¿Y qué pasará entonces? ¿Qué pasará cuando ella ya no me necesite?».

Sean no era un mártir y tampoco era idiota. Alessandra había sobrevivido a su pasado y era un actriz magnífica. Él la había ayudado a enfrentarse a superar los miedos que todavía le quedaban, pero no se engañaba a sí mismo. A pesar de lo que ella decía, él estaba seguro de que, si él no hubiese aparecido jamás, ella habría encontrado la manera de superarlo sola. «O con otro».

—¿Estás bien? —le preguntó Alessandra al notar que le apretaba los dedos.

Él levantó las manos y le besó los nudillos.

No podía decirle que se sentía inseguro, que tenía miedo de que ella se hubiese enamorado de él porque había sido el primero y no el mejor. Sí, patético, lo sabía, pero era lo que sentía. Alessandra podía tener a cualquiera, los hombres que las revistas proclamaban como los más atractivos del mundo estaban a su alcance. ¿Por qué iba a estar con él?

No, no podía abrumarla con eso. Eran sus inseguridades y tenía que lidiar con ellas. Además, ahora tenían asuntos mucho más importantes que tratar.

—Estoy bien, cariño.

La cena terminó, decidieron que se reunirían la mañana siguiente en Verona como de costumbre. Tabone, Anderson y Rourke continuarían con los interrogatorios en la comisaría. La fiscalía había preparado los pactos que estaban dispuestos a ofrecer a los acusados a cambio de información. Sean iba a tener que enfrentarse solo a todos los ataques que las pruebas recibirían y anticiparse tanto como pudiera a la defensa que sin duda esgrimirían los abogados contrarios. Nick y los hombres de Cavalcanti se encargarían de investigar quién había filtrado toda esa información al periódico.

Sean fue a Verona con Alessandra, ni le pasó por la cabeza irse al apartamento alquilado y ella, gracias a Dios, no se lo pidió.

—Voy a preparar un té.

Sean la vio caminar hasta la cocina. Esos últimos días Alessandra resplandecía, para él siempre lo había hecho, pero ahora parecía más segura, como si por fin hubiese descubierto quién era de verdad y no necesitase ningún disfraz para enfrentarse al resto del mundo.

No, él no podía pedirle que ahora que se había liberado de su miedos volviese a encerrarse.

Caminó hasta donde ella estaba y le besó la nuca. Ella se tensó un segundo.

—Lo siento —susurró él—, creía que me habías oído.

—Estaba despistada, no te preocupes.

Sean volvió a maldecir a su padre. Esos sobresaltos, el miedo a dar la espalda a alguien, a ciertos ruidos, a ciertas posiciones, todo era culpa de su maldito padre. Quería sacarlo de la tumba y matarlo con sus propias manos. No, matarlo no, quería pegarle, torturarle como si fuese un animal y después tal vez lo dejaría morir de nuevo.

—Le odio —farfulló—. Creía que antes ya le odiaba, pero no. Ahora le odio. Y ese odio me asusta porque es tan fuerte que puedo sentirlo corriendo espeso por mis venas. Tiene sabor, lo noto deslizándose por mi garganta, Intento contenerlo y sé que no puedo y a veces no quiero.

—Vuelve a besarme —le pidió ella sin moverse de donde estaba.

—¿Qué? —apretó los dientes—. No, no es necesario.
—Vuelve a besarme, Sean.

Él obedeció porque no podía negarse. Le besó el cuello y esta vez ella no se tensó, sino que soltó el aliento y levantó el brazo derecho para cogerle la nuca a él.

—Otro beso más, Sean.

Ella le fue pidiendo besos hasta que Sean se olvidó de todo excepto de la mujer que tenía en brazos. La levantó en brazos y la llevó al dormitorio, allí se desnudaron sin dejar de besarse. Después, se tumbaron en la cama e hicieron el amor con dulzura, susurrando lo mucho que se amaban y sin pensar, aunque fuese durante ese instante, en el peligro que corrían.

Sean fue el primero en despertar y vio a Alessandra durmiendo de nuevo con su camisa. No le importaba que la hubiese elegido para sustituir a su querido pijama, en realidad le hacía sentirse absurdamente orgulloso de sí mismo. Todavía era de noche, la habitación estaba a oscuras y por la ventaba veía las estrellas. El alba traería consigo nuevas noticias y la maldad del mundo intentaría atacarlos de nuevo. Él quería envolver a Alessandra con sus brazos y protegerla de todo ello, pero sabía que era imposible. Lo que sí podía hacer era amarla.

Amarla hasta su último aliento.

Ella estaba tumbada de lado, apoyaba el peso en su costado izquierdo, y le apartó el pelo y el cuello de *su* camisa para besarle el hombro derecho. Alessandra susurró su nombre, estaba más despierta de lo que él había creído. Siguió besándola, le bajó la camisa y le cubrió el omoplato a besos. Ella sacudió la cabeza y se incorporó.

Quizá estaba dormida y la había malinterpretado.

Alessandra lo miró con una sonrisa en los labios y le empujó el torso para tumbarlo en la cama. Sean no supo interpretar la mirada que vio en sus ojos.

—Quédate tal y como estás.

—De acuerdo —aceptó con la garganta seca.

Ella no había hecho nunca nada parecido y hasta que Sean apareció en su vida y en su corazón ni se le había pasado por la cabeza o si lo había hecho le había retorcido el estómago. El cuerpo de un hombre le asustaba, le daba miedo porque sabía el dolor que podía llegar a causar. Hasta que Sean le demostró que eso no era siempre así. En realidad no debería ser así nunca. Sean le había enseñado con su paciencia, sus besos, su ternura, que el hombre más fuerte podía emplear esa fuerza, esos músculos, para cuidar y proteger, para seducir, para dar placer.

A ella el cuerpo de un hombre nunca le había parecido hermoso hasta que Sean le demostró que confiaba en ella y se puso en sus manos. Cuando estaban juntos quería tocarlo, besarlo, hacerle sentir una minúscula parte de lo que él le hacía sentir a ella, pero el amor mezclado con el deseo siempre le nublaba la mente y acababa sin recorrer toda esa piel, todos esos músculos como quería.

Hoy iba a remediarlo.

Él estaba desnudo y en su cama. Los ojos de Alessandra no sabían dónde detenerse y sus manos sufrían del mismo mal. Él la miraba de esa manera que a ella le prendía fuego al corazón, con un amor que ella dudaba que existiese en otro lugar del mundo que no fuesen los ojos de Sean.

Le acarició el torso y bajó la mano despacio hacia el abdomen.

—No sé si voy a hacerlo bien.

Sean levantó confuso una ceja y, cuando la boca de ella buscó su erección, su espalda se arqueó en la cama.

—Joder. Mierda. Lo siento —farfulló apresuradamente y ella sonrió sin apartar los labios—. Dios. —Con los dedos de una mano se sujetaba a la sábana y la otra estaba en el pelo de ella temblando—. No tienes por qué hacerlo, Álex.

Ella no dijo nada y volvió a bajar la cabeza. Repitió el movimiento tres veces más, las mismas que él repitió su nombre entre dientes. No debía de estar haciéndolo del todo mal si Sean estaba cubierto de sudor y no paraba de temblar. Se sentía muy satisfecha consigo misma y reducir a Sean a ese estado la hacía sentir fuerte, femenina, muy poderosa.

—Dios, Alessandra.

Sean se apartó en un único movimiento, la sujetó por la cintura y la tumbó en la cama. Se colocó encima y la penetró.

—Sean.

—Dios, Álex, eres... eres... te quiero —le dijo como si las palabras se escaparan de sus labios antes de besarla.

La besó frenéticamente. Ella respondió del mismo modo. Podía sentirlo en su interior, los dos temblaban. Sean buscó sus manos, entrelazó los dedos y detuvo el movimiento de su caderas. Alessandra abrió los ojos.

—Eres magnífica, cariño.

—Lo sé. —Ella sonrió.

Él empujó hacia delante y también le sonrió. Alessandra sintió que Sean se retiraba un poco y después volvía a entrar lentamente. Las sonrisas se desvanecieron y quedó el amor y el deseo, esa necesidad que sentían el uno por el otro y nada parecía satisfacer. Sean deseó que nunca desapareciera, ni la necesidad, ni el amor, ni ninguna de las emociones que Alessandra le provocaba, ni siquiera las incómodas como el miedo de perderla porque eso significaba que estaban vivos y juntos.

—Te quiero. —La besó, la sujetó por los hombros e intercambió sus posiciones. Sabía que Alessandra no se asustaba cuando hacían el amor, deseaba con todas sus fuerzas que así fuera, pero también sabía que en algunos momentos se tensaba.

Quedó tumbado en la cama con ella encima y tras la sorpresa inicial Alessandra apoyó las manos en el torso de él y lo besó de nuevo porque le quería, porque era un hombre increíble y porque se habían encontrado y enamorado cuando ella estaba segura de que esa clase de sentimientos no existían.

Existían.

Sean se incorporó, hundió el rostro en el cuello de Alessandra y la besó.

Bajaron a Verona, encontraron a Jack y a Rourke con cara de pocos amigos.

—¿Qué ha pasado? —Sean apretó la mano de Alessandra.

—Alessandra ha recibido otro ramo de rosas negras en el Plaza, es el doble de grande que los anteriores —explicó Rourke.

—¡Mierda! —Sean había temido que eso fuese a suceder, que la aparición de Alessandra en el periódico alterase en cierto modo el comportamiento de su *admirador*.

—¿Llevaba tarjeta? —preguntó ella.

—Sí. —Rourke se la entregó.

—«Te perdono» —leyó Alessandra en voz alta, la mano que sujetaba el trozo de papel temblaba—, ¿qué significa?

—Significa que tenemos que encontrarle —respondió Sean.

Nick llegó entonces con los periódicos del nuevo día. La historia del pasado de Alessandra y su relación con Sean seguía siendo el centro de atención.

—Joder, Álex —la llamó así delante de los demás. Supuso que siendo como eran sus amigos no tenía nada que ocultarles—, lo siento.

Él había pensado en todo. Había buscado puntos débiles donde apenas los había y no se le había ocurrido que ellos dos lo fueran. Era absurdo, Alessandra no formaba parte del caso y si él pensaba fríamente en ello sabía que si los atacaban a ellos era porque no habían encontrado nada más; las pruebas eran sólidas, iban a ganar. Querían alterarlos, ponerlos nerviosos y ver si así averiguaban algo. Él no iba a darles esa satisfacción, pero, joder, odiaba no haberlo previsto y no haber buscado la manera de proteger a Alessandra. Habría esperado, no se habría acercado a ella hasta que el caso hubiese acabado.

Ella le acarició la mejilla y le dio un beso en los labios.

—Tengo que ir a ensayar, ¿me acompañas al teatro?

CAPÍTULO 28

Era el día del estreno.
El Roxy levantaría el telón esa tarde a las siete. Las entradas llevaban días agotadas y desde la aparición de la historia de Alessandra en la prensa el precio de la reventa se había disparado. Eric Kazan no le hizo ningún comentario al respecto, era como si nada hubiese sucedido; Montgomery Clift le sonrió, le dijo que como primer escándalo no estaba nada mal y le aconsejó que no leyese nada de lo que publicasen sobre ella, excepto las críticas. Él no lo hacía desde que le habían casado más veces de las que podía recordar.
Anderson la había acompañado al Roxy en coche, Sean se había despedido de ella en Verona y le había asegurado que no se perdería la obra por nada del mundo. Los demás no irían, habían tomado la decisión entre todos; no querían que el estreno de *Cumbres borrascosas* se convirtiese en un circo y eso sería lo que sucedería si «los valientes de Nueva York» se presentaban en pleno en el teatro. Irían a lo largo de los días siguientes. Ni a Nick ni a Jack les gustaba la idea de tener que esperar, los dos habían visto

ensayar a Sandy desde pequeña, pero no habían discutido el derecho de Sean de ser el primero en verla.

—Gracias por traerme, Anderson —le dijo ella antes de bajar del coche.

—Ha sido todo un placer, Alessandra.

—Y gracias por... por todo.

—No me las des.

—Gracias. —Le abrazó un instante.

—De nada —respondió él emocionado.

Ella abrió la puerta y corrió hacia el teatro.

Sean y Rourke encontraron al chico que había entregado los ramos de rosas negras al hotel y averiguaron que a él se los había entregado otro chico, un repartidor de periódicos, y a este otro más, el hijo de un tendero. Siguieron la cadena hasta que uno de ellos les explicó que el ramo se lo había entregado un hombre de aspecto anodino con un sobre para entregar al siguiente chico y unas instrucciones muy precisas.

—Me dijo que me estaría vigilando y que si me quedaba con el sobre o no cumplía con sus órdenes al pie de la letra sabía dónde encontrarme.

Nick por su parte había estado investigando el pasado de Alessandra y efectivamente no había nadie en él que la odiase. El que supuestamente había sido su pareja, otro actor, vivía ahora retirado en Argentina, su agente, Beny lo llamaba ella, la adoraba como a una hija y los directivos de los estudios la consideraban una empleada ejemplar.

Tenía que ser un loco, pensó Sean asustado, pues la locura era impredecible. Pasó el día entero repasando las pocas pruebas que tenían sobre los malditos ramos, leyendo una y otra vez las respuestas de los chicos que los habían entregado a ver si algo, cualquier cosa, destacaba, pero nada. Absolutamente nada. El «te perdono» de la última tarjeta le erizaba la piel, ¿qué diablos tenía derecho a perdonarle ese desgraciado? ¿Quién era ese tipo para creer que podía juzgar a Alessandra?

—No sucederá nada —intentó tranquilizarlo Jack al ver que Sean caminaba como un león enjaulado por entre las estanterías de Verona—. Nosotros no estaremos allí, pero habrá un coche de policía cerca del teatro y otro con los hombres de Nick. Ese tipo no será tan estúpido como para acercarse a ella el día del estreno.

—No quiero correr ningún riesgo. ¡Maldita sea! Si pudiera encerrar a Alessandra y tenerla a mi lado hasta que todo esto acabase, lo haría.

—Pero no vas a hacerlo.

—No, no voy a hacerlo. —Se frotó la frustración del rostro.

—Vamos, repasemos juntos de nuevo lo que tenemos. Encontraremos a ese tipo, Sean.

Sean esperó hasta el último minuto. Por desgracia, cuando se fue hacia el Roxy sabía lo mismo que días atrás: nada. Vio las luces del teatro, el edificio estaba adornado por tiras de bombillas blancas que habían encendido para el estreno. La acera estaba llena de gente y en el suelo había una alfombra roja por la que supuestamente iban a entrar los invitados más importantes como el alcalde de Nueva York o Elizabeth Taylor, gran amiga de Montgomery Clift, eso lo había aprendido Sean esos últimos días. Él no pasaría por allí, entraría por la puerta de atrás, la que utilizaban los empleados del teatro, y observaría a Alessandra entre bambalinas. Aún faltaba una hora para que empezase la función, tal vez hora y media si se retrasaban un poco, Sean había decidido que quería besar a Alessandra antes de que empezase la función. No solo porque la echaba de menos, algo que no pensaba justificar, sino porque sabía que durante la representación ella tenía que besar a Monty y estaba celoso, algo que tampoco pensaba justificar. Una madrugada, días atrás, la había ayudado a leer el texto, ellos aún no estaban juntos, y cuando llegaron a la parte del beso la pasaron de largo. Hoy en el escenario no iban a obviarla y él tenía celos. Celos injustificados y absurdos, pero los tenía, y quería besar a Alessandra y recordarle que sus besos, los que ellos se daban, eran de verdad mientras que los demás eran de mentira.

Abrió la puerta y se cruzó con un par de modistas que lo miraron sorprendidas. Él siguió andando. El director del teatro lo detuvo, Alessandra los había presentado hacía unos días.

—Gracias a Dios que está aquí, detective.

Sean fingió no inmutarse, pero su instinto se puso en alerta.

—¿Por qué? ¿Ha sucedido algo?

—Venga conmigo. —El hombre se dirigió al camerino de Alessandra—. Soy consciente de que los actores son personas apasionadas y volátiles, pero eso no les exime de cumplir con sus obligaciones.

Sean no tenía ni idea de lo que ese hombre le estaba diciendo.

—Por supuesto.

—Entiendo que discutan con su pareja y que tengan tendencia al dramatismo.

—Si usted lo dice.

Entraron en el camerino.

—Si usted y la señorita Bonasera han discutido es asunto suyo —le golpeó el pecho con una nota—, pero la función tiene que empezar dentro de una hora—. Sean dejó de escucharlo y miró la hoja de papel. Algo iba mal, muy mal—. Le dejaré a solas para que la lea. Espero que después se vaya de aquí y regrese con la actriz principal, el Roxy no puede tener la sala llena y anular el estreno del año.

A Sean le pitaban los oídos. Desdobló el papel:

*Lo nuestro ha acabado, Sean, no me busques, no quiero volver a verte. No puedo estar con el hijo de mi violador. Me voy con Lu**k**e y Dere**k**, espero que lo entiendas. Alessandra.*

NO.
Arrugó el papel entre los dedos y salió corriendo del teatro.
Sabía quién tenía a Alessandra. Había sido un estúpido por no darse cuenta antes y por no haber confiado en sus amigos.
El corazón le latía en el pecho, le quemaba.
«Aguanta, Álex».
No se había creído la nota ni por un segundo, aunque leer esas frases del puño y letra de Álex le había hecho daño. Pero ella no le había dejado. Si Álex algún día decidía dejarle lo haría mirándole a los ojos. No, alguien se la había llevado de allí a la fuerza y ella había conseguido dejarle un mensaje. Dio gracias a Dios por esas madrugadas que habían compartido en Verona, por las preguntas que ella le había hecho sobre su trabajo.
—¿Por qué estas letras son más oscuras que el resto? —le preguntó una mañana—. Están resaltadas varias veces.
—Es un sistema que tengo —le contestó—, lo utilizaba en la academia para estudiar. Marco las letras importantes, las que son la inicial de algún concepto o en este caso las iniciales del testigo.
Ella no se había ido con Luke y Derek, sus hermanos irían a verla la semana siguiente, se había ido con EK. Eric Kazan. Mierda. Él le había pedido a Patrick que lo ayudase a investigar a Jack, Nick, Anderson, Cavalcanti, incluso a Rourke, y también a los miembros de la compañía de teatro.
Después, cuando tuviera a Alessandra en brazos, ya se disculparía con sus amigos por haberlos investigado.

Los datos que había recabado sobre Eric Kazan desfilaron por su mente mientras corría hacia el vehículo de la policía que Jack le había explicado estaría allí. Kazan tenía una granja, una estúpida granja a la que él no había prestado la atención que se merecía porque le había parecido algo absurdo. Había cometido un error, un grave error, había estado tan absorto en lo que sucedía entre Álex y él, en preparar el caso de Anderson lo mejor posible para impresionarle y así compensar de un modo absurdo los fallos de su padre, que no le había prestado atención a una jodida granja en la que evidentemente podían cultivarse rosas negras.

Mierda.

—Soy el detective Bradford. —Se identificó ante los policías que ocupaban el vehículo aunque no habría hecho falta, a esas alturas toda la policía de Nueva York sabía quién era—. Necesito el vehículo y que vayáis a la librería Verona.

—Por supuesto, detective.

Tanto el conductor como el acompañante bajaron del coche. Sean les dio la nota y añadió:

—Decidle al capitán Tabone que la tiene Eric Kazan en su granja. —Anotó detrás de la maldita nota de Alessandra la información que recordaba de la misma y puso el vehículo en marcha.

Alessandra abrió los ojos, los párpados aún le pesaban y supuso que el efecto del cloroformo todavía tardaría un poco en desaparecer del todo. El ensayo de la mañana había ido muy bien. Cuando terminaron, Kazan aplaudió emocionado con los ojos brillantes y les dijo que era un privilegio dirigirlos en esa representación; podía irse a casa, al hotel, descansar y volver más tarde para el estreno.

Ella fue a su camerino para cambiarse. Tal vez encontraría a Sean y podría estar con él un rato. Él le había dicho que la vería por la tarde, pero quizá tuviera suerte. Oyó la puerta, el teatro estaba casi en silencio porque todos se habían ido a sus hogares. Ella había anhelado tener uno. Quizá lo tendría pronto, un hogar con Sean.

—Hola, Alessandra —la saludó al mismo tiempo que la apuntó con un arma.

—¿Qué estás haciendo, Eric?

—Creía que habías entendido mis mensajes, que sabías que tu fuego solo puede arder a mi lado. —Tenía la mirada oscura y la frente cubierta con una fina capa de sudor—. Pero no, has dejado que ese asqueroso policía te mancillara, te ensuciara.

A Alessandra se le heló la sangre. Habría gritado si él no le hubiese puesto la pistola en la sien.

—No te preocupes, Alessandra. —Él pronunciaba su nombre como si las «s» fuesen una «x». Antes no lo había hecho—. Te perdono, ya te lo he dicho antes con tus rosas y es verdad. Te perdono, no sabías lo que hacías. Cuando leí ese artículo, lo entendí todo. Mi pobre Alexandra, mi niña. Ese cerdo te ha utilizado para vengarse, para vengar a su padre.

Ella apenas lo escuchaba. Buscaba en el tocador, en el suelo algo que utilizar para defenderse. En su mente oía a Sean una y otra vez: «Tienes que sobrevivir. Lo único importante es que sobrevivas». No permitió que el miedo la paralizase. No iba a dejar que el pasado o que ese lunático la separasen de Sean y de la vida que los estaba esperando sin luchar.

—El problema, Alexandra, es que antes voy a tener que purificarte —siguió Kazan—, tengo que eliminar de tu precioso y puro cuerpo los rastros de ese cerdo. Aún recuerdo la primera vez que te vi en esa maldita película donde hacías de corista. No podía creerme que estuvieras allí mirándome después de tanto tiempo.

Algo en la voz de Kazan cambió y Alessandra comprendió que estaba loco y que en realidad no la veía a ella, sino a esa Alexandra, fuera quién fuese. Por eso la había elegido para que representase a Catherine, tal vez por eso incluso había abandonado Rusia. Sintió verdadero miedo, un hombre que había llegado a tal extremo no iba a parar hasta obtener lo que quería.

Y ella tenía que averiguar qué era, tenía que conseguir tiempo. Tiempo para pensar, para buscar la manera de escapar o para que Sean la encontrase.

«Sean».

—Tienes razón —susurró—. Tienes razón, Eric.

A él le brillaron los ojos y la mano que sujetaba el arma tembló.

—¿Alexandra?

—Sí, estoy aquí.

—Estás intentado engañarme, zorra. —La abofeteó y se golpeó la cabeza contra el espejo. Él la sujetó por el pelo—. No me importa, cuando acabe contigo solo quedará Alexandra.

«Oh, no, imbécil, a mí ya no me eliminará nunca nadie».

—Está bien, Eric. No me hagas daño. —Odió fingir que era una cobarde—. Deja que me despida de Sean.

—¿Acaso crees que soy idiota?

—Él vendrá a buscarme. —Vio que le prestaba atención y siguió—. Vendrá a buscarme y nunca desaparecerá.

—¿Tan segura estás?

—¿Quieres correr ese riesgo?

Amartilló el arma.

—Sé que crees que me la estás jugando, pero no es así. Escribe una nota, despídete de él y asegúrate de que te cree. De lo contrario la primera bala que saldrá de aquí será para él.

—Tranquilo, me creerá.

Escribió algo que sabía que encajaría en la retorcida mente de Kazan y en la de cualquiera que leyera accidentalmente la nota. Y añadió esas letras más oscuras con la esperanza de que Sean lo entendiera. Tenía que entenderlo, él tenía que recordar esa madrugada.

Ella no había olvidado ninguna.

Terminó la nota e iba a ponerse en pie cuando Kazan le colocó un pañuelo bajo la nariz y sobre los labios.

—No puedo correr ningún riesgo —le susurró pegado asquerosamente al oído—. Cuando seas Alexandra, todo se arreglará.

Estaba en una casa muy vieja, por los sonidos que entraban por la ventana diría que se trataba de una granja, había oído a un perro y también un búho y olía un poco a estiércol. No tenía la sensación de que hubiese transcurrido mucho tiempo desde que se la había llevado del teatro, así que supuso que no se habían alejado demasiado de la ciudad. Rezó para que Sean hubiese adivinado quién se la había llevado del teatro, aunque estaba convencida de que, cuando esa tarde no pudiesen estrenar la obra y vieran que ni Kazan ni ella estaban por allí, no les iba a costar deducirlo. Se estremeció al pensar qué historia inventaría Kazan para justificar su ausencia. Tendría que haberle dicho a alguien que él le producía escalofríos, pero estaban tan preocupados por el caso y ya habían hecho tanto por ella que no había querido preocuparles por algo que en su momento le había parecido una tontería.

A Sean Kazan tampoco le gustaba, se lo había insinuado en más de una ocasión. Seguro que averiguaría la verdad y la encontraría.

«Tú mantente con vida».

Tenía las manos atadas en la espalda y un pañuelo tapándole la boca. Le dolía la espalda, no demasiado, por eso deducía que no había pasado tanto tiempo y tenía la garganta seca. Los ojos, sin embargo, los tenía libres para observar sus alrededores tanto como quisiera...porque no iba a dejarla salir viva de allí.

No, no podía pensar así. Iba a salir de esa.

Se incorporó, estaba tumbada en una cama que olía a humedad, pero que por lo demás estaba limpia. No había fotografías por ningún lado, solo una vieja postal de lo que parecía un descampado, quizá fuera la estepa rusa.

Oyó rechinar una puerta, el sonido procedía de debajo de ella. Era una casa de dos pisos, ella estaba en el superior. Las pisadas sonaron por una escalera de madera y un haz de luz se ensanchó frente a ella.

—Estás despierta, Alexandra, me alegro. —Kazan se acercó a ella y le soltó los brazos, le masajeó las muñecas. Ella se tensó y se obligó a no apartarse, no iba a darle el gusto—. Veo que aún no te has hecho a la idea. Tranquila, pronto cambiarás de opinión.

Le aflojó la mordaza y le retiró el pelo para besarle la nuca.

Entonces Alessandra se apartó. No iba a permitir que la besara o que la tocase en contra de su voluntad. Se dio media vuelta y aprovechó la sorpresa de él para echar la cabeza hacia atrás y golpearle la nariz con todas sus fuerzas.

Kazan gritó en ruso, la sangre le resbalaba por el rostro.

Alessandra se puso a correr.

Corrió.

Bajó la escalera precipitadamente, todo olía a viejo y a desesperación. Salió fuera, la noche era oscura y apenas podía ver nada porque esa casa, esa granja, estaba en medio de la nada. No iba a pasar ningún coche, ningún vecino aparecería si gritaba. Tenía dos opciones, huir y dejar que él la cazara como si fuera un conejo asustado o ir a ese granero que había unos metros más abajo, buscar algo con lo que defenderse y enfrentarse a Kazan.

«Tú sobrevive, haz lo que sea necesario para sobrevivir».

Corrió hacia el granero.

CAPÍTULO 29

Sean nunca había conducido tan rápido, nunca le habían sudado tanto las manos y nunca había rezado tanto como en esa última hora. Joder, tendría que haber hecho caso de su instinto y haberle hablado de Kazan a Tabone y a Nick, o a Rourke, a cualquiera. Pero no, se había quedado con esas sospechas para él solo, no había tenido presente que ya no estaba solo, que formaba parte de un equipo y por su culpa ahora Alessandra estaba en peligro.

Joder.

Pisó el acelerador.

Las estúpidas inseguridades de los últimos días se desvanecieron, qué importaba que ella acabase dejándolo por un actor de Hollywood o por un hombre cualquiera, lo único que importaba era que Alessandra estuviese viva y fuese feliz y él moriría para garantizarlo, si llegaba a ser necesario.

Kazan había comprado la granja prácticamente días después de su llegada a Estados Unidos. Se trataba de una finca aislada, una vieja propiedad abandonada. Sean no había encontrado pruebas de que la casa fuese habitable o de que alguien hubiese vivido allí en los últimos cincuenta años. Le había parecido extraño, pero no peligroso. ¡Qué error tan estúpido!

Unos pocos kilómetros más, Alessandra tenía que aguantar un poco más.

«Dios, por favor, Álex, sé que puedes hacerlo».

Confiaba en ella, en los instintos que la habían llevado a sobrevivir años atrás cuando un policía, su padre, su jodido padre, la violó. Sabía que era fuerte y valiente, que lucharía con uñas y dientes. La nota que le había dejado era prueba de su astucia, pero no era un ingenuo y sabía que existía la posibilidad de que el miedo la paralizara durante un segundo, y los depredadores como Kazan a menudo solo necesitaban eso, un segundo.

Salió de la carretera principal y recorrió la secundaria tan rápido como pudo. Los conductores de dos coches le insultaron, pero no le importó. Unos cuantos kilómetros más, giró cuando leyó el nombre del pueblo que había leído semanas atrás en esa nota que le había conseguido Patrick. Cuando todo eso acabase, le invitaría a varias cervezas, le compraría un pub entero. Lo único que pedía a cambio era llegar a tiempo.

Había llegado tarde demasiadas veces en la vida.

La carretera apenas estaba iluminada. La ausencia de casas y de vehículos le alarmó, el desgraciado de Kazan había elegido un lugar muy remoto. Un lugar donde nadie pudiese oír los gritos.

Pisó el acelerador.

Vio una luz pequeña en la distancia, provenía de un granero y al lado se veía una casa. Tenía que ser esa, tenía que serlo. Las ruedas del coche levantaron polvo cuando pasaron de circular por el asfalto a la arena del camino. Apagó las luces, no quería delatar su presencia antes de lo necesario, no quería poner en peligro la vida de Alessandra.

Paró el motor y recorrió los últimos metros en punto muerto. No estaba delante de la casa, pero sí muy cerca. Había un coche frente a la puerta, no lo reconoció, pero supuso que era el que había utilizado Kazan para sacar a Alessandra del teatro. Le hirvió la sangre al imaginarse a su mujer pasando por eso. ¿La había drogado? ¿La había encerrado en el maletero? Lo mataría solo por eso.

Abrió la puerta, llevaba en la mano el rifle que le habían dejado los policías a los que había sacado del coche. También tenía su arma reglamentaria. Su instinto le decía que Kazan estaba solo, las rosas negras y ese secuestro eran comportamientos individuales, aun así no quería jugársela.

Agazapado detrás del morro del coche, Sean pensó que moría cuando oyó el grito que salía del granero.

«Álex».

—No vas a poder esconderte, Alexandra. Recuerda que la última vez no te sirvió de nada.

¿La última vez?

Alessandra estaba escondida detrás de una bala de heno y sujetaba en la mano un rastrillo, era lo único que había encontrado para defenderse. La luz del farolillo iba acercándose. Esperaría a que él girase la cabeza hacia la ventana para correr hacia el otro lado. Tenía que distraerlo como fuera. Agachó la vista, entrecerró los ojos por si así sucedía un milagro y veía algo. Un guijarro blanco en medio de la tabla de madera, alargó la mano y lo cogió. Lo lanzaría contra la pared y cuando él se girase al oír el ruido ella echaría a correr.

Si conseguía escapar del granero tal vez podría encerrarle dentro y así tendría tiempo de buscar en la casa las llaves del coche que había visto fuera.

Lanzó la piedra y Kazan se giró, ella salió de su escondite y corrió tan rápido como pudo. Él la oyó, la madera había crujido traidora bajo sus pies, y se lanzó encima de ella. La atrapó cuando estaba a punto de lograrlo, los dedos de él, pegajosos por la sangre que se había limpiado de la herida, le aprisionaron el tobillo y la lanzó al suelo.

Él también cayó, pero no la soltó. Se arrastró hasta quedarle encima. La abofeteó. El físico de Kazan nunca le había parecido tan imponente como en aquel instante, aun así tenía que tener un punto débil.

El recuerdo de la voz de Sean la reconfortó y le dio ánimos para luchar.

Alessandra levantó una rodilla tan rápido y con tanta contundencia como le fue posible y Kazan se retorció de dolor y cayó a su lado. Ella se levantó, le ardía la cara y notaba el sabor de la sangre, pero corrió hacia la salida.

Logró alejarse dos metros. Él gritó cual animal herido y fue a por ella dominado por la rabia. La sujetó por la cintura y la levantó por los aires. Ella pateó, gritó, le mordió la mano con la que él intentó hacerla callar.

—Conseguiré domarte, volverás a ser mi Alexandra.

—Eso nunca.

—No resistirás, la última vez no pudiste.

Alessandra sintió escalofríos al pensar de quién estaba hablando Kazan. Había existido una Alexandra a la que él le había hecho eso antes y había acabado muerta. Lo sabía sin ninguna duda. Ella no acabaría igual. Nunca. Jamás.

La lanzó contra la pared del granero. Ella se dio un golpe en la cabeza; apretó los dientes para contener el dolor y no perder la conciencia.

—Esta vez será distinto, ya verás —lo provocó. Tenía que ganar tiempo, mientras estuviera discutiendo con ella no le haría otras cosas.

—Eso espero —sonrió él malicioso—. Eso espero.

Movió las manos en el suelo en busca de algo con lo que defenderse, el rastrillo se le había caído. Él intentó sujetarla por los hombros, ella forcejeó y movió las piernas furiosa.

—¡Suéltame! Jamás haré nada de lo que me pidas.

—Sí que lo harás. Llegará un momento en que harás todo lo que te pida.

—¡Ni lo sueñes!

—Todo esto es culpa tuya, Alexandra. —La tumbó en el suelo y le sujetó las muñecas. Ella mantuvo el pánico a raya y siguió pensando—. Tuya y de ese maldito policía. Él no te conoce como yo, él no te quiere como yo.

—Estás loco, Eric. Suéltame.

Pensó que, si lo llamaba por su nombre, si mantenía ese mínimo de comportamiento civilizado, tal vez él reaccionaría y recuperaría la cordura y la dejaría ir.

—Eres mía. Vas a ser mía. He sido muy paciente, pero tienes que decirme que olvidarás a ese policía.

—¿Olvidar a Sean? Jamás—. Lo miró a los ojos—. Nunca.

Él le pegó de nuevo, a ella le pitaron los oídos durante unos segundos.

—Le olvidarás.

—Jamás.

—Haré que le olvides, haré que solo seas capaz de pronunciar mi nombre.

Otra bofetada.

—Puedes quitármelo todo, pero nunca me quitarás a Sean. Nunca.

Él intentó quitarle la falda, ella opuso tanta resistencia como pudo y de repente vio su zapato de tacón a un lado. Lo cogió con la mano que él le había soltado para intentar desnudarla y le pegó tan fuerte como pudo en la cabeza. Kazan empezó a sangrar por una ceja y ella pudo escabullirse.

La puerta estaba cada vez más cerca, casi podía respirar el fresco aire de la noche. Huiría de allí. Kazan volvió a gritar, ese grito infrahumano, y fue tras ella. Estaba desquiciado, la sangre le cegaba y si en algún momento había considerado la posibilidad de dejarla con vida ese instante había quedado irremediablemente atrás.

Sujetó a Alessandra del pelo y volvió a tirarla al suelo. Ella le arañó, abría y cerraba la boca para morderle, pateaba. Recibía golpes y los propinaba.

—Veo que me he equivocado contigo, no vas a entrar en razón.

—Suéltame.

—No, no serás mi Alexandra. Eres una estúpida. Lo único que tienes que hacer es decirme que eres mía y te perdonaré.

No la perdonaría jamás, la estaba torturando.

—Soy mía.

La abofeteó de nuevo mucho más fuerte que antes. Iba a arrancarle la blusa, ella parpadeó y levantó las manos en busca de los ojos de él. No se rendiría, clavó las uñas en el rostro de él y cuando Kazan le apartó la mano y la sujetó contra el suelo buscó algo, una piedra, algo. Se cortó. Notó que la sangre le resbalaba por los dedos. Había un cristal en el suelo, probablemente de la ventana que llevaba años rota. Rodeó el cristal y lo sujetó tan fuerte que notó que se cortaba la palma.

—¡Suéltala ahora mismo!

«Sean»

«Sean»

Kazan se giró hacia la puerta, una sonrisa letal en los labios teñidos por sangre y suciedad de haber caído al suelo, Alessandra levantó la mano, gritó llena de rabia y hundió el cristal en la yugular.

Sean disparó al mismo tiempo. Habría vaciado el cargador entero si no hubiera sido porque necesitaba correr hacia donde estaba Alessandra y abrazarla.

El cuerpo de Kazan se desplomó, él se sujetaba el cuello mientras sangraba como un cerdo hacia su muerte. Ni Sean ni Alessandra lo miraron. Murió solo en medio de un charco de su propia sangre y miseria.

—Dios mío, Álex. —Sean lanzó el rifle a un lado y se arrodilló junto a ella para abrazarla y tocarla—. Te tengo. Te tengo.

—Sean. —Alessandra rompió a llorar—. Has venido, has venido... has venido.

—Por supuesto que he venido. No me creí esa nota ni por un segundo. —La apartó de su torso para mirarla. Tenía el rostro destrozado, tuvo ganas de acercarse al cadáver de Kazan y volver a dispararle. En vez de eso empezó a besar delicadamente cada una de las heridas—. Dios mío, Álex.

—Me has salvado.

—No, amor mío, te has salvado tú —le dijo él llorando—. Eres... te quiero, Álex.

Ella hundió el rostro en el cuello de él y siguió llorando. No podía parar.

No se movieron de donde estaban. Cuando llegaron los demás acompañados por dos coches de policía Sean se limitó a señalar con la cabeza el lugar donde estaba el cuerpo de Kazan. Anderson se acercó a ellos y los cubrió con una manta. Nick y Jack se ocuparon de llevarse el cadáver y de entrar en la casa para asegurarse de que allí no había nadie más.

Cuando salieron y fueron en busca de sus amigos, tenían el rostro desencajado.

—Ese tipo era un perturbado —sentenció Nick—. Tendríamos que habernos dado cuenta antes.

—Y yo que creía que el complejo de Dios solo lo tenía

yo, Nick. Joder, yo también estoy cabreado, pero ¿cómo podíamos haberlo sabido? El muy cabrón se comportaba con normalidad y apenas lo vimos dos o tres minutos en la puerta del Roxy —Jack intentó tranquilizar a su amigo para ver si así conseguía también domar su rabia.

Al oír el nombre del teatro, Alessandra, que seguía en brazos de Sean aunque ya no en el suelo, sino sentada sobre una bala de paja, parpadeó.

—¿Qué ha pasado con la obra? —Tenía la voz ronca por culpa de los gritos y del miedo que había pasado y le escocía el labio.

—No te preocupes por eso ahora, cariño —le pidió Sean, al que le temblaban los brazos de lo fuerte que quería abrazarla. Quizá así se aseguraría de que de verdad estaba a salvo.

—Cuando recibimos la nota de Sean con la dirección de la granja, salimos corriendo hacia aquí —empezó Jack—, Rourke fue al teatro. Me imagino que habrán suspendido el estreno.

—La verdad, Sandy —Nick se sentó al lado de la pareja y le pasó una mano por el pelo como cuando eran pequeños—, es que la obra me importa una mierda. Joder, Pelirroja, se suponía que ya no ibas a darme más sustos de estos.

Ella intentó sonreír, pero se le escaparon unas lágrimas y Sean le dio un beso en el pelo.

—Lo has hecho muy bien, muy bien. Ahora todo ha acabado.

—Kazan... —no podía llamarlo Eric— me llamaba Alexandra. ¿Sabéis quién es?

—Aún no —contestó Jack sentándose al lado de Sean, al que dio un afectuoso apretón en el hombro. Entendía perfectamente el terror que había pasado su nuevo amigo—. Pero deduzco que es la chica de las fotografías que hemos encontrado dentro. No se parece a ti —se apresuró a añadir—, al menos no físicamente. Quizá tengáis algún parecido en los ojos, pero nada importante. Vete a saber qué pasó por la mente de ese loco. Hemos encontrado varias cartas, están escritas en ruso, Nick se las ha dado a uno de los hombres que nos han acompañado, su abuela es rusa.

—Capitán —el chico en cuestión apareció como si hubiese oído que estaban hablando de él—, ya he leído las cartas.

—¿Y qué dicen?

—Kazan escribía a una chica llamada Alexandra, le pidió matrimonio, pero ella lo rechazó. Meses más tarde ella desapareció, o eso he deducido a juzgar por las cartas que el hermano de ella le escribió a Kazan preguntándole si la había visto.

—Gracias.

Tras un saludo respetuoso, el policía los dejó de nuevo a solas y volvió junto a Anderson, que estaba supervisando la operación.

—Tal vez no sepamos nunca la verdad —señaló Nick.

—Quiero saber el nombre completo de esa chica, quiero decirle a su hermano que ella también luchó.

—Lo averiguaré, no te preocupes —le aseguró Sean—. Te lo prometo.

—No sé qué vio en mí, me dijo que me había visto en una de mis primeras películas. No sé qué pudo ver en mí para pensar que yo... que accedería a hacer lo que me pedía.

—Eh. —Sean la detuvo, le colocó unos dedos bajo el mentón y le buscó la mirada—. No es culpa tuya. Tú no has hecho nada para merecer esto, ¿está claro?

—Pero...

—No —le falló la voz—, pero nada. Él era un loco y se obsesionó contigo. Tú no has hecho nada malo, ni ahora ni nunca.

Ella se dio cuenta de que no estaba hablando solo de Kazan.

—Sean, *amore*.

—Y no me consueles. —Le resbaló una lágrima—. Maldita sea. Maldita sea.

La abrazó y dejó de intentar ser elocuente.

—Vámonos de aquí —decidió Jack.

—Sí, vámonos. —Nick lo secundó y entre los dos ayudaron a Sean y a Alessandra a llegar hasta el coche.

Condujo Jack, Nick iba a su lado y detrás iban Sean y Alessandra. No se cuestionaron viajar de otra manera. Al llegar a Nueva York Alessandra supo que a diferencia de años atrás esta vez no iba a huir de la pesadilla, iba a quedarse justo donde estaba y con quien estaba porque con él, con Sean, podía hacer frente a todo.

Acababa de demostrarlo.

Fueron a Verona. En la calle había aparcado un coche con dos hombres armados y Alessandra supo que seguiría allí hasta que todos superasen lo sucedido esa noche. La preocupación que el artículo les había causado horas atrás parecía ahora ridícula. Durante el trayecto y con el único objetivo de llevar sus mentes a otra parte, Nick les contó que había averiguado cómo se había infiltrado esa información; un viejo policía al que Sean arrestó en la comisaría recordaba la historia de su padre, había sido compañero suyo en una época, y malgastó su derecho a una llamada para llamar a un primo y contárselo todo. Confiaba en obtener una gran suma por parte del periódico y sí, la obtuvo, y ahora le haría falta para pagar a los abogados.

Sean y Alessandra subieron al viejo apartamento de Emmett Belcastro, ella apenas había dejado que le limpiasen las heridas en la granja y se había negado en rotundo a ir al hospital.

—¿Estás segura de que no quieres ir al médico?

—Estoy segura... —afirmó con demasiada rotundidad y después añadió— no quiero que me toque nadie que no seas tú.

—Dios mío, Álex. —Sean volvió a abrazarla, había tenido que soltarla para entrar—. Vamos, te prepararé una bañera con agua caliente y veremos qué podemos hacer. Te prometo que te recuperarás. Te lo prometo.

—Lo sé.

Sean se quitó la americana y abrió el grifo del agua caliente. Alessandra estaba allí de pie esperando, de vez en cuando lo miraba pero había instantes en que la mirada le quedaba perdida. Él se asustaba entonces, no quería que ella volviese allí, a ese granero donde la había encontrado defendiéndose con uñas y dientes. Abrió los armarios hasta que encontró jabón y sales de baño con un ligero perfume a menta.

—Vamos, tienes que entrar en calor.

La ayudó a desnudarse. Ella siseaba cada vez que algo le rozaba la cara o las costillas y cuando le quitó la camisa Sean tuvo que contenerse para no soltar todo el veneno que tenía dentro. El cuerpo de ella estaba lleno de moratones y de arañazos.

«Pero está aquí. Viva. Contigo».

No le dijo nada. La miró a los ojos y se agachó para darle un cariñoso beso en los labios. Ella apenas respondió, pero al menos le devolvió la mirada.

La ayudó a entrar en el agua caliente y con un vaso que fue a buscar a la cocina le mojó el pelo con cuidado. No podía soportar la idea de verla herida, pero no iba a tratarla como si estuviese rota o fuese una flor delicada. Era una vencedora e iba a tratarla como a tal, a adorarla.

Le enjabonó el pelo y le pasó un paño mojado por la espalda. Encendió unas velas que había encontrado en la cocina en su última incursión y se dispuso a salir.

—No —lo detuvo ella—. No te vayas. Entra aquí conmigo.

Sean la miró, no podía respirar. La quería tanto que haría cualquier cosa que ella le pidiese, pero no sabía si estaba preparada para eso. No quería hacer nada que le recordase la violencia a la que acababa de sobrevivir y su físico parecía estar hecho para eso.

—No me digas que no, Sean.

—No iba a hacerlo —mintió.

—Esta noche estoy viva gracias a ti.

—Eso no es verdad, estás viva porque eres increíble y...

—Estoy viva porque quería vivir por ti. Tú eres lo que me ha impulsado a levantarme del suelo cada vez y a correr hacia esa puerta. No me dejes a un lado ni me des tiempo para recuperarme, no sin ti.

—No voy a dejarte nunca, Álex. Te quiero.

—Pues entra en la bañera y abrázame, ¿de acuerdo? —le pidió con lágrimas en los ojos.

—De acuerdo.

Se desnudó y entró en el agua, se sentó detrás de ella y la abrazó. Ella lloró sobre su pecho desnudo y él fue fuerte por ella.

—Te amo, Álex.

Ella no respondió, le abrazó aún más fuerte y lloró hasta quedarse dormida.

CAPÍTULO 30

Hawái, unos meses más tarde

No había sido fácil llegar hasta allí. Les había llevado toda una vida y demasiadas pesadillas, pero allí estaban. Juntos. Recién casados.
Marido y mujer.
Lo demás no importaba.
Cumbres borrascosas no llegó a estrenarse nunca en el Roxy, ni en ninguna otra parte. El escándalo por el intento de secuestro y asesinato de Alessandra por parte de Eric Kazan fue de tal magnitud que Beny tuvo que contratar una secretaria, una prima suya recién llegada de Polonia, para que lo ayudase. Alessandra suponía que iba a contratarla de todos modos y que solo le decía eso para hacerla sonreír.
Alessandra y Sean concedieron una única rueda de prensa en la que estuvieron acompañados en todo momento por el superintendente Anderson, el capitán Jack Tabone, el detective Rourke, Nick Valenti y, para deleite de curiosos, Luciano Cavalcanti. Decidieron que ese era

el momento perfecto para mandar un mensaje alto y claro a cualquiera que intentase hacer daño a uno de ellos; no iban a echarse atrás y no iban a separarse.

Los juicios de los policías y jueces corruptos seguían adelante. Todos ellos habían tenido que testificar y habían soportado que les interrogasen como si fuesen sospechosos y no testigos, pero lo habían aguantado estoicamente y habían salido airosos gracias a la ardua preparación a la que les había sometido Sean. Curiosamente los juicios de los miembros de la Mafia estaban resultando más fáciles; los acusados estaban dispuestos a negociar y a cambiar información por años de condena. Tardarían unos meses, tal vez incluso un año, en llegar al final, pero lo conseguirían.

Anderson les había pedido que siguieran siendo cautos, pero la amenaza más inminente había desaparecido y poco a poco todos intentaban recuperar la normalidad. Anderson incluso insinuó que se estaba planteando jubilarse, a lo que Rourke respondió con un ataque de risa.

A Sean le ofrecieron un ascenso. En realidad Anderson le ofreció directamente que eligiese el nombre que quisiera para su cargo, pero que se quedase a trabajar con ellos en Nueva York, en la unidad que Jack lideraba. Sean mentiría si no reconociera que se sintió halagado y que se lo pensó durante unos segundos, pero cuando rechazó la generosa oferta lo hizo convencido y sin ningún remordimiento.

Él había acabado con la policía. Gracias a esos hombres, a ese último caso, por fin había comprendido la importancia de tener un equipo en el que confiar, el sentido del verdadero honor y de la amistad. Él, sin embargo, ya tenía bastante. Había superado demasiados desengaños, demasiadas decepciones como para continuar y, lo más importante, ya no quería hacerlo. Él ya no podía aportar nada al cuerpo y estaba cansado de viejos rencores.

—¿Sabes qué creo que deberías ser? —le preguntó Alessandra esa noche.

—¿Tu esclavo?

—No bromees, no me tomas en serio.

—Me tomo muy en serio bromear contigo. —Así era, Sean quería dedicar el resto de su vida a hacer sonreír a Alessandra, a su Álex.

Ella le recompensó con un beso y le contó su teoría.

—Tendrías que ser profesor.

—¿Lo dices por la clase que te di de autodefensa? Porque deja que te diga que esa clase de lecciones solo te las doy a ti.

—Cállate. Lo digo de verdad. Serías un profesor excelente. Eres un hombre excelente, Sean, el mejor que conozco. El cuerpo de policía tendría mucha suerte si les dieses clases a sus futuros agentes.

Esa noche él, tras esa frase que le cerró la garganta, zanjó la conversación haciéndole el amor a Alessandra, pero cuando despertó empezó a darle vueltas a la idea y a la mañana siguiente llamó a Jack, quien coincidió con Alessandra. Nick también le dio ánimos y, cuando por fin llamó a Anderson, este le dijo que se tomase todo el tiempo que quisiera para decidirlo y que, si al final quería ser profesor en la academia o donde quisiera, él lo haría posible.

Sí, la idea de dar clases le gustaba. Intentaría explicarles a esos chicos que la verdad a menudo no era tan clara ni tan evidente como nos gustaría y que tenían que excavar para encontrarla. Y les enseñaría que la valentía poco o nada tenía que ver con la placa que algún día llevarían y mucho con el honor, la sinceridad y saber elegir a tus amigos.

Alessandra no había aceptado ninguna de las propuestas que recibió después de Kazan. Las había recibido de todo tipo; para hacer películas, para hacer teatro, para aparecer en revistas y para hacer anuncios. Las rechazó todas porque ella nunca se había hecho actriz por la fama, lo había hecho para huir de sí misma y ahora ya no huía. Confiaba en recuperar la pasión por su trabajo, pero por ahora no había sucedido. Tal vez más adelante volviera a actuar. Ahora era feliz siendo ella.

Sean la entendía y le decía que no se diese prisa, cuando apareciese el papel perfecto para ella se daría cuenta, mientras podía visitar a su hermanos, recuperarse y dejar que él cumpliese todos y cada uno de sus deseos (esas habían sido las palabras textuales de Sean).

Habían empezado a buscar un lugar donde vivir, el apartamento que Sean tenía alquilado en la Sexta era frío y vacío y no significaba nada para ellos, el piso de Emmett Belcastro encima de Verona contenía buenos y malos recuerdos, nunca lo olvidarían, pero los dos preferían empezar su nueva vida en un lugar distinto que los definiese a ambos y no a su pasado. Iban a quedarse en Nueva York, Jack y Nick estaban allí y también Cavalcanti y Anderson, eran su familia. Ella, si decidía volver a actuar, podía hacerlo desde cualquier parte, y él, *cuando* finalmente aceptase ser profesor en la academia, también. Dado que la casa perfecta aún no se había cruzado en su camino, Sean decidió reservar una habitación en el Pierre.

—Es una excentricidad —se quejó ella entre risas mientras él cruzaba el umbral del dormitorio con ella en brazos.

—Me da igual. El fin de semana que pasamos aquí fue el mejor de mi vida y me quedé con una lista muy larga de cosas que quería hacerte.

—¿Muy larga?

A él se le aceleró el corazón, cuando ella bromeaba y le sonreía como si no tuviese nada que temer en este mundo sentía tal felicidad que temía no ser capaz de contenerla. Y, si esas bromas incluían algún doble sentido, las guardaba para siempre en su memoria. Quería que Alessandra fuese feliz, juntos habían descubierto el amor y la pasión y él quería con toda el alma que para ella el sexo también fuese divertido, creía que así ella derrotaría para siempre cualquier sombra del pasado.

—Larguísima.

—Vaya, pues será mejor que empieces cuanto antes.

—¿Y por dónde quieres que empiece?

—Por donde tú quieras.

—¿Sabes que he querido hacer desde que te conocí? —le gustaba flirtear con ella, seducirla con las palabras al igual que con besos y miradas. Quería que Alessandra descubriese todo sobre el amor y él quería descubrirlo todo con ella.

—No, ¿qué?

—Hacerte el amor contra la pared.

Ella se sonrojó y se le aceleró el pulso. Él lo vio porque aún no la había soltado.

—¿Es posible?

A juzgar por el estado en que quedó él tras escuchar la pregunta no solo era posible sino necesario. Sería un verdadero milagro si conseguía llegar a la cama.

—Claro —consiguió responder.

—Enséñamelo.

Él había contenido esa fantasía porque temía que ella se asustase, que se sintiese atrapada entre la pared y su torso, pero tendría que haber sabido que Álex iba a sorprenderle. En cuando la apoyó en la pared y empezó a besarla ella le devolvió todos y cada uno de los besos. Le levantó la falda, deslizó la mano entre los dos y, cuando notó el calor que desprendía el cuerpo de ella, casi se le doblan las rodillas.

—Desabróchame el cinturón, yo no voy a soltarte.

No quería soltarla y quería que ella participase en ese encuentro, que supiera que ella tenía mucho más poder que él. Siempre. Alessandra lo tocó y Sean perdió el control que le quedaba y la penetró. Fue rápido y muy sensual, intenso y repleto de besos y caricias. Al terminar, con el corazón aún latiéndole a un ritmo fuera de lo normal, ella le besó la mejilla, le susurró que le quería y lo aniquiló del todo.

—Dios, Álex, te amo.

—Lo sé y quiero que sigas con tu lista. No hace falta que sea esta noche —se ruborizó—, pero quiero hacerlo todo contigo.

—Y yo.

Sean siguió con la lista (lista que no dejaría de aumentar en el futuro) y en medio de la noche, después de haber hecho el amor tres veces, salió de la cama y buscó algo en el bolsillo de sus pantalones.

—Álex, despiértate —le susurró al oído—, tengo que preguntarte algo.

—Déjame dormir cinco minutos más y te diré que sí a todo lo que me pidas.

—Es bueno saberlo, cariño, pero no es nada de eso. —Se agachó y le besó la nuca, ella se había cubierto la cabeza con una almohada—. Tengo que preguntarte algo, Álex, es importante. Por favor.

Ella se desperezó y se sentó en la cama. Iba a bromear, pero vio algo en los ojos de él que la llevó a callarse y a observarle.

—¿Sucede algo, Sean? —Arrugó las cejas—. ¿Ha sucedido algo con el caso, a Jack o a Nick?

—No, Dios, no, lo siento. No quería asustarte. Estoy nervioso.

—¿Qué sucede?

—¿Te acuerdas del día que te enseñé el reloj de mi abuelo, de la inscripción que hay detrás? —Ella asintió—. Yo hasta ahora nunca había sentido que tuviese corazón. Lo tengo, lo sé porque empezó a latir el día que me enamoré de ti y quiero... quiero que mi corazón esté en el lugar correcto: en tus manos. —Depositó un anillo en la palma de Alessandra y le cerró los dedos para que quedase dentro—. No puedo estar sin ti, Álex. Te quiero.

—Yo también te quiero, Sean.

Alessandra abrió los dedos uno a uno, le costó porque no podía dejar de temblar y se quedó mirando el precioso anillo que él le había dado. Era un aro de oro blanco con un diamante precioso, sobrio y fuerte, como ellos. Había una inscripción dentro, entrecerró los ojos, pero Sean se le adelantó:

—«Para siempre» —carraspeó— y nuestras iniciales.

—Es precioso, Sean... yo...

—Recuerdo una madrugada que me pediste que te ayudase a repasar unas líneas de tu obra de teatro —siguió—. Confieso que las palabras exactas se me escapan, pero sé que entendí a la perfección lo que sentía tu personaje y pensé que era exactamente lo que yo sentía por ti.

—Oh, Sean.

—Podría desaparecer el mundo entero, todo lo que tengo, todo lo que soy que si te tuviera a ti a mi lado no me importaría. Prométeme que no desaparecerás nunca, que no tendré que volver a una existencia sin ti. No lo soportaría. Pero si te tengo a ti... si tú me tienes a mí...

—Yo también quiero tenerte... y que tú me tengas a mí.

—Entonces, ¿quieres casarte conmigo, Álex?

—Quiero. Más que nada en este mundo.

Sean la besó y después, mucho después, le explicó que había comprado ese anillo con la intención de esperar tanto como hiciera falta, pero que necesitaba decírselo. Ella le respondió que no tenía que esperar nada.

Se casaron un día cualquiera, el día perfecto, rodeados de sus amigos y con los hermanos de Alessandra también presentes, quienes por cierto habían decretado que Sean era el mejor y único cuñado que estaban dispuestos a aceptar. Para ellos él no era el hijo del hombre que había hecho tanto daño a su hermana, era el hombre que la hacía feliz.

Eligieron Hawái como destino de su luna de miel, al principio ni siquiera se les había ocurrido irse de viaje, pero entre todos les convencieron y allí estaban, tumbados en una playa de arena blanca después de haber estado toda la mañana en su cabaña haciendo el amor.

Alessandra se sentó y observó el mar, jugaba con algo entre los dedos, una moneda.

—¿Qué es eso?

—¿Esto? Una moneda.

Sean también se sentó.

—¿Puedo verla?

—¿Nunca te he hablado de ella?

—No. —Sean deslizó la moneda por los nudillos, la hizo pasar de un dedo al otro sin tocarla.

—Jack, Nick y yo la encontramos en la calle cuando éramos pequeños en Little Italy, es una...

—Vieja lira italiana, lo sé.

—¿Cómo lo sabes? —No era una moneda tan frecuente.

—Coleccionaba monedas de pequeño. Tenía una como esta.

—¿Tenías una moneda como esta?

—Sí. Si la moneda la encontrasteis los tres, ¿cómo es que te la quedaste tú?

—No me la quedé yo. La compartíamos. La teníamos un mes cada uno y cumplíamos con las fechas de entrega religiosamente. Cuando Jack se fue a la academia, seguimos mandándola aunque estábamos enfadados con él y cuando yo... —se humedeció el labio— cuando me fui de Nueva York, Nick se encargó de hacer de intermediario y los tres seguimos metiendo la moneda una vez al mes en el buzón.

—¿No habéis fallado nunca?
—Nunca hasta ahora.
—¿Por qué hasta ahora?
—Yo recibí la moneda en Los Ángeles antes de viajar a Nueva York. Se suponía que tenía que entregársela a Jack, pero él me pidió que me la quedase mientras duraba el caso. No sé si tenía miedo de no lograrlo o por qué lo hizo. Hace unos días, antes de irnos de la ciudad, intenté dársela, pero me dijo que me la quedase. Después busqué a Nick y él también me dijo que creía que conmigo estaba a buen recaudo.
—¿Y qué quieres hacer con ella?
—Iba a tirarla al mar.
Sean sujetó la moneda entre el dedo índice y el pulgar de la mano derecha.
—¿Sabes que te he dicho que tenía una moneda como esta?
—Sí.
—La perdí un día en Little Italy. Fui allí con mi abuelo, creo que quería comprar un libro.
—¿En Verona?
—No lo recuerdo, ojalá lo recordase. Creo que me enfadé con él porque no quería acompañarle. En fin, fui a Little Italy, llevaba varias monedas de mi colección en el bolsillo del abrigo y cuando giramos por un callejón salió un hombre corriendo y me lanzó al suelo. El abuelo me levantó y entonces vimos las monedas esparcidas y rodando por la calle. Esta no llegué nunca a recuperarla.
—Es imposible que sea la misma.
—Tal vez.
—Es imposible.
—Tú y yo deberíamos ser imposibles y aquí estamos.
Le cogió la mano y colocó la moneda en la palma, cerró los dedos y le dio un beso en el anillo que proclamaba que

era su esposa. Se lo había colocado debajo del anillo con el que le había pedido que se casara con ella.
—Tienes razón, aquí estamos. Te quiero, Sean.
—Y yo a ti, Álex, eres mi amor imposible hecho realidad.

Nota de la autora

(No la leas antes de leer la novela, la información que encontrarás aquí puede revelar ciertos aspectos del argumento).

Las historias de amores imposibles siempre me han producido sentimientos encontrados. Por un lado no negaré que cuando están bien escritas consiguen emocionarme y quedarse en mi corazón durante días, meses, tal vez años, pero al mismo tiempo sus finales trágicos me entristecen de tal manera que nunca consigo perdonar a su autor por haberme hecho tanto daño. Supongo que en el fondo soy de la clase de chica que a pesar de todo cree en los finales felices.

Esta fue la idea a la que me aferré al escribir *Si todo desapareciera*, una historia de amor imposible con un obstáculo realmente difícil de superar, difícil por realista y duro, por haber marcado profundamente la vida de Sean y de Alessandra, pero al que pudiesen hacerle frente juntos. Juntos y sin querer cambiarse el uno al otro. El amor no debería implicar cambiar a la otra persona hasta que se ajuste a tus expectativas.

El amor de verdad debería poder con todo y eso es lo que he intentado transmitir con Sean y Alessandra, que por muy difícil que sea el pasado, por muchas dificultades que haya en el futuro, la persona adecuada se queda a tu lado y lucha contigo, no contra ti.

Y eso no me parece válido solo en el caso del amor, sino también en el de la amistad. Por eso, además de intentar crear una historia de amor sólida y que se metiese bajo tu piel, he dado tanta importancia a la relación que existe desde pequeños entre Alessandra, Jack y Nick: tres niños que se conocen cuando no tienen nada y que mantienen esa amistad por encima de todo, a veces incluso por encima de ellos mismos.

El entorno en que elegí situar las historias de estos tres niños es la ciudad de Nueva York en los años cuarenta, cuando muchos italianos huían a América en busca de una nueva vida y allí algunos solo encontraban desgracias y sueños rotos.

Los personajes de la Mafia, de la policía de Nueva York o de Chicago que aparecen en esta novela (y en las otras dos de la serie) no son reales, pero sí están basados en la realidad.

Al Capone fue detenido por Eliot Ness en 1931 y fue condenado por evadir impuestos en base a la Ley Volstead (la ley seca). Tras una apelación fallida, comenzó su condena y el Sindicato, nombre por el que se conocía a la organización de familias que formaban la Mafia italiana, entró en crisis, hubo una guerra interna y las familias empezaron a funcionar por separado en las distintas ciudades de Estados Unidos.

El personaje de Luciano Cavalcanti es completamente ficticio, pero es verdad que durante esa época hubo miembros del Sindicato que lo abandonaron para dedicarse únicamente a sus negocios legales.

El personaje de William Anderson, Jack Tabone y también Rourke están inspirados en un departamento real que existió en la policía de Los Ángeles de 1940 a 1950, su comandante era Clemence B. Horrall y se llamaban la «Unidad Antigánster».

La película que aparece al principio de la novela existe y se titula de verdad *El asunto del día*, sus protagonistas son Cary Grant, Jean Arthur y Ronald Colman. La elegí porque me pareció que su argumento encajaba muy bien con Alessandra (y siempre he tenido debilidad por Cary Grant).

La novela *Cumbres borrascosas* ha sido llevada al teatro poquísimas veces, aunque sí son celebres sus adaptaciones para la televisión o el cine. Personalmente os recomiendo una en la que al personaje de Heathcliff lo encarna Tom Hardy. Elegí esta obra porque sus protagonistas, a diferencia de Sean y Alessandra, dejan que el odio y el rencor les arrebate el profundo amor que sienten el uno hacia el otro. Me pareció que era significativo que Alessandra descubriese cosas de sí misma interpretando a Catherine Earnshaw y a Cathy Linton (este detalle, el que la misma actriz represente a las dos mujeres de la obra, madre e hija, lo he tomado prestado de una adaptación de la obra que se hizo para el cine en 1992 cuyos protagonistas son Juliette Binoche y Ralph Fiennes). Solo he pretendido utilizar esta gran obra de la literatura para ayudar a mi protagonista a conocerse mejor a sí misma y para rendir mi pequeño homenaje. Nada más.

No os aburro con más detalles, si os apetece conocer qué partes de esta novela son reales podéis visitar el tablero de pinterest, (https://es.pinterest.com/CasanovasAnna/si-todo-desapareciera/) allí encontrarás fotos de los entornos reales y también varios enlaces.

Me despido confesando que empecé a escribir de pequeña porque necesitaba cambiar los finales de los libros y películas que no me gustaban y que con estas tres novelas; *Vanderbilt Avenue*, *El universo en tus ojos* y *Si todo desapareciera* he querido demostrar que los amores imposibles sí pueden acabar bien cuando hay amor de verdad. No sé si lo he conseguido, pero os doy las gracias por haberme dado la oportunidad de intentarlo.

En *Vanderbilt Avenue*, Jack huye de Little Italy, abandona a sus amigos, y se convierte en policía para volver años más tarde al barrio a investigar un crimen y acaba enamorándose de la peor mujer posible, la sobrina de Luciano Cavalcanti. Jack es policía, pero tiene un pasado violento y un alma oscura. Siena ha crecido en la Mafia y sin embargo confía en las personas y en el amor. Son dos polos opuestos que jamás deberían haberse encontrado y que sin embargo no pueden separarse.

En *El universo en tus ojos* Nick conoce a Juliet cuando son apenas unos niños. Él sueña con salir de Little Italy e ir a la universidad pero por culpa de su padre queda atrapado dentro de una panda de aprendices de gánster. En su intento por huir pierde del peor modo posible a la chica a la que ama y solo Luciano Cavalcanti y Emmett Belcastro consiguen evitar que cometa una locura.

En estas dos historias no todos los buenos son buenos ni todos los malos son malos, son personas que comenten errores y que intentan arreglarlos para proteger y recuperar a las personas que aman.

En esta última novela, la que tenéis ahora en las manos, quería que Alessandra, nuestra Sandy, conociese a un hombre digno de ella y que al mismo tiempo para estar con él tuviese que enfrentarse a su pasado. Y él... Sean, Sean representa algo que lleva años obsesionándome, la culpa por lo que no hemos hecho, por los fallos o en su caso los crímenes cometidos por su padre, ¿hasta qué punto deben marcarnos y hasta qué punto debemos o no castigarnos por ellos? Sean es un protagonista generoso, me ha permitido escribir escenas muy honestas y en las que he intentado hacer justicia al profundo amor que existe entre Alessandra y él. No ha sido una historia fácil de escribir, no quería *solucionar* el problema de Alessandra con un párrafo porque me habría parecido un insulto hacia todas las mujeres que han pasado por algo similar. Confío en haber logrado transmitir el profundo respeto y admiración que siento hacia las mujeres y hombres que han pasado por ello y si en algo he fallado pido disculpas.

Alessandra y Sean podrían no haberse conocido, yo podría haber creado una historia en la que él y ella no compartiesen esa clase de vínculo, pero al mismo tiempo sentía que si esta serie se basa en la fuerza del amor ellos dos tenían que ser así.

Gracias por leer su historia.

Gracias por tanto.

Agradecimientos

Quiero dar las gracias a todo el equipo de HarperCollins Ibérica por haberme dado la oportunidad de escribir estas tres historias de amor. Ha significado mucho para mí tener la libertad necesaria para crear a Jack, Nick, Sandy y sus vidas llenas de defectos y de emociones. Gracias en especial a Ada Heredero por la paciencia y por detectar siempre las escenas en las que yo no sé por qué decido cambiar el nombre a algún personaje. Gracias siempre por tus correos y por los ánimos.

Gracias a los clubs de lectura que han tenido el detalle y la generosidad de elegir *Vanderbilt Avenue* y *El universo en tus ojos* estos últimos meses: vuestros comentarios me han enseñado muchísimo y he aprendido tanto que no sé si aunque escriba todos los días tendré tiempo de demostraros el caso que os he hecho en todo. Gracias.

Gracias a los lectores que desafían estadísticas y demuestran que las personas leemos y que compramos libros. Gracias a los libreros que recomiendan novelas escritas desde el corazón.

Gracias a Olivia y a Ágata por preguntarme cada día cuántas páginas me faltaban para terminar la historia de Sandy y por decirme que lo conseguiría. Y por animarme siempre a escribir una historia más.

Y gracias a Marc por hacerme ese esquema hace tantos años donde tenía que separar en dos columnas qué necesitaba para ser feliz y qué no.

ANNA CASANOVAS

Anna Casanovas (Calella, Barcelona, 1975)
Licenciada en Derecho, trabajó en una entidad financiera hasta poco tiempo después de publicar su primera novela, *Nadie como tú*, en 2008. Actualmente se dedica a la escritura y a la traducción de obras literarias. Sus novelas, entre las que cabe destacar *Las reglas del juego*, *Vanderbilt Avenue* o *Herbarium*, siempre llenas de sentimientos, la han hecho merecedora de distintos premios y del cariño y respeto de los lectores y la crítica del sector.

Puedes encontrar más información sobre ella en
www.annacasanovas.com
o en sus perfiles oficiales en redes:

- @CasanovasAnna
- casanovas_anna
- www.facebook.com/AnnaCasanovasAuthor

www.ingramcontent.com/pod-product-compliance
Lightning Source LLC
LaVergne TN
LVHW030335070526
838199LV00067B/6296